《纽约2140》
（美）金·斯坦利·罗宾逊 著

世界科幻大师金·斯坦利·罗宾逊全新力作！

你有没有想象过，22世纪的地球会是什么模样？

本书将为你呈现一个颠覆你想象的末日纽约的壮观景象！

全三册 超值定价 88.00元 现已上市

《零号黑客》
（美）查克·温迪格 著

畅销书《知更鸟女孩》作者全新力作！
带你直面全球40亿网民无法回避的网络安全问题

《飞行中的阴影》
（美）奥森·斯科特·卡德 著

世界三大科幻小说之一的《安德的游戏》系列之作
把星际战争当做游戏的天才少年——安德回归中国

漫娱图书 新书推荐

《我们的世界》
（英）墨思·斯图尔特 著

定价 45 元

无论生活如何失控，我们都要好好的。

- 亚马逊（海外）畅销挂冠，千万家庭阅读书单首选。
- 根据真实故事改编而成，已引发全球媒体持续报道。
- 8岁的孩子教会我，如何做好一个爸爸。为你讲述一对父子在"糟糕"的生活中关于爱与陪伴的故事。

《吹口哨的人》
（美）约翰·格里森姆 著

当代美国法律题材流行小说代名词的畅销作家口碑之作。
情节紧张，结局颠覆你的想象！
不要在法律的边缘试探，我会"吹哨"制止你。

《撕裂之地》
（美）杰克·温迪格 著

《知更鸟女孩》作者又一力作，一部令全美都为之颤抖的勇气之书。
本书以女性视角为你讲述一个"勇气可以战胜一切"的惊险故事。

漫娱图书
SINCE BOOKS

外 国 文 学 小 说 系 列

One
of Us Is
Lying

谁在说谎

[美] 卡伦·M.麦克马纳斯 / 著

许言 / 译

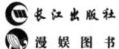

献给杰克

你总让我笑个不停

目录   PART 1   **西蒙如是说**

CONTENTS   PART 2   **捉迷藏**

    PART 3   **那年春末**

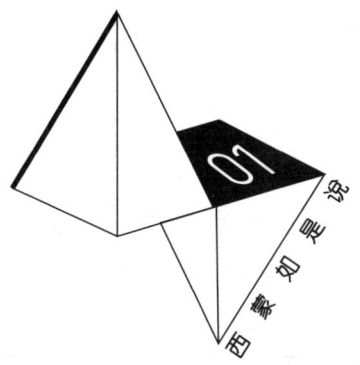

01 西蒙如是说

布朗温
9月24日，星期一，14:55

某某流出不雅视频、某某疑似恋爱，再加上两起作弊事件——这就是本周更新的全部推送。如果你仅仅通过西蒙·凯尔纳的校园八卦"关乎"APP 了解贝维优高中，怕是不免纳闷：这学校的学生怎么能好好上课呢？

"没什么新内容，布朗温，"身后传来一个声音，"不如明天再看看。"

该死。最烦被人逮到我在刷"关乎"APP，尤其对方还是 APP 的开发者。我把手机放低，按了锁屏键。

"接下来又要招惹谁，西蒙？"

学生纷纷往出口而去，而我往人群的反方向走。西蒙不知不觉上了台阶，到了我身边。

"你在给雷吉·克劳利做家教，对吧？你知不知道他给自己的卧室装了摄像头？"

我不想理他。

雷吉·克劳利不是个省油的灯，我永远不会靠近他卧室一步，正如西蒙永远不会有良心发现的一天。

"别人都在说,如果大家不说谎、不骗人,我的APP就没'生意'了。"

我大跨步地走了起来,西蒙的蓝眼睛冷冷地盯着我,问道:"你这么急着去干吗?课外活动很丰富啊!"

我倒希望如此。但是手机上的日程提醒狠狠地打了我的脸:下午三点,时代咖啡厅,数学竞赛培训。接着是一起培训的同学发来的消息:埃文已经到了。

当然,他怎么会错过呢?他是一个可爱的数学尖子生——你也许没想过两个相互矛盾的词语可以这样结合起来。似乎每次只要我一缺席,他就会出现。

"并不丰富。"我回答道。按照常理,我尽量少和西蒙讲话会比较好,特别是最近这段时间。

我们推开绿色的金属门,来到后楼梯间。这里算是一条分界线,隔开贝维优高中脏兮兮的旧楼和明亮通风的侧楼。侧楼是新建的。

贝维优的有钱人家每年都在增加,他们往往是从圣地亚哥①向东逃到十五公里开外,盼着在这里交税能换来更好的教育条件,再也不用见到学校里破烂的天花板和地毯。

上了三楼,我到了艾福里先生的实验室门口,西蒙还跟在我后头。我半侧身,双手交叉着抱臂,问道:"你是没地方可去了吗?"

"错,我正要去禁闭室②呢。"西蒙说完,等着我继续走。他见

---

① 圣地亚哥(San Diego),美国加利福尼亚州一个大城市,有众多有色人口。
② 美国高中的禁闭制度(detention)规定,违纪的学生必须放学留堂,有专门的教室作为禁闭室供禁闭使用。

我用手握住了实验室的门把,开始放声大笑:"你在逗我吧。你也得留堂?犯了什么事?"

"我是被冤枉的。"我抱怨了一句,然后猛地拉开门。教室里已经坐了三个学生,我停下脚步。西蒙是禁闭室的常客了,所以没什么特别的。可我对这三位的出现感到有点意外。

纳特·麦卡利向后翘着椅子,一脸坏笑地望着我:"你是不是走错了?这里是禁闭室,不是学生会。"

明知故问。纳特在初中就爱惹麻烦,大约从那时起我们就不大联系了。我听人说,他最近刚交罚金,在缓刑期,表现得不好就得被关进去。可能是因为酒驾,也可能是倒卖违禁物品。他是个臭名昭著的"小贩"。

"少说闲话。"艾福里先生在笔记板上确认了什么,然后关上了西蒙身后的门。教室后墙上有几扇高拱窗,午后阳光很刺眼。窗外比停车场更远的橄榄球场,隐隐约约传来球员的练习声。

我挑了一个位置坐下。库伯·克莱在手心里揉了一个纸团,像个棒球似的,嘴里还小声说着"阿蒂,接着",然后把纸团扔向边上的女生。阿蒂·普兰蒂斯眨了眨眼,暧昧地微笑了一下,任凭纸团落到了地上。

教室里的钟缓慢走动着,快三点了。我看着时间,不由得产生了一种无助感,替自己感到不公。这会儿我本该在时代咖啡店,泡在一堆微分方程里,笨拙地和埃文·内曼眉来眼去,而不是在这里。

艾福里先生是一个只负责留堂,不爱瞎问的老师,但有时候也会改变主意。所以我清了清嗓子,抬起头,却见纳特笑得更放肆了。

"艾福里先生,你发现的那只手机不是我的,我也不知道它为什么会出现在我书包里。这才是我的手机。"我说着,亮出自己的iPhone,手机壳磨损得厉害。

说实话，你一定很难理解。其实艾福里先生对实验室有很严格的规定，不准携带手机。每次一上课，他都要先花上十分钟的时间，把所有人的背包通通搜一遍，简直就像航空安检主管，而我们则是特殊名单上的危险分子。当时我的手机放在储物柜里，就和往常一样。

"你也是？我和你一样。"阿蒂迅速转向我，金色迷人的卷发在肩上摆动。想必她一定和男朋友经历了一场"生离死别"，才能下定决心独自一人来留堂。

"加我一个。"库伯一口南方口音，听上去像是"夹窝一锅"。他和阿蒂对视了一下，显得有些吃惊。我倒是纳闷，这两人明明在一起玩，竟然还会互不知情。也许，同为"校园风云人物"，他们日常谈论的话题要比关禁闭有格调多了。

"我们被算计了！"西蒙把手肘撑在课桌上，看上去活像安了弹簧，随时准备扑向新鲜的八卦。西蒙坐在中间，被我们四个围着，他的视线在我们身上来回打量着，最后落到了纳特身上。

西蒙："怎么会有人想要把我们关在这里，我们可都是清清白白的！会不会有人在给我们下套？"

我看着纳特，但无法想象是他。关禁闭可不是闹着玩的。看看纳特这一身装扮——从脏乱的黑发到破烂的皮夹克，都像是在高呼着"不想惹麻烦"，或者都算不上高呼。纳特的目光也注意到了我，但却一言不发，只是把座椅翘得老高，我担心再翘高点他就要摔倒了。

库伯坐直身子，这位长相酷似"美国队长"的帅哥皱起眉头。

"等下，我想这只是个误会，不过，如果我们五个都是因为手机的事到了这里，其中一定有鬼。我可因此错过了棒球训练。"

听这语气，你可能还以为他是外科医生，刚错过了一场人命关天的心脏手术呢。

艾福里先生转了转眼珠说："停止你们的阴谋论。我可不吃这一套。你们都知道实验室不准带手机,这是明知故犯。"

说完,他很不高兴地瞥了瞥西蒙。老师们都知道西蒙的"关乎"APP,但是对它无能为力。西蒙在推送里只用首字母表示人名,从来不公开谈论学校。

"现在听好了,你们要在这里待到四点,我希望每个人都写一份五百字的短文,讲一讲科技如何摧毁美国高中的教育。谁要是不听话,明天接着留堂。"

"用什么写?"阿蒂问,"这里连电脑都没有。"

大部分的教室都配有网络笔记本,但是艾福里先生的禁闭室是个例外。看看他,你就知道,再过个十年他就要退休了。

艾福里先生走到阿蒂的课桌前,用手拍了拍横线格本的一角。我们每张课桌上都有一本这样的黄色笔记本。

"探索手写的魅力,现在这门艺术都快要失传了。"

阿蒂那张美丽的瓜子脸蒙上了一层迷茫:"我们怎么知道自己有没有写满五百字?"

"一个字一个字地数。"艾福里先生回答道,眼睛却看着我手上的手机,"手机上交,罗哈斯小姐。"

"你还没明白过来吗,没收我的手机两次?谁会拿两部手机来学校?"我反问道。

纳特在一旁偷笑,我瞥了他一眼,接着秒变严肃脸:"说真的,艾福里先生,有人在搞鬼。"

艾福里先生有点恼怒,撇了撇花白的小胡子,伸手示意道:"交上来,罗哈斯小姐。除非你下次还想过来坐坐。"

我把手机交给他,叹了口气。艾福里先生不以为然地看了看其他人,接着说:"今天早些时候我没收了你们的手机,都放到我办公桌里了。等到今天留堂结束,你们可以拿回你们的手机。"

阿蒂和库伯交换了眼神，显得很开心，我猜是因为他们真正的手机还待在自己的包里，没被老师发现。

　　艾福里先生把我的手机放进抽屉，坐到办公桌前，打开了一本书，打算在接下来一个小时里无视我们。我拿出钢笔，在笔记本上敲打起来，沉思着眼下的短文。艾福里先生真的认为科技在摧毁学校教育吗？这说法可算是一棍子打死了手机。说不定，这是一个思维陷阱，其实他恰恰希望我们提出反对意见，而不是选择盲从观点。

　　我瞄了一眼纳特，他正趴在笔记本上写下"电脑真恶心"这几个字，然后在横线格子上一遍又一遍地写这几个字。

　　大概是我想太多了。

库伯
9月24日，星期一，15:05

还没几分钟，我的手就开始疼了。真惨，唉，我已经记不得上一次用手写字是啥时候了。再说，我是在用右手写字。右手用了这么多年，总还是习惯不过来。哎，那是小学的时候，我爸第一次看到我投球，就开始逼着我改用右手写字。他这样和我说："你的左手可是一件宝贝，不要用来做鸡毛蒜皮的小事。"他指的"鸡毛蒜皮"，当然是投球以外的一切事情。

那时起他开始叫我"库伯斯敦①"，听上去就像棒球名人堂一样，还有什么能比这更激励一个八岁小孩的？

西蒙把手伸进自己的背包，摸索了一阵，拉开了每个隔层的拉链。最后他还把背包放到腿上，一个劲地往里面瞧。

"该死，我的水瓶去哪儿了？"

"不要讲话，凯尔纳先生。"艾福里先生头都没有抬。

"我知道，但是我的水瓶找不到了，我很渴。"

艾福里先生指了指教室后头的水池，水池边摆满了烧杯和培养皿。

"自己去倒杯水喝，保持安静。"

西蒙起身走过去，从水池台的架子上随手拿了个杯子，在水龙头下接了水，然后回到座位上，把水杯放在桌边。纳特一笔一画的写字动作好像打扰到了西蒙。

---

① 库伯斯敦（Cooperstown），位于美国纽约州的地名，据说是棒球的发源地。此处是将库伯的人名借用。

"兄弟,"西蒙说着,用运动鞋踢了一下纳特的桌脚,"说真的,是你把手机放进我们包里,故意玩我们吧?"

艾福里先生抬起头,皱着眉头:"凯乐先生,我让你保持安静。"

纳特往后一靠,手臂交叉,反问道:"我为什么玩你们?"

西蒙耸耸肩:"为什么?你大概有什么毛病,想找人陪你一起关禁闭呗,不对吗?"

"谁再说一个字,明天放学再来一趟。" 艾福里先生警告道。

西蒙没理会警告,张嘴要说什么,但是有声音打断了他。先是轮胎摩擦声,然后又传来撞车的声音。阿蒂吓得倒吸了口气。我抱住课桌,以防有人从背后偷袭。纳特似乎很高兴谈话被打断了,第一个走到窗边。

"停车场里出了点小事故,是谁的车?"他问。

布朗温望向艾福里先生,用眼神寻求批准。艾福里先生从办公桌前站起来,布朗温就走去窗边,阿蒂紧随其后。最后我也离开座位,想看看到底发生了什么。我靠在窗台上,望向窗外,西蒙在我边上,一边看着外面,一边轻笑着。

楼下停车场里有两辆汽车呈直角撞到了一起。一辆车很旧,颜色是红色的,另一辆车的颜色灰不溜秋。我们全都一声不吭地盯着,艾福里先生气呼呼地叹了一声气。

"我下去看看,确保车里的人都没事。"他用目光扫了大家一遍,最后确定布朗温是我们中最可靠的,"罗哈斯小姐,在我回来之前,维持好这里的纪律。"

"好的。"布朗温回答,紧张兮兮地瞥了瞥纳特。

我们还在窗边看着楼下的情况。在有老师出现之前,两辆车已经发动引擎,先后驶出了停车场。

"切,真没意思。"西蒙评价道,然后走回课桌旁拿起水杯,但没有坐下,反而走到教室前面,盯着墙上的元素周期表看来看去。

接着,西蒙把身子探到门外,好像要走,却又转身进来,对着大家举起水杯:"还有谁想一起'干杯'的吗?"

"我。"阿蒂说着,故作姿态地回到了座位上。

"自己去倒,公主。"西蒙坏笑着。

阿蒂转了转眼睛,坐在原地不动。西蒙则靠在艾福里先生的办公桌上。

"我可不开玩笑。嗯,既然开学季结束了,你们还想做点啥?现在离毕业舞会可还早着呢。"

阿蒂没有回答他,只是看着我。

每次一想到西蒙他总没什么好事。别人嫌他烦,他表现得也不在乎。

去年春天,西蒙在高三舞会上获得了很高的人气,非常自以为是。我现在还想不通他是怎么办到的,除非他拿别人的把柄来获取投票。

不过,上周的开学舞会他并没有出现。而我是舞会上投票选出来的"人气王",所以我也许是他下一个骚扰的对象,鬼知道他又要干吗。

"你是什么意思,西蒙?"我问道,坐到了阿蒂身边。说实话,我和阿蒂的关系不算特别亲密,但我对她印象不错。她高一就和我最好的哥们交往了,她这个人甜得很。显然阿蒂也对西蒙束手无策。

"一个校花,一个阳光帅哥。"然后西蒙又把脸转向布朗温和纳特,"一个学霸,一个不良少年。你们简直是青春电影里的四个标配角色。"

"那你呢?"布朗温问。她刚才还在窗边踱来踱去,现在已经回到课桌前站着,交叉着双腿,马尾辫垂在肩膀上。怎么感觉她比去年更可爱了呢?是因为换了眼镜,还是头发长了?她大概就是那种散发着"智商魅力"的女生。

"我代表着上帝视角。"西蒙说。

布朗温的眉毛在黑色镜框上方抖了一下，毫不留情地说道："青春电影里没有这种角色。"

"哦，你可别说，"西蒙眨了眨眼，咕噜喝了一大口水，"现实生活中还真有这样的角色。"

这句话听上去更像是威胁，我猜布朗温是不是有把柄落到西蒙手上了。我讨厌那个傻冒APP，我的朋友们或多或少都在推送里出现过。西蒙的APP确实带来了不少麻烦，我的哥们路易斯就是因为一篇推送和女朋友分手的。推送上说我哥们和他女朋友的表妹在搞暧昧，虽然这事千真万确，可也不该被曝光出来，毕竟学校里的闲言碎语已经够糟心的了。

实话实说，如果西蒙把推送内容的目标瞄准了我，我怕是会抓狂。

西蒙把水杯举到面前，表情苦涩地说："一股怪味。"

水杯落地，我转了转眼睛，倒是要看看西蒙还想怎么演下去。直到他摔倒在地，我都以为他是在哗众取宠。然而，他开始拼命喘气。

布朗温率先站了起来，然后蹲到他身边。"西蒙，"她呼唤道，摇了摇他的肩膀，"你还好吧，怎么了？能讲话吗？"

布朗温关心的语气变成了恐慌，于是我也跟着行动了起来。但是纳特动作更快，推开我上前，走到了布朗温旁边。

"笔。"纳特观察西蒙涨红的脸，问道，"你有笔吗？"

西蒙用力点了点头，手挠着脖子。我抓起课桌上的笔，想要递给纳特。纳特看了看我，好像我长了两个脑袋似的。

"我要的是肾上腺素笔①,"他解释道,转身去找西蒙的背包,"他有过敏反应。"

阿蒂站在一边,双手紧紧抱住自己,一言不发。

布朗温转向我,满脸通红,她说:"我去找老师,叫救护车。你先看着他。"

说完她从艾福里先生办公桌抽屉里找出自己的手机,跑去了走廊。

我也俯身到西蒙身边,只见他眼睛瞪大凸出,嘴唇发蓝,喉咙像是噎住了,发出可怕的喘息。纳特把西蒙包里的东西一股脑倒在地上,在一堆课本、纸张和衣物中继续摸索着。

"西蒙,你把笔放哪儿了?"纳特边问边拉开背包的小隔层,掏出了两支笔和一串钥匙,却没有肾上腺素笔。

西蒙很想回答纳特,却发不出声。我不顾手心出了汗,拍拍他的肩膀,想做点力所能及的事,安抚道:"放松,你会没事的,很快就会有人过来。"我能感到自己语速放缓了,发音变得和蜂蜜一样黏稠含糊。只要一紧张,我的口音就会蹦出来。

我问纳特:"你确定他没有被呛住?"也许西蒙需要的是海姆里克急救法②,而不是肾什么怪笔。

纳特直接无视了我,将西蒙的背包扔到一边。"要命!"他骂了一句,在地上捶了一拳。

"西蒙,你把笔放身上了吗?西蒙!"纳特开始翻找西蒙的衣服口袋,西蒙的眼睛向上翻了翻。但是除了一包皱巴巴的纸巾,纳特啥

---

①肾上腺素笔(EpiPen),一种可急救过敏性休克的医疗工具,外形似笔状。
②海姆里克急救法(Heimlich Maneuver),由美国医生海姆里克发明,用于呼吸道异物堵塞窒息急救。

也没找到。

救护车的声音远远传来了,艾福里先生和其他两位老师进了教室,布朗温跟在他们身后,手上拿着电话。

"我们找不到肾上腺素笔。"纳特直奔主题,指了指地上的一堆物品。

艾福里先生看着西蒙,吓得张大嘴巴,接着对我说:"库伯,医务室里有肾上腺素笔,贴了标签,应该一找就能找到,快!"

我跑进走廊,听到身后脚步声渐远,很快来到后楼梯间,拉开门。我三步并作两步,飞快跑下楼梯到了一楼,一边叫路上学生闪开,一边飞速跑到了医务室门口。医务室的门半开着,但是屋里没人。

左手边是一个大大的灰色储物柜,对面是靠窗的诊断桌,两者之间的空间不大,我好不容易才挤进去。我环视了一番,最后注意到了两个固定在墙上的白色柜子。盒子上标着红色的大字,一个写着"急救电击器",另外一个写着"急救肾上腺素笔"。我握住后一个的把手,把柜子打开。

里面什么都没有。

我又打开前一个柜子,有一个画着心脏图形的塑料装置。这肯定不是肾上腺素笔。然后我开始在储物柜里找,几乎翻遍了却只找到几盒绷带和阿司匹林,没有看到任何像笔的东西。

"库伯,你找到了吗?"格瑞森太太闯了进来,她刚才是和艾福里先生、布朗温一起进教室的。她跑得气喘吁吁,一手叉着腰。

我指了指墙上的空柜子,说:"肾上腺素笔应该就在里面,不是吗?但是我没有看到。"

"储物柜里找找。"

绷带盒子散了一地,格瑞森太太看都没看,可这恰恰证明我已经很努力在找了。另外一个老师也到了医务室,帮忙找了起来。我们几乎把整间医务室翻了个底朝天,与此同时救护车的声音不断逼近。

当我们查看完最后一个柜子,格瑞森太太用手背擦了擦额头上的汗,说:"库伯,去告诉艾福里先生,我和康多斯先生留在这儿继续找。"

我赶回艾福里先生的实验室,这时候救护员也到了。

三个穿着蓝色制服的救护员,两个抬着白色的长担架,一个跑在前面。教室门口已经围了一小群人,跑在前面的救护员开了路。我跟在他们后面进去。艾福里先生在黑板边上歇息,黄色的衬衫都乱了。

"我们找不到笔。"我告诉他。他颤巍巍的手捋了捋稀少的白发,一个救护员给西蒙打了一针注射剂,其他两人把西蒙抬上了担架。

"上帝保佑。"艾福里先生低声说,应该是在自言自语。

阿蒂站得远远的,泪流满面。我走过去,手拍了拍她的肩膀,只见救护员用担架把西蒙抬到走廊上。

"能过来一下吗?"一个救护员问艾福里先生,艾福里先生点头跟了出去,教室里只剩下几个吓坏了的老师,还有原本和西蒙一起关禁闭的我们四个。

大概才过了十五分钟,却漫长得像几个小时。

"他怎么样?"阿蒂哽咽道。布朗温双手紧紧抓着手机,像是在祈祷。纳特站着,两手支在身后,看着越来越多的老师和学生涌进教室。

"不负责任地说,"他回答,"不怎么样。"

阿蒂

9月24日，星期一，15:25

布朗温、纳特、库伯三个在和老师讲话，我做不到。我需要杰克。我从包里拿出手机想发消息给杰克，但是手颤抖得打不了字，只好改打电话。

"宝贝？"

"嘟"了两声后他接起了电话，听上去有点意外。

我们不太打电话，我们的朋友之间也是。每当我们在一起，他接电话都会开玩笑说打电话到底是什么意思，一般只有他妈妈会给他打电话。

"杰克。"我一说完就开始放声大哭。库伯的手还扶着我的肩膀，要不然我就要瘫倒在地了。我哭得说不出话来，库伯只好接过我的手机。

"嗨，哥们，我是库伯。"他说着，口音听上去更重了，"你在哪儿？"

听了一会儿，库伯又说："你能过来一趟吗？这里……发生了点事。阿蒂很难受。不，她没事，是西蒙……西蒙在禁闭室里受伤了，很严重的伤。救护车已经把他接走了,我们不知道他到底会怎么样。"

库伯的吐词就像是冰激凌化成一团,我根本听不懂他的口音。

布朗温转向身边的格雷森女士:"你们需要我们留一下吗?"

格雷森女士的手来回抚摸脖子,说:"老天,不用了。事情你都和医生说了吧?西蒙……喝了一杯水就倒地了?"

布朗温和库伯都点了点头。

"太奇怪了。当然,他对花生过敏,可是,你们确定他什么也没吃?"

库伯把手机还给我,用手挠了挠棕色的短平头,说:"应该没有。就喝了一杯水,接着倒下了。"

"也许他中午吃了什么不该吃的,可能是过敏反应延迟了。"格雷森女士猜测道,环视着整间教室,目光最后落到了地上的杯子上——那是西蒙掉在那儿的。

她经过布朗温身边,把杯子捡了起来,说:"我们应该把它放好,警方肯定要仔细检查一下。"

"我想走了。"我大叫道,用手狂擦脸上的眼泪。我受不了了,再也不想在这房间多待一秒钟。

"我能帮她一下吗?"库伯问。格雷森女士点了点头。

"我一会儿还要回来吗?"

"不用,就这样吧,库伯。我想警方到时候会找你的。先回家,试着让一切正常起来。西蒙会没事的。"她走近我们,语气变得缓和,"我很抱歉,这一定很不好受。"

尽管她说话的时候一直看着库伯——整个高中的女老师都无法抗拒库伯"国民偶像"级别的魅力。

库伯一路扶着我走了出去,感觉还挺暖的。虽然我没有哥哥,但是我想我不舒服的时候,我的哥哥一定也会这样体贴我。杰克不喜欢他的哥们离我太近,但库伯是个例外,他是个绅士。我靠着库伯继续往前走,在走廊上看到了上周开学舞会的宣传海报,还贴在墙上没撕下来。最后库伯推开了教学楼前门,谢天谢地,我看到了站在外面的杰克。

我一下子倒入他的怀里,一瞬间感到自己得到了救赎。我永远忘不了第一次见到杰克的时候,那还是在高一。

他戴着牙套,也不像现在这样高高壮壮的。可是当我注意到他的酒窝、他天蓝色的眼睛,我就知道,他就是我的"命中注定"。现在他变得这么帅,我真感觉自己买到了一支潜力股。

杰克抚摸着我的头发,库伯低声向他解释了事情经过。

"老天,阿蒂,这可真糟心,我送你回家吧。"

库伯自己走了,我突然感到有点抱歉,因为自己什么也没做。听他的声音就知道,他和我一样不好受,只不过隐藏得更好罢了。可是,库伯人这么好,他能处理好一切。库伯的女朋友吉丽也是我的好朋友,和他一样能干,总是知道怎么才能帮助别人,他们可不像我这么没用。

我坐进杰克的车,望着窗外景色飞逝,车开得有点快。我家离学校只有一公里,很快就到了,所以我很快就要面对妈妈的过度反应——我确定她已经得到了消息。她获得消息总快得出奇,消息还从不出错。

果然,当杰克把车停到我家车道上时,我一眼就看到她正站在前门门廊,甚至可以读出她脸上的担心。尽管她注射了太多肉毒杆菌,都快成面瘫了。

杰克帮我开了车门,我立马下车,就和以前一样把自己埋进他的怀中。我的姐姐阿舍顿经常拿我开玩笑,说我死都要和杰克死在一起。这话可并不怎么好笑。

"阿德莱德(我的大名)!"妈妈表现得有点夸张过头了。我们走上前门廊的台阶,她伸手抓住我的手臂,"快告诉我,怎么回事?"

我不想说话。特别是我看到妈妈的男朋友正站在后面呢,他表现出自己并不是出于好奇,而是真的关心我。贾斯汀比我妈妈小十二岁,比妈妈前一任丈夫小五岁,比我的亲爸爸小十五岁。按照这个择偶的年龄曲线,妈妈接下来该和大学生约会了。

"没事,我很好。"我小声回答,借机从他们身边过去。

"你好,卡罗威夫人。"杰克招呼道。卡罗威是妈妈第二任丈夫的姓,不是我爸的。

"我看还是先送阿蒂回房间吧,事情太糟了。等我安顿好她再和你说。"

"当然了。"她笑道。

妈妈觉得我配不上杰克。她不断提醒我,杰克高二后一直在变帅,而我则是原地踏步。以前她总是鼓励阿舍顿和我去参加晚会,我们那会儿都还很小,结果当然是给别人当陪衬。永远只能当公主,做不了女王。公主也不坏,只是不够吸引这么好的男孩子来厮守终生嘛。

不知道这算不算是人生目标,但是我和姐姐一直为此努力。我妈已经失败了。我姐则正在失败:两年的婚姻,嫁给了一个法学院辍学生,整天忙这忙那,不陪她。

我们家女人看男人的眼光似乎都有点问题。

"对不起。"上楼的时候,我对杰克轻声说,"我真的太没用了。你是没有看到布朗温和库伯,他们真的很坚强。还有纳特。真的,我真没有想到最后是他主持大局。我是最没用的一个。"

"嘘,不准你这样说自己。"杰克贴着我头发说,"不许说了。"他的语气很坚决,他觉得我是完美的。

啊,如果有一天他发现我并不完美,我真的不知道该怎么办。

纳特

9月24日，星期一，16:00

    我和布朗温走到停车场才发现，车走得差不多了，本来我们走出教学楼的时候还犹豫了一下。我从幼儿园就认识布朗温了，然后初中几年，一直到现在我们还没有怎么单独相处过。不过，当她走在我边上，感觉还挺不赖的，特别是刚经历了那种事。
    她东看看西看看，就像刚刚睡醒一样。
    "我没开车上学，"她喃喃道，"我应该搭个便车，去时代咖啡店。"
    她的语气很微妙，感觉话里有话。
    我还有一笔"生意"要做，但是现在不赶时间。
    "想不想搭我的车？"
    布朗温顺着我的目光，瞧见了我的摩托。
    "开玩笑吧？这车看上去挺危险的，倒贴我钱我也不坐。你知道每年有多少摩托车事故吗？可不是闹着玩的。"她看上去好像要拿张数据图给我才罢休。
    "随你。"我应该撇下她，自己回家的。但我还没想好要不要面对那房子。我靠着墙，从夹克口袋掏出一瓶啤酒，拧开盖子递给布朗温。
    "喝不？"
    她双手环抱胸前，一脸惊讶地质疑："你在开玩笑吗？让我爬上你那辆'毁灭机车'之前喝酒？让我在学校里喝酒？真是个好主意啊。"
    "你知道吗？你挺逗的。"我并没打算喝，这瓶酒是早上从我爸那里顺的，放在口袋里一直忘了而已。不过看着布朗温生气的样子，倒让我有点满意。

我刚要把酒瓶放回口袋,布朗温一脸不爽地拿过酒。

"该死。"说完,她无力地靠向身后的红砖墙,接着往下滑,最后盘坐到了地上。不知怎么了,我回想起小学的时候,我们上的是同一所天主教小学。那时候我的生活也还没有变得一团糟,学校里所有的女生穿的都是格子制服裙,布朗温也不例外。她每次穿制服裙都很好看。

没想到她猛灌了一口酒,问道:"刚才,到底算怎么回事?"

我挨着她坐下,接过酒瓶,放到面前的地上,回答道:"说不出。"

"他看上去就快死了。"布朗温的手颤抖得厉害,又拿起酒,酒瓶和地面一阵碰撞,"你不觉得吗?"

"嗯。"

布朗温又灌了一口酒,做了个难喝的表情。

"可怜的库伯。"布朗温说,"好像又变回了当初刚转学时一样,他每次一紧张就有各种口音。"

"我没怎么注意,不过那个叫啥的家伙可真没用。"

"她不叫啥,她叫阿蒂,你应该记住她的名字。"布朗温的肩膀顶了我一下。

"为什么?"我怎么都想不明白。那个妹子在今天以前和我没有什么关系,今天以后也不会有,这样对我和她都好。我了解那种妹子,脑子里除了男朋友啥也没有,哦,还有周末该怎么和她几个闺蜜小打小闹。身材倒是蛮火辣的,不过大概也只有这么一个强项了。

"因为我们一起经历了一件大事。"布朗温说得一本正经。

"看来,你有自己的一套要求。"我忘了布朗温这些年是怎么"活"过来的。即使在小学,她日常要忙的事情都可以累死一个成年人。她总是在参加活动,要么就是在组织什么活动。

好吧,但我觉得她不是那种无聊的学霸。

我们静静地坐着,看着停车场里最后几辆车开走,布朗温不时抿一口酒。我拿回酒瓶才发现竟然轻了不少,原本我很怀疑她能不能喝酒。她看上去并不太会喝酒,甚至可以说是滴酒不沾。

我把酒瓶揣回兜里,她拉住我的袖子。

"呃,我想说的是,我对你妈妈,嗯,你妈妈的事感到很抱歉。"她说话断断续续的,"我叔叔也是车祸死的,差不多也在那段时间。那时我就想找你说这个,但是,你和我,呃,我们没有怎么……"她没有再说下去,而是把手放在我的胳膊上。

"没有怎么说话。"我帮她说了,"现在没事了,很抱歉听到你叔叔的事。"

"你一定很想她吧?"她问。

我现在不想谈论我妈,所以转换了话题:"今天救护车来得挺及时,对吧?"

布朗温脸有点泛红,手缩了回去,跟着我转移了话题,问道:"你怎么知道西蒙需要那个笔?"

我耸耸肩:"大家都知道他花生过敏,就这么简单。"

"我从来不知道还有那种东西,"布朗温笑了,"库伯还递给你一支真笔!搞得你要给他写几句话似的,天哪。"她用头撞了撞墙,我真担心她撞坏点啥。

"我看我还是回家吧,今天没状态培训。"

"想搭便车吗?"

没想到这次她同意了,还伸出手说了句"行啊"。我拉她起来的时候,她有点站不稳。我觉得喝酒得等上十五分钟才会上头,但布朗温·罗哈斯的酒量也许比我想的还差。我应该早点把酒拿回来的。

"你家在哪儿？"我跨上摩托，把钥匙插进引擎。

"桑代克街，离这里就几公里。穿过镇中心，过了星巴克，在石谷地左拐，就到了。"

镇上的富人区，当然了。

因为我的摩托不怎么载人，所以我只有一顶安全头盔，我给了布朗温。她戴上头盔，坐到了我后面，裙边往上翻起露出一截白皙的大腿，我好不容易才做到不去看它们。布朗温的手紧紧环住我的腰，也许有点太紧了，不过我什么也没说。

"开慢点，好吗？"我发动引擎的时候，她紧张地请求道。

其实我蛮想吓吓她的，不过我离开停车场的速度还是控制在平时车速的一半，尽管我觉得这样做她不会把我抱得更紧。

我们就这样上路了，她的头盔一直死死贴在我的背上。我赌一千块，前提是我有一千块的话，直到我开到她家，她都不敢睁开眼睛一下。

她家就和你能想到的一样漂亮：大大的维多利亚式建筑，大大的草坪，各种各样的树、花啊之类的。家门口的车道上停着一辆沃尔沃SUV车。我的摩托——如果你好心一点称之为"复古款"，在沃尔沃边上显得特别傻，身后的布朗温也一定这样觉得吧。简直就是属于两个世界的东西。

布朗温爬下车，摸索着脑袋上的头盔，我帮她打开搭扣取了下来，把缠在上面的一缕头发弄下来。她深呼吸，拉了拉裙子。

"吓死我了。"她被一阵手机铃声吓得跳起来，"我的背包去哪儿了？"

"在你的背上。"

她把背包放下，取出前袋里的手机。

"你好？嗯，我能……是的，我是布朗温。你……天哪！你确定？"

背包从她的手里滑到了地上。

"谢谢你打电话过来。"她放下手机,瞪着我,一双眼睛又大又亮。

"纳特,他死了。"她说,"西蒙死了。"

布朗温
9月25日，星期二，8:50

我不停地在脑子里做着算术。现在是星期二早上八点五十分，二十四小时前，是西蒙最后一次来指导教室①。六个小时零五分后，我们五个一起去了禁闭室。一个小时后，他死了。

他才十七岁，就这样死了。

我的位置在指导教室的后排角落，但我感到全班二十五个人的眼睛都盯着我，一直到我坐到自己的座位上。即使没有"关乎"APP新闻推送，西蒙的死讯还是在昨晚晚餐前就传遍了全校。我收到了各种短信，都是我给过手机号的同学发来的。

"你还好吗？"我的朋友由美子凑过来，捏了捏我的手。我点点头，但是点头无疑加重了我的头疼。事实证明空着肚子喝半瓶啤酒是个坏主意。所幸纳特送我到家的时候，我爸妈都还在上班，我的妹妹梅芙给我灌了好多黑咖啡，我勉强还能撑到爸妈下班回家。醉酒带来

---

①指导教室（home room），美国高中学生接受班主任和老师指导的固定教室，其余时间实行走班制，类似中国的大学。

的游离状态，在同学看来，都是西蒙事件造成的。

上课铃响了，接下来应该是早晨公告，但是广播里并没有响起轻微的"噼啪"声。相反，倒是我们的班主任帕克太太清了清嗓子，从她的办公桌前起身，手里拿着一张纸，颤抖着开始读："接下来是贝维优高中教务处的官方通知：很抱歉要和大家分享一则不幸的消息。昨日下午你们的同学，西蒙·凯尔纳发生了严重的过敏反应。我们及时通知了急救中心，急救人员迅速赶到现场。然而不幸还是发生了。在送往医院之后不久，西蒙就去世了。"

不知道谁呜咽了一下，一阵低声议论传遍了整间教室。教室里有一半的学生已经拿出了手机。我猜，今天谁也不顾上课堂纪律了。我没有忍住，从背包里拿出我的手机，进入"关乎"APP，我还有点盼着西蒙发一条吹嘘昨天留堂的新推送。当然我的期盼落空了，APP界面还是只有上周的八卦推送。

我们喜爱的斯通纳乐队鼓手正在开启他的"电影"事业。RC在自己卧室的灯里偷装了一个摄像头，并且在他朋友们面前上演了他的"处女作"。姑娘们，可要小心了。（不过，对KL来说这警告已经晚了。）

是个人都能看出惹火小妖精TC和新贵男孩GR间有点猫腻。但是谁知道真实情况呢？显然她男朋友肯定不知道。周六的时候他坐在露台上看比赛，而T和G就在他下方的座位上打得火热。对不住，JD，你永远是最后才知道真相的。

关于"关乎"上的推送内容，基本可以确定是准确无误的消息。西蒙在高二开发了"关乎"APP，是在春假参加了硅谷某个昂贵的编程培训回来之后的事，但没人料到他能做到这一步。他的消息网遍布校园,每一条推送都经过精心挑选,特别谨慎。人们对他的推送经常选择否认或者无视,可是他的消息从不会出错。

我的相关信息从没有被这个APP推送过。我清清白白,没什么八卦可挖。如果西蒙要写我的话,那就只可能是一件事,但是这件事他恐怕不可能发现。

现在我可以认定他永远不会发现了。

帕克太太还在说:"今天一整天学校都会在礼堂提供心理辅导咨询。只要你们觉得需要找人聊聊自己对事件的看法,就可以在课上课后随时前往。在周六的橄榄球比赛之后,学校会为西蒙同学举办一个追悼会。追悼会的具体时间地点会第一时间通知大家。关于西蒙家属的后续后排,也会确保尽快让大家都知道。"

下课铃响了,所有人起身准备离开教室。我还没收拾好背包,就听到帕克太太在喊我:"布朗温,你能留一下吗?"

身旁的由美子停住脚步,把一丝黑直发挽到耳后,向我投来同情的目光,说:"我和凯特在走廊等你,好不?"

我点点头,拿起我的包。当我走到帕克太太办公室的时候,她拿着通知单的手还在微微颤抖。

"布朗温,吉普塔校长希望昨天在禁闭室的每个人今天都接受一对一的心理辅导。她让我告诉你,今天十一点希望你抽时间去一趟奥法雷尔先生的办公室。"

奥法雷尔先生是我的辅导员,我经常去他的办公室。过去的六个月我多次在那儿和他讨论大学志愿的报名申请问题。

"是奥法雷尔先生给我做辅导吗?"我心想应该没什么大问题。

帕克太太抬了抬前额,说:"哦,不是他。学校请了个专家过来。"

真是好极了。我昨天花了大半晚的时间说服我爸妈,我不需要什么特殊待遇。不管怎样,他们要是知道我现在被迫接受专家辅导,一定很开心吧。

"好吧。"我没急着走,怕她还有什么事要说,但是她只是拍拍我的肩膀,搞得我有点尴尬。

凯特和由美子果然在教室外等我。我们要去上初级微积分课,她们一左一右走在我两边,仿佛是保护我不被狗仔偷拍的保镖。由美子看到埃文·内曼等在教室门口,马上站得远远的。

"嗨,布朗温。"埃文穿着一件常穿的纽扣POLO衫,胸口绣着EWN(他全名的缩写)的字母。我一直不知道中间的W代表的是什么?华特?温德尔?威廉?我希望是威廉。

"你昨天收到我的短信了吗?"

我确实收到了——需要帮忙吗?要不要我陪陪你?

考虑到这是他唯一一次主动发短信给我,我内心的小魔鬼决定把这事从"贝维优奇闻"的第一排移到第一位。

"收到了,谢谢你,但是昨晚我很累。"

"好吧。如果你想找人聊聊天,可以找我。"埃文注意到走廊上的人在减少,守时达人的本性犯了,"我们快进教室吧,嗯?"

当我们进屋坐下,由美子对我坏笑了一下,然后低声道:"昨天竞赛培训的时候,埃文一直在问为什么你没有来。"

我多希望自己能给她一个满意的反应,但是禁闭室和微积分让我失去了对埃文·内曼的兴趣。也许是因为西蒙的死带来的创伤后遗症,我已经搞不清埃文当初为什么会吸引我。我说的吸引,不是指方寸大乱的那种。只是觉得我们在一起的话,会成为一对安稳的情侣直到毕业。一到毕业,我们会和平分手,朝着各自理想的大学而去。我觉得这种感情太平淡了,但高中的恋爱不就应该如此么?至少这是我的想法。

我在微积分中挣扎，心思却飘得很远，接着就下课了。我和凯特、由美子去上文学课。一路上我满脑子都是昨天的画面，所以在走廊上碰到纳特的时候，我下意识地喊道："嗨，纳特。"

我停下脚步，他也停住了。我们两个都很意外。

"嗨。"他回了一句，一头黑发看上去格外凌乱。我记得他昨天穿的就是今天这件T恤衫，看上去还挺像那么回事，蛮帅的。无论是高高瘦瘦的身材，还是有棱有角的脸。他成功地打断了我的思路。哎，还有他的眼睛，睫毛浓密、眼睛狭长。

凯特和由美子也瞪着他看，但恐怕和我想的完全不同。感觉她们像是在看动物园里跑出来的动物。在走廊上和纳特·麦卡利聊天从不是我们的日常内容之一。

"你去心理辅导了吗？"我问。

他一脸茫然地问："去什么？"

"创伤心理辅导，因为西蒙的事。你的班主任没告诉你？"

"我这才刚到学校呢。"他解释道。我瞪大眼睛，我知道纳特不太上课，可现在已经是上午十点了啊。

"哦，好吧。我们昨天的四个人都要接受一对一辅导，我的安排在十一点。"

"真要命。"纳特嘟哝道，挠挠头发。

于是，我的目光从他的眼睛转移到了他的手臂上。最后凯特清了清嗓子，我才回过神来，脸有点发烫，没听清她说了什么。

"好，回头见。"我的声音很含糊。

等我们走了一段，由美子才靠近我说："他看上去好像刚刚起床，而且应该经过一场狂欢。"

"我希望你下了他摩托以后有好好洗澡消毒，"凯特补充道，"他行为放荡。"

我瞪了她一眼:"你不觉得这个词有点过吗?起码要用中性的词语来形容。"

"好吧,"凯特轻蔑地说,"我的意思是,他身上肯定都是病菌。"

我没有回答。纳特在学校里的名声就是这么差,实际上我们并不了解他。我想告诉凯特,昨天纳特送我回去的路上多么小心翼翼,但是我解释这个,又是想说明什么呢?

文学课结束后,我就去了奥法雷尔先生的办公室。我还没敲门,他就在屋里招手了。

"快坐下,布朗温。雷斯尼克博士可能会晚点到,不过应该要不了多久。"

我在他对面坐下,办公桌中间放了一个文件夹。我在文件夹上瞥到了我的名字,写得很潦草。我伸手要去拿,但是中途犹豫了,说不准是份机密文件。不过奥法雷尔先生主动递给了我。

"模联①主办方给你写的入学推荐信,不过耶鲁大学的申请截止日期还早呢。"

我呼了口气,如释重负道:"哦,谢谢!"

我边说边接过文件夹。我最近一直在等这个。上耶鲁大学已经成了一种家族传统——我爷爷曾是耶鲁大学的访问学者,当他得到耶鲁大学的终身聘用以后,带着全家从哥伦比亚搬到了纽黑文②。他的每个孩子,包括我的爸爸,都是上的耶鲁大学。我妈妈也是在耶鲁大学

---

①模拟联合国(Model United Nations),简称模联,为青年人组织的公民教育活动。在活动中,青年学生们扮演联合国不同国家或其他政治实体的外交代表,参与国际热点问题的讨论。
②纽黑文(New Heaven),美国古城、东部重要海港,耶鲁大学所在地。

认识我爸爸的。他们常常说，因为有了耶鲁大学，才有了我们整个家族。

"不用谢。"奥法雷尔先生身子往后仰，扶了扶眼镜，问："最近耳朵烫了吗？有人老在念叨你，卡米诺先生到我这儿问你这学期有没有兴趣辅导一下化学。低年级有一群学生正发愁呢，和去年的你一个样儿。他们想向人讨教一下怎么学好化学，你最后可是在这门课考试时拿了高分。"

我费了好大的劲才说出话来，尽量装得好像完全没问题："行，但是我已经快忘得差不多了。"我紧绷的笑容，连我的牙都感觉到了。

"别担心，你在学习方面一直很有一套。"

化学是我唯一的弱项学科，在期中考试的时候我拿了一个D。每做一道化学题，我都觉得自己离常春藤名校[①]又远了一步。那时候，甚至连奥法雷尔先生都安慰我说，其实我可以考虑另外的重点大学。

最后我化学成绩提上来了，期末考试时拿了A。但是我很确定，如果老师知道了我的"成功秘诀"，绝不会希望我分享给其他学生听的。

[①]常春藤名校（Ivy League），由美国八所一流名牌大学组成的高校联盟，是名校的代名词。

库伯
9月27日，星期四，00:45

"今晚可以见个面吗？"

午餐后我和吉丽走向储物柜时，吉丽拉住我的手问道，同时用一双黑黑的大眼睛望着我。她的妈妈是瑞典人，爸爸是菲律宾人，两种血统的混合使吉丽成了全校数一数二的美女。这周我忙着家里和棒球的事，几乎没怎么和她碰面，可以看出她挺想我的。实际上她不像很多女生那么黏人，但也需要正常的"情侣时间"。

"可能不行，我落了很多功课。"

她撅起嘴，我知道她要抗议了，校园广播及时响起："全体注意。请以下几位同学速到校长办公室报到：库伯·克莱、纳特·麦卡利、阿德莱德·普兰蒂斯、布朗温·罗哈斯。重复一遍：库伯·克莱、纳特·麦卡利、阿德莱德·普兰蒂斯、布朗温·罗哈斯。"

吉丽一脸茫然，期待我给个解释："怎么回事？和西蒙的事有关吗？"

"大概是吧。"我耸耸肩。几天前我已经回答了吉普塔校长的问题，讲了那天在禁闭室发生的经过。不过，也许她打算再确认一遍。我爸说，西蒙家里和政府有点关系，如果西蒙父母的诉求遭到无视，校方担心会惹来官司。

"我最好去一趟，回头再聊，好吗？"我在吉丽的脸上飞快地亲了一下，背上书包转头离开了。

我到了校长办公室，接待的秘书指示我到一个小会议室去。等我走进会议室，房间里已经坐满了人：吉普塔校长、阿蒂、布朗温、纳特和一个警员。我嗓子发干，坐到了最后一个空位上。

"嗯，库伯也到了，我们现在开始吧。"校长在桌前交叉着双手，环顾了一眼桌上的每一个人，然后接着说，"很荣幸向大家介绍贝维优警察局的汉克·布达佩斯警官。他有几个问题要问你们，关于周一发生的事。"

布达佩斯警官依次和我们握了手。他年纪轻轻就头发稀疏，棕色的头发，满脸的雀斑，看上去既不威严也不精明。

"很高兴见到你们。这次问话不会占用你们太多时间。和西蒙家里人聊了后，我们觉得有必要对西蒙的死展开进一步调查。尸检结果今天早上出来了——"

"已经出来了？"布朗温插了一句嘴，吉普塔校长看了看她，但她没在意，接着问道："尸检不是要花很长时间吗？"

"尸检的基本结果几天就能出来。"布达佩斯警官说，"结果很明显，西蒙由于短时间大量摄入花生油导致过敏死亡。西蒙的父母对这个结果表示了疑问，因为西蒙平时对自己的食物和饮料都特别注意。你们四个和校长说，西蒙是在喝了一杯水之后倒地休克的，是这么回事吧？"

见我们都点了头，警官又继续说："水杯里检测到了花生油的成分，很显然西蒙就是因为喝到了杯子里的花生油死的。不过我们想弄清楚，花生油到底是怎么进到杯子里去的。"

谁也没有说话。阿蒂的眼神和我接触了一下，继而又转移开，眉间微微皱起。

"西蒙是从哪里拿的杯子，你们谁还记得？"布达佩斯警官问道，手中的笔悬在桌上笔记本的空白页上。

"我没注意。"布朗温回答，"我当时在写老师布置的短文。"

"我也是。"阿蒂说，虽然我敢保证她当时肯定还没动笔。纳特伸展着身子，自顾自地盯着天花板。

"我记得,"我自告奋勇道,"他当时是从水池边的架子上拿的。"

"是水池上面那个,还是水池右边那个?"

"上面那个。"我回答,"他从最上面的杯子里抽了一个出来。"

"你有注意到空杯子里有什么液体残留吗?他洗了杯子吗?"

我回想了一下,说:"没有,他只是把水倒了进去。"

"然后喝了?"

"是的。"

但是布朗温纠正了我:"不对,他没有马上喝。他先讲了几句话,还记得吗?"她转向纳特,"他问你,是不是你把手机放进我们几个包里的。还说有人故意让艾福里先生惩罚我们。"

"手机,对。"布达佩斯在笔记本上记了一笔。

布朗温以为他是在发问,接着分析道:"有人故意陷害我们,所以我们才会被留堂。艾福里先生在课上从我们的包里搜出了手机,但是那些手机不是我们的。"布朗温一脸受伤的表情,对吉普塔校长说,"不公平,我一直都想问来着,这有明确规定吗?"

纳特转了转眼珠:"不是我干的。我的包里也被放了手机。"

吉普塔校长皱眉道:"我还是第一次听说手机的事。"

校长看了看我,我耸耸肩。过去的几天我都没有想到手机这回事。

布达佩斯警官倒不太意外:"我找过艾福里先生,他向我解释过。他说这几个孩子后来都没找他去拿回手机,可能真的是有人故意搞的闹剧。"

警官把笔夹在中指和食指间,在桌子上有节奏地敲打着。

"会不会是西蒙做的?"

"他这么做,目的是什么?"阿蒂说,"他自己包里也有手机啊。话说回来,我和他不熟。"

"你和他在高三舞会上跳过舞。"布朗温指出。阿蒂眨眨眼,好像才刚刚记起有这回事。

"你们谁和西蒙有过节吗?我听说他自己开发了一个APP叫'关乎',是吗?"布达佩斯警官看着我。

我点点头,问:"你们有谁上过他的八卦推送吗?"

所有人都摇摇头,除了纳特。

"上过好几次。"

"关于什么事?"

纳特得意地笑了一下:"一些傻得冒烟的——"

他还没说完,吉普塔校长就打断了他:"麦卡利先生,注意你的用词。"

"一些傻事,"纳特改口,"泡妞啊啥的。"

"困扰到你了吗?"

"没有。"纳特回答的样子看上去不像是在说谎。我猜,比起抓进监狱,被八卦APP曝光还真算不上什么。没错,如果西蒙不做纳特的推送,根本没人知道纳特的勾当。

说起来有点可悲,西蒙给我们提供了不少消息。

"你们三个都没有?" 布达佩斯警官看了看剩下的人,我们再次摇头,"你们对他的APP不抵触吗,怕有一天会曝光你们什么的,诸如此类?"

"不怕。"我回答,但我表现得并没那么信誓旦旦。我看了看警官,又看了看阿蒂和布朗温,她们两个看上去截然不同——一个脸色煞白像个鬼,一个脸红得像猴屁股。纳特也注意到她们,然后翘起椅子,转向布达佩斯警官。

"每个人都有秘密,不是吗?"

我的棒球训练弄得很晚,但爸爸还是让全家人等我回来了才开饭。我弟弟卢卡斯摸着肚子,急急忙忙跑到餐桌边,一副饿得不行的样子。等到吃晚餐的时候已经七点了。

这周餐桌上的话题一直都是西蒙的事。

"你们应该想到警察会介入,那个男孩子死得蹊跷。"爸爸哼了一声,用勺子把土豆泥盛进自己的盘里堆成小山,"饮水系统里有花生油?律师肯定会抓着这个不放。"

"他死的时候眼睛是不是瞪得这么大?"卢卡斯问道,同时做了个鬼脸。他才十二岁,西蒙的死听上去就像电子游戏一样不真实。

我的奶奶伸出手打了一下卢卡斯的手背。奶奶个子小小的,不到一米五,一头花白的卷发,但是在我家最有地位。她训斥弟弟:"住嘴,对那个可怜的小伙子放尊重点。"

我们五年前从密西西比搬到这里,奶奶就一直和我们一起住。我以前对她的生活感到不可思议:爷爷去世好多年了,她到处交朋友,参加俱乐部,忙得不亦乐乎。和她一起生活下来,我才有点明白。这套房子的价格是密西西比的两倍,没有奶奶出钱,我们住不上这么好的房子。我能在这里参加棒球比赛,贝维优高中也有全国顶级的培养方案。从某种程度上来说,爸爸换的工作他并不喜欢,这里房子按揭又贵,所以他希望我不要让这一切白费。

我不能让这一切白费。我的快球经历一个暑假后时速提高了五英里。明年我就是第四次进入娱乐与体育节目电视网(Entertainment and Sports Programming Network,ESPN)的六月美国职业棒球大联盟(Major League Baseball,MLB)预赛。同时我被很多大学青睐,所以进大学也不是不可以。但是棒球不比橄榄球和篮球,不是一个人能在高中脱颖而出成为职业球手,就一定能够成功。

爸爸用餐刀指了指我,说:"别忘了,这周六还有表演赛。"

这说的，好像我可以忘记一样。他早就在整间屋子到处都贴上了比赛的提醒。

"凯文，这周也许应该让他休息一下？"我妈妈低声建议，但仅仅只是出于建议，她知道爸爸不会采纳。

"我们家的'库伯斯敦'唯一需要做的，就是照常训练。"爸爸回答，"就算库伯松懈训练，也不能救回那个男孩子的命，愿他安息。"

奶奶小小的眼睛却很明亮，一个劲瞅着我："希望你们几个孩子都原谅自己，你们都尽力了。库伯，警察只是例行公事，别担心。"

我并不这样觉得。布达佩斯警官一直在问我医务室丢失的肾上腺素笔，问我在医务室都做了什么，似乎认为我能在格雷森女士进医务室前动什么手脚。当然，他没有挑明这个意思。但他在怀疑某个人，真搞不懂他为什么不去查纳特。要我说，虽然并没有人问我，可是我会首先怀疑纳特，他竟然第一时间就知道要找肾上腺素笔。

我们收拾完晚餐桌，门铃就响了。卢卡斯边跑边喊："我去开门！"

几秒后他大喊了一声："吉丽来了！"

奶奶用拐杖撑着好不容易站起来，拐杖是卢卡斯去年给她挑选的，拐杖顶上有个骷髅。她必须接受再也不能自行走路的事实。

奶奶问："你和吉丽今天晚上没有活动吧，库伯？"

"没有。"我说着。

吉丽已经走进了厨房，微笑着紧紧抱住我。

"你怎么了？"我问。

她在我耳边说着悄悄话，嘴唇软软的，在我脸上蹭着："我一整天都在想你。"

"还不错。"我回答。她松开我笑了一下，手伸进口袋，迅速拿出一个塑料包装袋。红蜡糖，别误会，这可不是运动所需的补品，而是我最喜欢吃的糖。吉丽很了解我。

我的爸妈在去看保龄球联赛前,打算和吉丽寒暄几句。

吉丽在和我妈聊天,眼睛显得很有光彩,谈吐自然得体。吉丽不仅人漂亮,各方面都不错,就像奶奶说的"人见人爱",真是一个很好很好的女孩。贝维优高中每个男生都特别羡慕我。可是——

我目前心里只有棒球。

阿蒂

9月27日，星期四，19:30

  我应该趁杰克来之前把作业做了。但是我却坐在卧室的梳妆台前，手指在发际线附近按来按去。左边太阳穴按下去鼓鼓的，感觉有一颗痘痘就要冒头了，是隔几个月才会长出的那种大痘痘。每当它长出来的时候，我觉得所有人都会看着它，这种感觉真难受。

  我这段时间都披散着头发，因为杰克喜欢看我长发的样子。只有头发，只有头发能永远让我充满自信。我上周和闺蜜在格伦餐馆吃饭，我和吉丽位置对面有一面大镜子，她对我的头发爱不释手，冲着镜子里的我们笑。

  "我们能不能交换一下头发，一个礼拜也好。"她开玩笑地说。

  我朝她笑了笑，心里却在后悔我没有坐到对面去。我不喜欢和她坐在一起，她长得多好看，皮肤光滑、睫毛弯弯，有着安吉丽娜·朱莉式的性感嘴唇。吉丽简直是电影里的女主。而我呢，是她的固定小跟班，一般片尾字幕还没出来你就忘了这种角色的名字的那种。

  门铃响了，我知道杰克不可能立刻上楼来见我。妈妈会先逮住他聊几句。关于西蒙的事她怎么也听不腻。如果可以的话，我今天开的会她能讲一晚上。

我把头发拨开，用梳子一点点打理。我又想到了西蒙，从高一的时候，他就整天出现在我们小团体身边，但却得不到我们的接纳。在学校他唯一一个称得上朋友的，是一个打扮有点哥特的女孩，名字叫简娜。我一开始以为他们在交往，后来发现西蒙追求过我所有的闺蜜，当然都被拒绝了。不过，去年在一个派对上吉丽喝醉了，躲在一个壁橱里吻了西蒙五分钟。事后吉丽花了一个世纪才摆脱了西蒙的一厢情愿。

我不明白西蒙到底在想什么，说真的，吉丽的理想型是阳光型男，西蒙应该和布朗温这种比较配吧。布朗温是可爱型，灰眼睛亮闪闪的，如果别老是扎头发会更好看。再说，他们俩都在尖子生班，整天可以碰见。

我今天又觉得布朗温并不会对西蒙来电，或者说完全不感冒吧。因为当她听到西蒙死因的时候，看上去——至少我觉得，一点也不难过。

有人敲了敲我的卧室门，我从镜子里看到门开了。杰克走了进来，我还在梳头发。他脱下运动鞋，一头栽到我的床上，假装很累的样子，用胳膊撑着脑袋说："你妈妈真的要把我逼疯了，阿蒂，我从没有见过一个人可以把同一个问题翻来覆去问这么多遍。"

"她就这样。"我说完也爬上了床。他过来搂住我的脖子，我的头靠上他的肩膀，手放到了他胸口。我们很有默契，这是我离开校长办公室以来第一次感到安心。

我的指尖在他的肱二头肌上滑动。杰克和库伯不一样，库伯真的是全校的偶像、运动明星。但是在我眼中，杰克才称得上是"穿衣显瘦、脱衣有肉"的完美身材，他跑步很快，是贝维优高中近年最厉害的橄榄球跑卫。虽然没有像库伯出那么大的风头，但是好几所大学也向杰克抛来了橄榄枝,他在学校也拿着奖学金。

"凯尔纳太太给我打电话了。"杰克说。

我停住了手指的动作,看着他蓝色T恤上的小线团,问道:"西蒙的妈妈?为什么?"

"她问我能不能在葬礼上负责抬棺材,葬礼在星期天。"杰克耸耸肩,"我答应了,你说我好意思拒绝吗?"

我差点忘了西蒙和杰克小学初中一直是朋友。不过后来杰克越来越爱运动,越来越有型,而西蒙,越来越像他现在这样。高一的时候杰克加入了校橄榄球队,开始和库伯玩在一起。库伯初中时就加入了校队,开始参加全国比赛。到了高二,他们两个是我们班上的大明星,而西蒙则是过去和杰克有点交情的怪胎。

我总觉得,西蒙开发"关乎"APP有一点原因是因为杰克,想让杰克看得起他。西蒙发现杰克手球队里有个球员曾经匿名骚扰好几个学妹,并且把这个料爆到了一个叫"课后"的APP上。在那几周里西蒙和他的新闻引发了巨大关注,恐怕这是全校所有人第一次注意到还有一个叫西蒙的家伙。

当时杰克可能也拍了拍他的背夸了他几句,然后转身就忘了。可能西蒙想要做大做好,于是自己开发了一个APP。做八卦推送平台并不容易,西蒙开始不满足于真正的丑闻,而是想挖出一些更加暧昧不清的隐私。一旦被他侵犯了隐私,没人会再把他当成英雄看了。大家都害怕他会搞到自己头上来,我猜西蒙自己应该不在意。

我们的朋友看到自己登上了西蒙的APP时,杰克一开始还会帮西蒙说话。

"西蒙说的应该是真的。"杰克说道,"是因为他们自己拈花惹草。只要身正就不怕影子歪。"

有时候杰克的想法还挺一根筋的,从不犯错是多么难啊。

"不过我们不打算取消明天的海边聚会,如果你觉得没问题的话。"他对我说,用我的头发缠绕着手指。这语气,说得我真的有决定权似的。杰克才是掌握我们社交生活的人,我们两个都很清楚。

"没问题。"我喃喃道,"都有哪些人去?"

不要说特里也去。

"库伯和吉丽会去,虽然吉丽现在还不是很确定库伯的想法。路易斯和欧利维亚一对。凡妮莎、泰勒、诺亚、莎莉……"

不要有特里。

"……还有特里。"

该死。我不知道是不是我的错觉,特里作为新人以前在我们小团体里并不出挑,现在倒是什么活动都叫上他,可我偏偏希望他永远消失。

"好极了。"我的语气温柔,起身亲了亲杰克的下巴,亲上去有点扎扎痒痒的。杰克今年才决定留点胡子。

"阿德莱德!"我妈的声音传到了楼上,"我们要出门了。"

她和小男友贾斯汀最近每晚都出去玩,大部分是去餐馆,有时候也去俱乐部。贾斯汀才过三十,和我妈却很登对。我妈特别享受这种感觉,尤其是别人以为她和贾斯汀一个年纪时。

纳特

9月27日，星期四，20:00

我住的是他们说的那栋房子。人们开车经过时会说，那栋破房子里竟然还能住人？当然，虽然这个"住"的定义有点勉勉强强。不过要说我是勉勉强强，那么我爸就是半死不活了。

我们的房子在贝维优最偏的地段，是那种有钱的大农场主买来拆迁用的房子。房子很小，外形又丑，前面只开了一扇窗户。我十岁的时候房子的烟囱就坏了。接着所有的东西都开始跟着坏掉了：墙纸烂了、百叶窗破了、前门台阶又烂又破。后院乱得不能看，杂草都快长上膝盖了，夏天一过就全黄了。我以前还会除除草啥的，直到有一天我明白这简直就是在浪费时间，从此随它春风吹又生。

当我回到家的时候，我爸躺在沙发上跟死了一样，面前摆着一瓶施格兰牌子的酒，当然已经空了。几年前我爸做屋顶活儿从梯子上摔了下来，他不仅没有因为这个戒酒，反倒把这当作大好事。不仅拿了工伤赔偿，还领了残疾人社会救济。对他这种人来说，这简直就像中了彩票。现在他可以天天喝酒还有钱拿，虽然钱不多。

我要看电视、要保养我的摩托，还要时不时改善一下伙食，所以我要做兼职。我今天放学还要花四个小时在圣地亚哥住区到处兜售我的"货"，当然这和我之前卖的"货"有点不同，因为暑假的时候我差点因为这碴被关进去，现在还在缓刑。但是做这个出力少、来钱又多。

我走进厨房，打开冰箱，拿出吃剩的中国菜快餐。冰箱上用磁铁夹着一张照片，已经烂得不像样了。上面是我爸、我妈和我。当时我十一岁，没过多久我妈就离家出走了。

我妈有狂躁症又有抑郁症还不爱吃药，所以她在家的那会儿我的童年也不见得有多幸福。我最早的记忆是她砸了一个盘子，然后坐在一地碎片里哭个不停。有一次我去等公交，还看到她往屋外扔我们的东西。她在家的大部分时间是待在床上，可以连续几天一动不动。

其实她并不总是这样讨厌。八岁的时候，她带我去过百货商店，递给我一个购物车，让我把所有想买的东西都放进去。到了九岁我开始喜欢爬虫，她就给我准备了一个惊喜：在客厅里放了一个爬虫箱，里面养了一只松狮蜥①，我们都喜欢斯坦·李②，所以给它取名叫斯坦。现在我还养着斯坦。这些事情我都还记得。

那时候我爸也没那么爱喝酒，所以他们两个总能轮流送我去上学。后来妈妈迷上了赌博，开始跟变了一个人似的。

接着她几个月回来一次，然后一年回来一次。我最后一次见到她时是在十四岁，那年我爸刚开始堕落。我妈整天说要搬到俄勒冈州去，那个农场公社多么多么好，还说要带我转学去那儿，那儿到处都是嬉皮士小年轻。

在格伦餐馆她给我买了一个超级大的冰激凌圣代，搞得我好像是个八岁小孩，然后给我讲了一堆那个农场的破事。

她说："你会喜欢那里的，纳赛尼尔（我的大名，只有我妈会这样叫）。农场里所有人都很包容，从不会给你乱贴标签，不像这里。"

我觉着这农场听上去还是像一坨大便，不过大概是比贝维优这坨

---

① 松狮蜥（beared dragon），最受欢迎的宠物蜥蜴类型之一，性格温顺。
② 斯坦·李（Stan Lee），美国著名流行漫画漫画家，曾创造过蜘蛛侠、绿巨人等一系列知名漫画人物。

大便好那么一点点的大便吧。所以我把行李装进一个包，把斯坦装进罐子里，在我们家前门台阶上等着，等她接我去俄勒冈州。结果呢，我应该是在台阶上坐了大半个晚上，就像个该死的白痴，搞了半天我才明白，她压根就不会来接我。

结果，在格伦餐馆成了我们最后一次见面。

趁着剩菜加热的工夫，我看了看斯坦的情况，今天早上喂的一点烂菜叶和活蟋蟀，它到现在还没吃完。我掀开爬虫箱的顶盖，趴在石头上的它朝我眨眨眼。

斯坦生性冷静，很好养活，恐怕也只有如此才能在这个烂房子里活了八年。

"斯坦，今天过得怎么样？"我把它放到我肩上，端了食物坐到我爸对面的扶手椅上，他还在睡着，沙发前的电视开着，在放世界职业棒球大赛。

我动手把电视关了：第一，我不喜欢棒球；第二，棒球让我想起了库伯·克莱，库伯·克莱又让我想起了西蒙·凯尔纳，然后是禁闭室里恶心的场面。虽然我不喜欢西蒙，但是他死得蛮惨的。你仔细想一下就知道库伯其实和那个金发妹子一样没用。布朗温是唯一冷静的一个，没有吓傻。

我妈以前挺喜欢布朗温的，总是关心她在学校的情况。比如四年级在表演基督诞生舞台剧[①]的时候，我扮演的是牧羊人，她扮演的是

[①] 据《圣经》称，婚前就感受圣灵而受孕的玛利亚情急之下躲在马槽里生下了耶稣。耶稣诞生后，在野地中看管羊群的牧羊人，在寒冷的夜间突然看见天上的奇异光芒。随后他们接到了神使报信说救世主出生在马槽，便抛下羊群纷纷带着礼物，去膜拜马槽中的婴孩。耶稣马槽出世的故事就此流传世间。

圣母玛利亚。在演出之前,有人偷走了圣婴的道具,可能是想捉弄布朗温,因为布朗温对什么事都很认真。当时布朗温急中生智,走进观众席,借来了一个包、一块毯子,用毯子把包裹起来,当成襁褓中的耶稣,仿佛什么事也没有发生。

我妈听我讲了以后,颇为欣赏地评价道:要骗到这个姑娘可不容易呐。

好吧,从实招来,其实是我偷了那个道具,就是为了捉弄布朗温,如果她当场出丑一定会很好玩的。

我身上的夹克振动了一下,我摸索口袋看是哪个手机发出的。星期一布朗温在禁闭室里说没人会有两个手机,当时我差点笑出来。实际上我就有三个手机:一个平时用,一个用来联系供货商,一个用来联系买家,以便于我不会搞混。不过我再怎么也不会蠢到带任何一个手机去上艾福里的课。

我的"工作"手机一直设置成振动,这样我就能马上反应过来。我拿出我老掉牙的 iPhone,看到一条来自艾梅伯的消息。

艾梅伯:有空吗?

她是上个月我在派对上认识的一个姑娘。

我犹豫了,艾梅伯是个辣妹,但永远别和她在一起太久。我每周撩妹的次数一频繁,事情就很难解决了。但是我现在很不平静,可以稍微借这个转移一下注意力。

我:过来吧。

我正要放下手机,又来了一条新消息。是查德·波斯纳发的。

查德·波斯纳:你看到了吗?

我在学校有时候会和他一起玩。我打开消息里的链接,出现了一个汤博乐①网页,标题是"关于'关乎'"。

杀害西蒙的方法,是我在看《日界线》②的时候想到的。

当然这个问题我其实已经思考了很久,并不是心血来潮。但是怎样才能实施一起"完美的犯罪"呢?对此我犹豫不决。我可不会吹牛说自己是犯罪天才,蹲监狱实在不适合我。

在那天的新闻报道里,有一个家伙杀了自己的妻子,《日界线》里经常有这种新闻,是吧?总是丈夫杀妻。事实上,观众都喜欢看妻子被害。她害得同事被开除,辱骂市议会的议员,和朋友的丈夫有一腿。总的来说,人人都讨厌她。

但是,《日界线》里的那个丈夫的主意太糟了,竟然雇人去杀妻子,手机的通讯记录很容易被查到的。但是在暴露以前,众多的嫌疑人很好地把他隐藏了起来。

如何实施一起"完美的犯罪"?答案便是,杀一个人人都想让他去死的人。

那好,让我们来面对这样一个情况:贝维优高中每一个学生都恨西蒙,恨不得杀了他。而我,是唯一有勇气去做的人。

不用谢我。

看到这段文字时,手机都差点从我手中掉了。查德·波斯纳又发来了一条消息。

查德·波斯纳:大家都惊了。

---

①汤博乐(Tumblr),全球最大轻博客网站之一,介于传统博客和微博之间的社交平台。
②《日界线》(Dateline),NBC(美国全国广播公司)一档著名节目。

我：你在哪儿看到这个的？

查德·波斯纳：学校里有人收到了链接邮件，应该是随机发的。

随后波斯纳又发了一个"笑哭"的表情。他觉得是某人的恶意玩笑而已，大部分人都这样想。他们并不知情，因为他们都没有被警察缠着问为什么西蒙的水杯里会有花生油。整整被审问了一个钟头，而且和三个看上去很有可能是凶手的同学坐在一起。

他们三个和我不一样，不知道碰到这种事应该怎么装无辜。至少，在外人看来，我在犯罪方面有一定的经验了。

布朗温
9月28日，星期五，18:45

周五是放松的时刻。我和梅芙在她房间里上网飞①，准备连看几集《吸血鬼猎人巴菲》②。最近我们超迷这个剧，这个星期我一直在等周五这天。但今晚我们都有些心不在焉，梅芙盘坐在窗边，敲打着笔记本电脑键盘。我呢，整个人成大字躺在她床上，手上拿着 Kindle 电子书阅读器，里面是詹姆斯·乔伊斯的《尤利西斯》。它被评选为20世纪百大图书的第一名，我想在这学期期末前读完。但是进度很缓慢，我总是集中不了注意力。

今天学校里所有人都在议论汤博乐上的一篇文章。好几个学生昨晚都收到了一个匿名的邮件链接，打开链接就是那篇《关于'关乎'》的文章。到了今天中午全校人都看过了。

---

①网飞（Netflix），美国流媒体网站，也是世界最大的收费视频网站之一。众多热门网剧的制作方。
②《吸血鬼猎人巴菲》（Buffy the Vampire Slayer），美国于1997年开播的著名奇幻青春剧集，讲述一个超能力美少女对抗吸血鬼的故事。

每周五由美子都在校长办公室做小助理,她听校领导说要通过IP地址找到文章的作者。

我怀疑他们只会是徒劳无功,任何一个智力正常的人都不会用自己的电脑来发这种文章。

周一禁闭室事件过后,人人都对我特别关注、非常友好,不过今天似乎不同。每次我一走近,大家就停止了对话。最后,由美子安慰我说:"大家不是在怀疑你啦,只是觉得有点奇怪。怎么昨天你们几个才被警察叫去问话,然后就看到了这种文章。"

这话根本无法安慰我。

"想想看,"梅芙的声音打断了我的思绪,把我拉回到现实,只见她把笔记本放在一边,用手指轻敲着窗玻璃说,"明年这个时候你就在耶鲁读书了,周五晚上你会在那儿做啥,去参加联谊吗?"

我朝她转了转眼珠:"哎,我进了耶鲁并不代表整个人都变了,我还是会回来陪你的。"

"当然,难道不是吗?"

我在床上翻来翻去,总会有办法的。

我说:"你别这样。"

梅芙还在用手指敲窗户。

"如果你这么说只是不想让我难过,那么还是算了吧。我知道自己拖了我们家的后腿,我习惯了。"

"你没有。"我表示反对。她只是笑了笑,然后摆摆手。

梅芙是我见过最聪明的人之一,但是从高一开始她就生病休学了。她七岁被诊断出有白血病,直到两年前,也就是她十四岁的时候才完全康复。

过去有许多次我们都差点永远失去她。一次在我四年级的时候,我无意间听到一位神父在医院问我爸妈有没有做好"打算",我知道神父指的是什么。我那时低头默默祈祷:"上帝啊,请你不要带走她。只要你答应我,我愿意做任何事,我会变成一个优秀的人,我保证。"

在医院进进出出了这么些年,导致梅芙没有拥有属于自己的生活。我所做的一切,是为了我们俩。参加社团,拿奖学金,考好成绩,只有这样我才能不让爸妈失望,才能去耶鲁大学,既能让爸妈开心,也可以减少梅芙的心理负担。

梅芙望着窗外,一如既往一脸恍惚的样子。她整个人和她的梦想看起来一样的脆弱:脸色苍白、身材轻飘,有着和我相同的黑棕色头发,但瞳孔是明亮的琥珀色。我正要问她在想什么,却见她突然坐直身子,手搭在眼睛上,把脸贴近窗户。

"那是纳特·麦卡利吗?"

我一开始不信,只是哼了一声。

"我是说真的,过来看看。"

我起身,走到她身边,隐约望见了停车道上有一辆摩托。

"怎么回事?"我和梅芙交换了个眼神,她朝我坏笑了一下。

"怎么?"我问她,语气比我想的要强烈。

"怎么?"她模仿我的语气,"你以为我忘了你小学暗恋他?我虽然病了,可没有失忆。"

"哎,别开玩笑了,多少年前的事了。"纳特的摩托还停在那儿一动不动,"你说,他在那儿干吗?"

"想知道的话,只有一个办法。"她听上去有些幸灾乐祸,没有注意到我起身后给了她一个不爽的表情。

我下楼的时候,心跳在加快。自小学五年级后,这是我们讲话次数最多的一周。虽然我承认也算不上很多。每次我见到他,都感觉他急着要结束对话的样子,可我还是很想找他聊聊。

打开前门,我家车库的感应灯一下子亮了,把纳特照得像舞台上的明星。我走过去,脑子里在打架,因为我才发现一个严重的问题:我没有换衣服。我身上还是每周五那副和梅芙玩时的打扮:拖鞋、卫衣加上运动热裤。不过他也没有花时间打扮自己——他身上那件T恤衫我这周至少已经见过两次了。

"嗨,纳特,"我问,"你怎么来了?"

纳特摘下摩托头盔,深蓝色的眼睛先看了看我,然后望向我家前门,打了声招呼:"嗨。"

然后是一阵尴尬的沉默。我双手交叉等着他解释。最后他只是看着我的眼睛笑了,尴尬而不失礼貌地微笑,让我心中百感交集。

"我想不出什么好的借口。"

"进屋坐坐吗?"我脱口而出。

他犹豫了一下说:"我想你爸妈应该很热情。"

他根本不知道情况,我爸最不喜欢的就是"校园混混",他更不喜欢我和这些家伙有任何瓜葛。

"他们不在家。"我听到自己这样说,又加了一句以免他多想,"我正打算和我妹妹出门。"

"好,没事。"他下了摩托,跟着我,一脸坦然,我也尽量表现得若无其事。

当我们进屋的时候,梅芙正靠在厨房的台子上,虽然我知道十秒之前她还在自己房间里偷窥我们。

"你见过我妹妹吗?梅芙。"

纳特摇摇头说:"没有,最近过得如何?"

"挺好。"梅芙回答道,好奇地打量着我的"暗恋对象"。

看着他把夹克扔在厨房座椅上,我不知道自己接下来要干吗。我应该怎么……招呼一下这位客人呢？哎，这可是一位不速之客，我没有义务要招待他，不是吗？我还是该干什么就干什么吧。当然也不能回妹妹房间里继续看吸血鬼老剧和《尤利西斯》了。

我承认，我没办法了。

纳特并没有看出我的纠结，只是朝着通向客厅的玻璃隔门走去。我和梅芙跟着他，这时梅芙用手肘捅了我一下，用西班牙语说："他的嘴唇真性感！"

"你闭嘴吧。"我嘘了一声。爸爸鼓励我们在家里说西班牙语，虽然我并不懂他的用意何在。而且要知道，纳特的西语讲得也不错。

纳特停在了大钢琴前面，回头看着我们问道："你们谁会弹钢琴？"

"布朗温。"

我还没说话，梅芙就抢了嘴。我站在靠近客厅门口，双手交叉着。梅芙坐在爸爸最喜欢的真皮扶手椅上，椅子就放在阳台推拉门前面。

"她弹得挺不错咧。"

"哦，是吗？"

纳特还没问完，我回答："她瞎说的。"

"我没有。"梅芙坚持道。我眯起眼睛看着她，她反而睁大眼睛装无辜。

纳特走向一面墙旁的胡桃木书架，拿起一个相框，里面是我和梅芙的合照。那会儿我们还在换牙，在迪士尼的灰姑娘城堡前露出标志性的"缺牙笑"。六个月之后梅芙被诊断出白血病，之后我们再也没有怎么一起出远门了。他仔细端详着相片，然后朝我浅浅一笑。梅芙说得对，他的嘴唇确实性感。

"你应该露一手。"他说。

好吧，总比这样尬聊好一点。

我畏畏缩缩地走到钢琴前坐下，调整了一下琴谱，上面是《卡农变奏曲》，我已经练了几个月了。我八岁开始上钢琴课，从技术层面上来说弹得应该还不错。但是我的琴声从没有那种打动听众的感染力。《卡农变奏曲》是第一首让我在这方面想加强练习的曲子，因为它写得实在太好了，开头舒缓，接着加强，最后变得激昂。变化的把握是最难的地方，因为在一个特定点曲调会变化，比如毫无规律地下降。这方面我处理得不太好。

我已经一周没有练了，上次练的时候还弹错了很多地方，甚至连梅芙这个门外汉都听出来了。

她应该还记得这首曲子，她看了看纳特说："这首曲子真的蛮难的。"

看来她有点后悔，因为我要出洋相了。怎么说，管他呢，眼前这一切都太不现实了，不要当真，放轻松。如果我明早醒来，梅芙告诉我这只是一场梦，我也完全不会怀疑。

所以我开始弹了起来，马上发现手感与往常不同，往常弹不好的地方也没有那么难了。这几分钟里，我忘记了房间里其他两位，享受着音符一路带领我往前走，那么随意，那么简单，甚至是渐强的高潮部分，我都没有刻意去留意，一眨眼就轻松完成了。过去可不是这样的，这次我一个音符也没有弹错。

我弹完后，对梅芙露出了一个胜利的微笑。而她的眼睛转向纳特，我才意识到还有另一位听众。

纳特靠在书架上，环抱着双手，第一次看上去好像有了兴致，或者说对我有了兴趣。

他说："这是我听过最动听的曲子。"

阿蒂

9月28日，星期五，19:00

天，妈妈竟然在挑逗布达佩斯警官，那可是一张满脸雀斑、发际线退后的脸。

"阿德莱德当然愿意协助你。"她听上去喉咙发干，手指在葡萄酒杯的边缘打着圈。贾斯汀回父母家吃晚饭去了，他的父母很讨厌我妈，从不会邀请她。所以，我妈妈现在这样是对贾斯汀的惩罚吗？

布达佩斯警官上门的时候，我们正在吃泰式炒面。每次我姐阿舍顿回家看我们，妈妈都会点这个外卖吃。布达佩斯现在不知道往哪儿看，只好把目光转向客厅墙上的干花装饰品。我妈每半年就要把家里重新装修一遍，目前的主题风格是低调、奢华、新潮的海景风格。屋子里洋蔷薇和贝壳随处可见。

"我就问几个常规问题而已，阿蒂，如果你现在方便的话。"警官说。

"行。"我对他的来访有点意外，我以为在学校已经回答了所有问题。但是我想现在调查工作应该还在深入，今天艾福里先生的教室被拉起了黄色警戒线，警察在学校里进进出出的。库伯说一旦发现自来水里确实有花生油，我们学校可能会有麻烦。

我瞥了眼妈妈，她的眼睛还盯着警官，但是脸上已经露出了一贯的心不在焉的表情。我知道她肯定在走神，也许是在想周末约会穿什么。阿舍顿走进客厅，坐在我对面的扶手椅上。

"那天和阿蒂一起被留堂的几个人，你和他们都单独谈话了？"她问。

布达佩斯警官清了清嗓子："我们还在调查，我来找阿蒂是因为有特别的问题要问。西蒙死的那天,你去过医务室,对吗?"

我犹豫了片刻,瞥了眼阿舍顿,又转头看向警官:"没有。"

"你去过。"布达佩斯警官说,"医务室登记簿上有你的名字。"

我看着客厅的壁炉,能感到阿舍顿锐利的目光。我用手指卷起一撮头发,然后紧张地拉直:"我忘了。"

"这是周一的事,你不记得了?"

"哦,我想起来了。"我迅速接话,"我那天有点头疼,大概是因为这个去了医务室。"我挠挠头,表现出努力回忆的样子,最后再望向警官,"是的,我来例假了,我当时特别难受。嗯,我需要止痛药。"

布达佩斯警官的脸马上红了,我礼貌地微笑着,手从头发上放下了。

"你在医务室找到止痛药了吗?只拿了止痛药?"

"你到底想说什么?"阿舍顿脱口问道,伸手摆弄了一下身后的靠枕,以免椅子上的海星图案(是用真的贝壳做的)戳到自己的背。

"哦,我们现在在调查,为什么医务室里的肾上腺素笔丢了,还恰好是在西蒙出事的同一天。医务室的护士确定那天早上柜子里还有七支笔,但是下午的时候都不见了。"

阿舍顿态度很坚定:"你不会在怀疑是阿蒂偷拿了吧?"

妈妈略显震惊地看着我,没有说话。

布达佩斯警官应该注意到了,我姐才是我们家的家长担当,可是他没有说破。

"我没有这个意思。我是问,阿蒂,你有没有注意到当时笔还在不在?因为医务室登记簿上说你是下午一点过去的。"

我的心跳一下子乱了,试图保持语气平静:"我不知道肾上腺素笔长什么样。"

警官只好让我想起什么了再告诉他,随后又问了我一堆其他的问题，是关于汤博乐上那篇文章的。阿舍顿前倾着身子，一直很认真地在听，态度警觉，时不时还会打断一下。而妈妈呢，往厨房里跑了两次，只顾往自己酒杯里倒酒。我留意着时间，因为我和杰克约定的时间要到了。我们要去海边，但是我还没有化妆，我的痘痘可不会自己消失。

终于，布达佩斯警官要走了。走之前他还给了我一张名片："如果想起什么事，请打电话给我。无论是多么细小的事。"

"好的。"我把名片放进牛仔裤口袋，给警官开了门。他向我妈和我姐道别。阿舍顿靠在门框上，和我一起看着布达佩斯警官进了警车，从我家停车道发动车子，缓缓地倒了出去。

我发现贾斯汀的车子在一边等着警车离开，所以我又掉头回屋里去，我可不想和他讲话，尤其是我还没有化好妆。我迅速上楼，阿舍顿跟在后面。我的房间是家里除了主卧外最大的一间，以前这个房间是阿舍顿的，她结婚后就归我了。尽管现在她基本上还是待在这里，好像从来没嫁出去过一样。

"我没听你讲过那篇文章的事。"阿舍顿说，一下子倒在网眼花边的白床罩上，翻开最新一期的周刊。阿舍顿的金发比我的还漂亮，但是她剪成了中短发，妈妈最不喜欢这种没有女人味的发型。但我觉得蛮可爱的，如果不是杰克有"长发情结"，我会考虑尝试一下中短发。

我坐在梳妆台前，手沾着遮瑕膏轻拍，想要遮盖那颗痘痘，漫不经心地回答："变态发的变态文章，有什么好说的。"

"你真的忘了自己去过医务室？还是你不想告诉他实话。"阿舍顿问。

我摸索着遮瑕膏的盖子，幸好我的消息提示及时在床头柜响起，铃声是蕾哈娜的《独一无二》。阿舍顿拿起手机看了一眼，说："杰克已经到了。"

"我的天，姐！"我对着镜子里瞪眼，"你不能就这样随随便便偷看我的手机，知道什么叫个人隐私吗？"

"抱歉，"话虽这么说，她却一点歉意也没有，"最近和杰克还好吧？"

我在椅子上扭了扭身子，皱了皱眉："难不成你盼着我们分手？"

阿舍顿对着我举起手，认真起来："随便问问，阿蒂，没别的意思。我不是说你会走你姐的老路，虽然我和查理在高中也是爱得难舍难分。"

我有些意外，朝她眨眨眼。嗯，其实我也觉得阿舍顿和查理最近很不对劲：首先，她突然变得经常回来住；其次，上个月参加表哥婚礼的时候查理很明显在撩一个很轻浮的伴娘。但是阿舍顿从不主动提起，不承认自己的婚姻有什么问题。

"现在情况很糟吗？"

阿舍顿只是耸肩，放下杂志，开始弄她的指甲："讲起来很复杂。婚姻可比你想的复杂多了，你应该感到庆幸，还没有到决定终身大事的年纪。"她紧抿着嘴唇接着说，"不要让妈妈的话把你洗脑了，你才十七岁，好好享受做自己。"

我恐怕要让姐姐失望了，我怕一切都变了。因为某些事已经变了。

我多想向阿舍顿说实话，说出来会好受很多。虽然我什么事都和杰克说，但是我不能和他说这个。可是除了杰克，我在世界上已经没有信得过的人。我的朋友不行，妈妈更不行，姐姐也不行。因为出于好意，阿舍顿会对杰克大加批判的。

门铃响了，阿舍顿半笑不笑地说："你的真爱来了。"当然是在挖苦我。

我无视了她，往楼下走，带着大大的微笑打开门，每次看到杰克我都会忍不住微笑。他就在我眼前,穿着橄榄球夹克,栗色的头发被风吹乱,冲我微笑着打招呼:"嗨,宝贝。"

我几乎就要亲上他了,但我看到了他身后的人,一下子僵住了。

"你不介意特里搭个便车吧?"

我的笑声紧张得颤抖,但是我控制住了。

我说:"当然不介意。"我还是亲了杰克,但是感觉已经不对了。

特里闪躲地看了我一眼,然后又把目光放回地上,说:"抱歉,我的车抛锚了,我本来打算不出来了,但是杰克坚持……"

杰克耸耸肩打断了特里的话:"你都已经在半路上了,干吗要错过一个大好晚上,就因为车坏了?"说着,他的眼睛又移到我的帆布鞋上。

"阿蒂,你打算这样穿出门?"

他不是在指责我,当然不是。因为我穿的运动衫,是阿舍顿上大学时穿的,而杰克喜欢看我穿显身材的衣服。

"海边有点冷。"我试着解释,但杰克只是保持微笑。

"别担心,我不会让你受凉的,换一件更可爱一点的,好吗?"

我尽量让自己笑了一下,然后回屋里,拖着步子上楼,因为我知道阿舍顿应该还在我房里。她果然还在床上看杂志,当我打开衣柜的时候,她眉头皱在了一起。

"怎么这么快就回来了?"

我拿出丝袜,脱下牛仔裤,说:"我要换套衣服。"

阿舍顿合上杂志,一句话不说,只是看着我。我把长袖运动衫换成了一条修身线衫。

"你这样穿会冷,晚上很冷。"她哼哼道,看着我把运动鞋换成细跟绑带凉鞋。

"你就穿成这样去海边?是不是杰克的意思?"

我把换下来的衣服扔在一边。

"姐,拜拜。"

"等等,阿蒂。"

阿舍顿喊住我,我假装没听见下了楼。一出门,一阵风突然吹来,吹得我发冷。杰克立刻面露微笑表示赞许,搂着我的肩膀走向车边。

一路上我感觉都不太好,我讨厌坐在那儿假装没事,我想要呕吐。我讨厌听到杰克和特里讨论明天的球赛。我讨厌听到电台里放闹翻天男孩组合的单曲,因为特里说他喜欢这首新歌。从现在开始我不喜欢这首歌了。我最最讨厌的,是我和杰克接吻一个礼拜后,我就因为喝醉和特里接了吻。

当我们到了海边,只见库伯和路易斯在堆柴生火。

"他们每次都生不好火。"杰克停好车抱怨着朝两人走去,"哥们,你们堆得不对,离海水太近了!"

我和特里慢慢下车,看都没看对方。我整个人都快冻僵了,双手环抱着身子取暖。

"你想穿我的夹克——"

我很快打断了特里:"不用。"我撇下他,快步往沙滩走去,我穿着凉鞋的脚差点陷进沙子里。

特里走在旁边,却保持着距离。

"等等,阿蒂。"他声音很轻,我可以闻到他呼吸中有薄荷口香糖的味道。

"我不想搞得很尴尬,好吗?我不会和任何人讲的。"

我不该对他甩臭脸的,这不是他的错,是我和杰克恋爱后,有了不安全感,误以为他把我泡到手以后就兴趣大减了,因为每次回我短信都很慢。是我先去勾搭特里的。当时杰克去度假了,我和特里就是在这片沙滩上碰见的,是我怂恿他去拿了一瓶朗姆酒,然后我一个人兑着零度可乐喝了半瓶。

我还记得是在某个时刻,我说着笑着,不小心从鼻子里喷出了一个气泡,杰克要是看到了肯定会嫌弃,但是特里只是很自然地说:"哇,阿蒂。你真可爱,我快被你逗死了。"

接着,我就吻了他,提议去他家坐坐。

真的,他什么也没有做错。

总算走到沙滩边了,我们看着杰克拆了柴火堆,打算重新再弄一个。我偷偷望了一眼特里,只见他朝男生们挥了挥手,脸上的酒窝很明显。

"就当什么也没发生过。"他低声说。

特里的语气很真诚,我心里稍稍好过了一点。也许这件事会成为我们两人的秘密。贝维优是一个特别八卦的高中,不过至少现在"关乎"APP 再也不会害人了。

说真的,我承认我确确实实松了口气。

库伯
9月29日,星期六,16:15

  我斜了击球员一眼,我们已经完成了两击三球,两次都被接球手拦住了球。他挑起了我的斗志,但是我却没有打出水平。一般在表演赛上,碰到这种水平不怎么样又惯用右手的二垒手,我随便就能用实力碾压他。

  问题在于,我无法集中注意力,都是被这个星期的事情搞的。

  爸爸就在看台上,我都可以想象出他此时的动作:他脱下帽子,放到双手间摆弄,眼睛正望着我所在的地方,就好像他的眼睛可以聚焦光线,然后在我身上烧出一个洞一样。

  我把球放进投球手套里,看了一眼路易斯,平日里他负责帮我接球。他同时也是贝维优校橄榄球队的,但是今天获准不参加比赛,所以才能来这里参赛。他用动作提示我投快速球,但是我摇了摇头。我今天已经投了五个快速球,毫无例外都被识破了。我一直摇头,最后路易斯给出一个令我满意的提示动作。我们一起打球很久了,当他缓缓调整了半蹲,我就明白他的想法了。

  对面的家伙,你们输定了。

我抓好球,绷紧肌肉准备投球。这一球并不是我一贯的招数,如果我失手了,对方可就捡了大便宜。

我往后一退,使出全身力气将球掷了出去,只见球直直地朝本垒正中而去,击球员奋力一挥。而球却往好球带飞去,不偏不倚地落入路易斯的手套中。整个运动场回荡着热烈的欢呼声。击球员摇着头,一副生无可恋的样子。

我压制住激动的心情,调整了一下帽子。毕竟这一招滑球我已经练习了一年。

然后我用三个直线球让后一位击球员"三振出局"。最后一球的时速达到了九十三英里,是我目前最快的纪录,尤其是对一个左投手来说。我的两局成绩包括了"三振出局"和两次"被杀出局",还有一个飞球,本来可以双倍得分,可惜对方右外野手使了一招"飞扑防守"。我恨不得再投一次,我的曲线球不够好。但是总的来说,我对自己的表现还是蛮满意的。

我现在是在派锥运动场,参加的是一场邀请表演赛。是我爸坚持要我过来的,即便一个小时之后就是西蒙的追悼会了。大赛组织者同意让我先上场然后早点离开,所以我跳过了赛后的常规活动,冲了个澡,和路易斯离开更衣室去找我爸。

找到我爸后,我就听到有人在叫我:"是库伯·克莱吗?"

朝我走来的男子看上去挺像成功人士,这是我见他第一眼能想到的唯一的词。他衣服烫得笔挺,一头短发,皮肤晒成古铜色,和我握手的时候带着自信的笑容。

"我是派锥运动场的乔西·兰利,我之前和你的教练谈过几次。"

"很高兴认识你,先生。"我回答。

你应该看看我爸脸上的笑容,就好像有人要递给他兰博基尼的车钥匙一样。不过幸好他没有表现得很明显,而是简短地介绍自己。

"你的滑球真棒,"乔西转向我,"从右飞出本垒。"

"谢谢。"

"你的快速球也很棒,今年春天开始你进步得很快啊,小伙子。"

"我经常锻炼,"我回答,"增强臂力。"

"这么短的时间,提升这么快啊。"乔西评价道,一时之间这句话悬在半空中,变成了疑问句。

他用手拍了拍我的肩,鼓励道:"继续保持,没想到能在本地看到这么优秀的苗子,我也能省不少力,免得老去外面找人。"

他笑了一下,点头向我和我爸告辞,然后走了。

这么短的时间,提升这么快。确实很难做到,每小时八十八英里的球速,在几个月里达到了每小时九十三英里,很不寻常。

回去的路上,我爸一直唠叨个不停,话题在"你有些地方还不够好"和"乔西夸你了"之间来回切换。他心情不错,对派锥运动场的球探特别满意,差点撞到路上的车。

"西蒙的家人也在吗?"他停下车问道,"替我向他们表示安慰。"

"好的,"我回答,"可能只有学生参加而已。"

"把帽子摘了。"我爸提醒道。路易斯赶紧换上橄榄球夹克。我犹豫了一下,我爸不耐烦地敲了敲方向盘,"快点,库伯,这好歹也是个追悼会,把帽子放在车上吧。"

我摘下帽子扔在车上,下车整了整自己的头发,顺手关上车门。我想把帽子拿回来,没有帽子我感到自己被暴露在无数人眼皮下,这个星期人人都特别注意我。虽然我可以选择回家,跟我弟弟和奶奶一起看棒球赛,度过一个平静的夜晚。但是我不能错过西蒙的追悼会,你看,我是最后见到他的几个人之一。

我和路易斯朝橄榄球球场的人群走去。我给吉丽发了消息,询问我们的朋友在哪儿。吉丽说他们在最前面的位置,所以我们沿着球场看台底下走,试图从边上更快地找到位置。我的眼睛一直在人群中张望,没注意我面前的女生,差点撞上对方。她靠在一根杆子上看着球场,双手插在宽大夹克的口袋里。

"不好意思,"我立刻认出了对方,"嗨,莉亚,你也要去球场吗?"

我说完就后悔了,莉亚·杰克逊怎么会去参加西蒙的追悼会呢?去年因为西蒙的APP,她差点自杀。西蒙在"关乎"上写了一篇推送,曝光莉亚和很多高一的男生恋爱,导致她几个月里一直遭受着网络暴力。她最后不堪忍受,选择在自家浴室里割腕。虽然自杀未遂,她还是在那一年里休了学。

莉亚盯着前方,脚上的靴子踢着地上的土,轻蔑地说:"对,总算死了,可喜可贺。谁会喜欢西蒙?可你看他们那副样子,一个个手上拿着蜡烛,搞得他好像是英勇牺牲了一样,不过是八卦狗而已。"

莉亚说得一点都没错。但是现在似乎不是说大实话的时候,所以我还是尝试着辩解了一下,含糊地说:"大家可能是想表达对死者的尊重。"

"一群伪君子。"她低声骂了句,双手又往口袋里伸,接着她的表情变得坏坏的,拿出自己的手机,说:"最新出的,你们看了吗?"

"什么东西?"我问。

我有种不祥的预感。有时候我觉得打棒球的一大好处,就是你不用整天刷手机。

"又有一个链接邮件,汤博乐上有了一篇新文章。"莉亚擦拭了一下手机屏幕,把手机递给我。我不情愿地接过手机看着屏幕,莉亚凑在我肩后读了起来。

是时候讲清楚几件事了。

西蒙有很严重的花生过敏——所以为什么不在他的三明治里放点花生酱弄死他?

我连续几个月观察西蒙·凯尔纳的日常,发现他吃的所有东西都带塑料包装。而且他有一个自己的水壶,只喝自己水壶里的水。

他特别喜欢喝水,我想如果他的水壶不见了,他就只能去接水龙头里的饮用水喝。所以我就打算这么做。

我一直在想,怎么才能让西蒙自己用某个杯子去接水喝,这样我才能趁机在里面放花生油。必须是在某个地方,能够接水龙头喝,但又没有装直饮龙头,不然他就不会用杯子直接喝。艾福里先生的禁闭室是个理想的作案地点。

看着西蒙死的样子,我其实挺不好受的,我不是反社会的变态。他死的时候,脸色那么难看,像是完全喘不过气来。如果能够再来一次,我会选择放弃这个计划。

可是时间无法倒退。你看,我还把他的肾上腺素笔拿走了。哦,对了,还有医务室里的所有笔。

我的心跳一下子加快了,肚子里一阵绞痛。第一篇文章已经很糟了,但是这篇新的更指明了一点:凶手当时就在禁闭室里,亲眼看着西蒙过敏发作。好像就是我们四个人中的某一个。

路易斯哼了一声:"去他的。"

莉亚靠近观察着我的反应,我把手机还给她,还做了个鬼脸:"希望他们快点找出是谁写了这个,真够恶心人的。"

"是啊,"她耸了一下肩,往后退了几步,"祝你们追悼快乐,我要走了。"

"拜拜,莉亚。"我抑制住想跟她一起走的冲动,和路易斯走向了球场十码线的标记位置。

然后我进入人群,找到了吉丽和其他的几个朋友。我一走近,吉丽就递过来一支蜡烛,已经帮我点燃了。她用手环住我。

吉普塔校长走到话筒前,拍了拍话筒。

"对我校来说,这是令人悲痛的一周。"她发言道,"但是令人宽慰的是,今晚大家能齐聚在这里。"

我试图融入气氛,脑子里却在神游。吉丽把我搂得更紧了。

莉亚说出了大部分同学的心声。汤博乐上的新文章,就是在西蒙追悼会不久前发布的。还有乔西·兰利他脸上闪过的微笑。

"这么短的时间,提升这么快。"

——其实不光是因为我的刻苦训练。毕竟这样的进步实在是快得不正常。

纳特

9月30日，星期天，00:30

我的缓刑监督员[①]不算最差的那种。她三十出头，长得还行，很有幽默感。但她老喜欢对我学校里的事问东问西。

"历史考试考得怎么样？"

我们此时坐在厨房里，每个星期天我们都要见一面。斯坦在桌上爬来爬去，但是她不介意，相反还有点喜欢它。

我爸在楼上，每次洛佩兹警官过来进行例行工作的时候，我都会先把我爸弄到楼上去，防止洛佩兹发现我没有得到"意识清醒"的监护。她第一次见到我爸就明白了情况，但是她也知道没有亲戚会收留我，而少年管教所还不如一个醉鬼老爸。我想，让他假装是一个合格的监护人比较容易，只要他不在客厅里醉晕过去就好了。

"考完了。"

她耐心地等我说下去，但是我没有。

"你有好好学习吗？"

"我最近烦得很。"我提醒她。她应该是从警察那里听说了西蒙的案子，她刚到这里的时候我们花了半个小时聊这个。

"我明白。但是好好上课很重要，纳特。这是协议内容的一部分。"她每个星期都会带着协议过来。

[①] 缓刑监督员（Prohibition Officer），会在被告缓刑期间对其进行监视，确保其履行所有条件。总体来说，缓刑监督员会要求对被告一个月检查一次，也会执行不定期毒品测试和监管被告在完成社会服务及参加咨询服务方面的进度。

圣地亚哥的法律对于青少年在违法行为的管控上更严了，洛佩兹觉得我很幸运能获得缓刑。只要她上交一个不良的报告，我就要回到法庭上去面对法官。一旦我被发现再犯一次，我就要去少管所。所以每个星期天洛佩兹一出现，我就会把没有卖完的货和一次性手机都收起来，藏在邻居老头家的工具房里，以防万一嘛。

洛佩兹警官把手放到斯坦身上，斯坦朝她手上爬了一半就不想爬了。她拿起斯坦放到手臂上，问："你这周还做了什么事？说点积极的。"

她总是说这句话，好像生活到处都是美好的狗屎，我顺便可以捡点存着，就可以每个星期天给她讲点似的。

"我玩《侠盗猎车手》玩到了三千分。"

她白了我一眼。她在我这里白过我无数眼了，快瞎了吧。

"别的呢？你的目标完成得怎么样？"

呵，目标。在我们初次见面的时候，她让我写了一张清单。我其实都是乱写的，她一定要我写学习目标、未来职业规划什么鬼的。对了，还有交朋友，不过现在她应该看得出来我没有朋友。虽然总是有人和我一起去派对，和我做"生意"，和我"鬼混"，但是我怎么能把这些人当"朋友"呢？

"还可以，这星期过得很慢。"

"那么，我留给你的青年互助会的册子看了吗？"

没有，当然没有。我不需要别人来告诉我在一个单亲家庭有一个酒鬼爸爸到底有多么惨，我也不想在哪个教堂里和一群哭哭啼啼的傻子们讨论着这本蠢册子。

"嗯，我看了。想了很多。"

我很确定，她看出了我在撒谎，再说她又不傻，但她没有追究下去。

"那很好,和其他有家庭问题的孩子分享自己的经历,会对你很有帮助的。"

她从来没有停止对我的鼓励,我也得装模作样一点。即使世界末日,到处都是僵尸,她也会想着积极的一面。

至少僵尸还没吃掉我们的脑子,对吧?让我们战胜困难吧!她不过想从我身上听到些好事情,哪怕一件也好。比如星期五晚上和"常春藤名校"预备生布朗温·罗哈斯共度美好时光,而我没有给自己丢脸。但是我不能和洛佩兹公开地聊这个。

我不知道那天晚上自己干吗去找她。那晚我内心很焦躁,我看着我爸喝剩的酒想自己来点,看看能不能平复一下心情。但是我没有,因为我知道唯一的结果就是我喝得晕过去,和我爸一样睡死在客厅里。直到有人出现,威胁我们付房贷,否则就把我们赶出这房子。

所以最后我决定去找布朗温,我没想到她会出来见我,甚至邀请我进屋。听她弹钢琴有一种奇妙的效果,我感到了平静。

"大家怎么看西蒙的事,葬礼办了吗?"

"今天办葬礼,学校发了邮件通知,下午一点半。"我看了一眼厨房微波炉上的时间。

洛佩兹马上挑起眉说:"纳特,你应该参加,这是一件积极的事。对死者表达哀思,从一场悲剧中获得人生感悟。"

"不用了。"

她清了清嗓子,看上去想出了对付我的法子。

"换句话说,纳特·麦卡利,要么你给我乖乖去葬礼,要么我下周检查你的到课情况,写一份报告上去。我和你一起去葬礼。"

最后我选择了前者,和我的缓刑监督员一起去了西蒙·凯尔纳的葬礼。

我们到圣安东尼教堂的时候，教堂里已经都是人了，因此我们好不容易才坐到了最后一排。仪式还没开始，但是没人说话。教堂里的香味让我想起了小学，那时候我妈每星期都带我来做礼拜。后来我再也没来过，但是这地方和记忆里差不多：红地毯、黑木桌椅和高高的彩色玻璃窗。

唯一不同的是，今天这里多了几个警察。

他们都没有穿制服，但我认得出来，洛佩兹警官也发现了。他们抓过我好几次，导致我现在开始怀疑洛佩兹是不是在这儿给我设了什么埋伏。可是，我今天身上没有带任何违法的东西，他们干吗这样盯着我？

不仅是盯着我，我顺着他们目光的方向还看到了布朗温，她爸妈也在旁边。还有库伯和那个金发妹子，和他们的朋友坐在一起。我脖子后头刺痛了一下，感觉不太好。我的身体紧绷着，几乎想当场走人，但是洛佩兹警官用手按住了我的手臂。她什么也没说，但我已经懂了。

好几个人在仪式上发言，我一个都不认识，除了那个哥特妹子，以前常常跟在西蒙后面，他到哪儿她就到哪儿。她朗读了一首特奇怪、特玄乎的诗①，声音全程在颤抖。

过去和现在凋谢了——我充实过它们，倾空了它们，我即将开始充实我的下一个未来。

那边的听众！你有什么能透露给我的吗？

---

①以下诗文均摘自美国著名诗人沃尔特·惠特曼（Walt Whiteman）的诗歌《自己之歌》（Song of Myself）中的第五十一和五十二小节，引用的是邹仲之的译本。

黄昏在我身边徘徊，我吸着鼻子的时候你看着我的脸，
（给我说实话，没别人听你，我只能再多待一小会儿。）

我自相矛盾吗？
很好，那我就自相矛盾吧，
（我心胸宽广，包罗万象。）
……
我走之前你会说吗？还是说等你开口的时候已经太迟了？
……
我像风一样离去了，对着逃走的太阳甩甩白发，
我把我的肉体倾入漩涡里漂流。

我把自己交付给泥土，我将从我爱的青草里长出来，
假如你需要我，就在你的鞋底找吧。

你会不知道我是谁或者我的意思，
但是我有益于你的健康，
会清洁、充实你的血液。

第一次找不到我，继续保持勇气，
在一处错过了我，就去别处寻找，
我总会在某个地方等着你。

当哥特妹子念完以后，洛佩兹警官喃喃道："这是《自己之歌》，选了几节念，有意思。"接着开始放音乐，又有人上去朗诵，最后终于结束了。牧师告诉大家，入葬仪式仅限家属参加。

这对我来说是个好消息。我太想离开这个鬼地方了，想趁着送葬队伍走下来之前走，但是洛佩兹又一次阻止了我。

几个男生抬着西蒙的棺材出了教堂，一群穿着黑衣服的人跟在他们后面出去了。走在队伍最后的是一对夫妇，他们手挽着手，女的脸长得和西蒙很像，又瘦又尖。她一直看着地上，但是经过我们这排的时候抬起了头，看到我以后一下子哭了起来。

接着又有更多人从过道离开了，有人朝我和洛佩兹这排走来。是刚来时看见的那群便衣警察中的一个。这人看上去有点年纪了，留着卡尺头。我可以看出他应该不像布达佩斯警官那么弱，他笑起来的样子就好像我们之前见过一样。

"纳特·麦卡利？"他问道，"孩子，有时间聊聊吗？"

阿蒂

9月30日，星期天，14:05

我走出教堂的时候，用手搭在眼睛上方挡住阳光，在人群中搜索到了杰克。他和其他几个抬棺人把西蒙的棺材抬到一个金属支架上，然后站到一边，葬礼承办人将支架推进灵车。我低下头，不想看到西蒙的尸体像个大手提箱一样被塞进灵车后面。就在这时有人拍了一下我的肩膀。

"阿蒂·普兰蒂斯吗？"一个穿着暗蓝色套装、年纪略大的女士给了我一个礼貌而又职业化的微笑，"我是贝维优警察局的劳拉·惠勒探员，我想进一步聊聊你上周向布达佩斯警官反映的情况，是关于西蒙案子的。你愿意和我去趟警局吗？"

我看着她，舔了舔嘴唇。我想问为什么，但是她的语气这么冷静、笃定，仿佛在葬礼之后带我去警局是世界上最自然的事，反问原因倒像是在冒犯她一样。

杰克走到我身边，他穿着西装依旧帅气，对惠勒探员笑了一下，露出友好又有点好奇的神情。我目光来回地看着他们俩，最后结巴地问："那就是……我是说……不能在这里聊吗？"

"这里人多眼杂，你觉得呢？我们目前的调查很紧急。" 惠勒警探目光有些闪躲，朝着杰克半笑不笑地说："劳拉·惠勒探员，来自贝维优警察局。我想借用一下阿蒂，就一点时间，关于西蒙·凯尔纳的死还有几点细节需要她确认一下。"

"当然。"他替我做了主，"如果待会儿需要我接你，阿蒂，给我消息。路易斯和我还不会回去，我们饿了，而且要讨论下周橄榄球比赛的战略。我们应该会去格伦餐馆。"

看来我也没办法拒绝了。我虽然心不甘情不愿，但还是跟着惠勒探员，一路走过教堂边的鹅卵石小路，到了人行道上。也许这就是阿舍顿说的"你不会为自己活"。

要过三个街区才到警察局，我们一路沉默着。走过五金店、邮局还有冰激凌店，店门口有一个小女孩在吃巧克力冰激凌。我一路都在想，我是不是应该告诉惠勒探员，如果我不直接回家我妈会担心我的。可我怕说出来自己都会笑。

我们经过警察局前的金属探测门，惠勒探员带我直接走到里面，进入了一个又小又热的房间。我以前从没来过警察局里面，我以为会比这个更……嗯，更"正规"一点。这个房间让我想到了校长办公室的会议室，而且这里光线更差。头顶上的灯管闪烁不停，照得惠勒探员脸上明暗分明，她的皮肤现在看上去又黄又丑。我很好奇自己现在被照成了什么样子。

她给我递了杯水，我坐下后她走出了房间，过了几分钟又回来了，肩上还挂着个包，后面跟着一个小个子的黑发女人。两个人都绕过金属矮桌，坐到了我的对面。惠勒探员把包放到了地上。

"阿蒂，这位是洛娜·谢尔博，贝维优校区的联络律师，她在这里作为你的利益关系人。首先要说明一点，这不是拘留审问，你不需要回答我的每个问题，随时都可以离开，明白了吗？"

不是真的吧？我不懂"利益关系人"是什么意思，不过还是给了她肯定的回答，尽管我现在更想回家了，当时应该让杰克陪我过来的。

"好，我希望你能够配合我的工作，我感觉这几个孩子中，你应该是最坦诚的，没有什么小心思。"

"小什么？"我冲她眨眼。

"小心思，我想给你看点东西。"她伸手到脚边，从包里拿出一个笔记本电脑，我和谢尔博女士等待着。她翻开电脑，敲了几下键盘。我倒吸了一口气，想着她会不会要给我看汤博乐上的文章。也许警方觉得是我们中某个人写了文章，开恶意的玩笑。如果他们问我觉得是谁干的，那我会说是布朗温。因为这一听就像是那些自认为智商高人一等的人才干得出来的事。

惠勒探员把电脑转向我。我不确定自己在电脑屏幕上看到了什么，看上去像是某种博客，但是最上面和正中间有"关乎"的logo。我向她露出了不解的表情，她解释道："这是西蒙用来管理'关乎'APP 的后台，这篇最新推送标着上周一的日期，是他那天本来要发布的。"

我凑近屏幕，开始读起来。

本 APP 有史以来首次有了好学生 BR 的新闻，她是本校最优异学习成绩的保持者，不过她经过刻苦学习都没有在化学考试上拿到 A，当然如果你觉得从 C 老师的谷歌云盘上偷下试题得到的 A 也算是 A 的话。有人能给耶鲁打个电话吗……

我校著名犯罪分子，和 BR 同学有着天壤之别的 NM 又重操旧业了。让我们全校同学想要多嗨就有多嗨。NM，恐怕你的缓刑要泡汤了。

全美职业棒球大联盟加 CC 等于明年六月叱咤球坛，是吗？似乎贝维优的左撇子球员定会在联赛中大展身手，不过联赛不是对兴奋剂的监管更严格了吗？CC 在表演赛季的表现提升得这么快，这就是秘诀。

AP 和 JR 是一对完美恋人。开学舞会上的公主王子已经相恋三年了。除了去年发生了点小插曲，AP 和 TF 在他的海边小屋浪漫邂逅。更尴尬的是，JR 和 TF 还称兄道弟的。你觉得他们会交流一下"经验"吗？

我感到窒息。这篇推送已经发给学校的人看了。可西蒙不是死了吗？他不可能发布这篇推送的。会不会有人接手了他的 APP？是汤博乐上发文章的那个人吗？但目前关键的问题是，这些事是怎么被发现的？为什么会被发现？什么时候被发现的？杰克会看到这篇推送吗？不，也许已看到了。我读完才想到 AP 是我姓名的首字母大写，接着我明白了 JR 和 TF 是谁，"小插曲"和"浪漫邂逅"指的是什么，我整个人都不好了。我犯下的错误，愚蠢又可怕的错误，现在白纸黑字地被写了下来，全世界的人都会看到的。

杰克会猜到的，他永远不会原谅我的。

我低着头，几乎要贴到桌面上了，脑子里乱作一团，完全无法听见惠勒探员在讲什么。

过了好一会才慢慢听见了一些声音："……可以理解你现在的心情……不会让这个东西外传……如果你告诉我们发生了什么……阿蒂……"

"不会外传"几个字引起了我的注意。

"这个还没有发布出去？"

"西蒙死的那天后台已经排好版了，但他永远没机会推送出去了。"惠勒探员镇定地陈述着。

感谢上苍,幸好杰克还没有看到,谁也没有看到。除了,惠勒探员,也许还有其他警察。不过他们关注的是另外一回事。

惠勒探员向前探了探身子,咧出一个微笑,但眼中并无笑意。

"你应该已经发现了首字母的主人,其他几个故事的主角分别是布朗温·罗哈斯、纳特·麦卡利和库伯·克莱。西蒙死的时候,你们四个全部都在那个教室里。"

"这,只是巧合罢了。"我试图解释。

"你说是就是吧。但是,阿蒂,你知道西蒙是怎么死的。我们在艾福里先生的教室里进行了取证,没有发现任何地方有花生油,唯一的可能是有人往杯子里放了花生油,就在西蒙用水杯盛了水以后。当时屋子里只有六个人,其中一个是西蒙。而你们的老师在很长一段时间都不在教室,留下你们四个人,而你们有足够的理由要让他永远地闭上嘴。" 惠勒探员的声音不大,但是却吵得我耳朵嗡嗡直响。

"你明白我的意思吗?我是说你们都有动机,但没有说你们每个人都实施了谋杀。毕竟,想和做是两回事。"

我望向谢尔博女士,她看上去确实很感兴趣[①]。要我说,她一点也不像是来帮我的。

"我不明白你的意思。"

"阿蒂,你说谎了,对吗?你去医务室到底干了什么,是有人唆使你去的吗?把医务室的肾上腺素笔偷出来,这样西蒙过敏时就得不到及时救助了。"

我的心怦怦跳着,用手指卷起一撮头发,故作镇定地说:"我没

[①] 前文提到谢尔博女士是代表阿蒂利益的律师,但是阿蒂并不明白"利益相关人"这个词的意思,误把"interested person(利益相关人)"理解成了"interested person(感兴趣的人)",所以此处因为双关闹了笑话。

说谎,我的确忘了。"

天哪,她不会给我做说谎测试吧。我会暴露的。

"孩子,在你这个年纪有很多压力,"惠勒探员说,尽量让自己的语气听上去友好一点,但是她的眼神出卖了她,"网络媒体很发达,好像你一犯错,就会有人知道,是吧?网络无处不在。法庭对一个人很宽容,只要她选择主动配合、审时度势,尤其是当她能够协助我们找到真相时。你不觉得应该给西蒙家里一个交代吗?"

我耸肩,同时把手中的那撮头发拉直,我不知道该怎么办了。杰克应该会帮我说话的,但他不在这里。我又看了看谢尔博女士,她正在专心地把短发撩到耳后。

突然阿舍顿的声音在我的脑海里响起。

——"你不需要回答他们的每个问题"。

没错,惠勒探员一开始也说了这一点。想到这里我放松了下来,脑子也清楚了不少。

"我要走了。"我笃定地提出了这个要求,虽然我并不是百分百确定她会让我走。

我站起来,等着她的反应。她没有阻止我,只是眯起眼睛说:"当然可以。我说了,这不是拘留询问。不过,请你明白一点,我是在试图帮助你,一旦你走出这个房间,情况就大不一样了。"

"我不需要你的帮助。"我告诉她我的答案。接着走出房间,离开了警察局,并没有任何人阻拦我。可当我走到了外面,却不知道该往哪儿去、该做什么。

我坐在路边的长椅上,拿出手机,我的手却一直在抖。我不能打电话给杰克,他不能知道这事。但是除了他还有谁能依靠呢?我的脑子一片空白,就像被惠勒探员用一块橡皮擦擦得一干二净一样。我的世界就是围绕着杰克运行的,但是现在我发现它已经崩坏了。我应该再找一个人,一个会真正关心我的人。因为这个梳着中年妇女发型、穿着朴素的警官指控我是凶手。

我指的"关心"可不是"天哪,你听说了阿蒂的事吗"那种虚伪的"关心"。

妈妈会关心我,但是现在我还没有做好准备面对她的指指点点。

我把手机通讯录滑到了 A 开头的那一栏。这是我唯一的选择,我在心里祈祷了无数次她会接电话。

"阿舍顿?"我试着不让自己哭出来,"快来救救我。"

库伯
9月30日,星期天,14:30

张警官拿出西蒙未发表的那篇推送时,我先看了里面关于其他几个人的内容。布朗温作弊确实让我很意外,纳特的事就很正常了,至于阿蒂我不知道和她在一起的特里是谁。我对自己的内容早已经有了心理准备,当我瞟到自己姓名首字母的时候,心还是怦怦直跳。

——因为CC在表演赛季的表现提升得这么快,这就是秘诀。

哈,我靠到了椅背上,脉搏也慢了下来。并不是我想的那件事。

西蒙的这个发现我一点也不奇怪,因为我进步太多、提升太快,就连派锥的球探都好像有点起疑心了。

张警官先是和我绕来绕去,搞了半天,我才明白他是在暗示我们四个一起策划了谋杀,就是为了阻止西蒙把这篇推送发布出来。

我试图描绘出这样的画面:我、纳特和两个妹子合谋利用花生油,在艾福里先生的教室里弄死了西蒙。可这也太傻了吧!拍成电影都是没人要看的那种。但我一直没发表意见。

"周一之前我都没有和他讲过话。"我最后说了一句,"我很确定那两个妹子应该也没有。"

张警官越过半张桌子探出身,看着我说:"库伯,你是个好孩子,到目前为止没有任何污点记录,前途一片光明。如果因为一念之差犯了错被抓,那么就是功亏一篑。我可是很认真的,现在做正确的选择还不晚。"

我不明白他说的"一念之差"是什么。我服用兴奋剂?还是我跟人合谋杀了人？或者是另外那件我们还没有谈到的事。

据我所知，无论是上面哪一件事，都只是毫无依据的指控而已，还没有确切的证据。他对我的劝告，布朗温和阿蒂应该也收到了。纳特嘛，他大概会有一点不同。

"我比赛没有作弊。"我对张警官说，"我也没有伤害西蒙。"

啊，天哪，我又听到了自己的口音。

他换了一种问法："是谁计划用手机把你们聚集到禁闭室里的？"

我往前靠，手掌按在黑羊绒裤上，我不怎么穿这裤子，因为穿着又热又痒。我的心跳再一次强烈起来。

"听着，我不知道是谁干的，这不是你应该查清楚的事情吗？比如，核对一下手机上的指纹？因为我感觉有人要故意陷害我们。"

房间里的另一个人——代表贝维优校区负责人的那个。听到我这么说，满意地点点头。但是张警官不为所动。

"只要我们确定了嫌疑人，就会去检查那些手机。但是库伯，目前没有明确证据显示这个案子还有其他的嫌疑人。我们现在比较关注你们四个，我只能解释到这里。"

听到这里，我提了一个要求："我想给我父母打个电话。"

其实说"想"是假的，我现在头都大了。张警官叹息了一声，看来我让他失望了，但他还是同意了："好吧。你自己带了手机吗？"

我点头，他又说我可以在这里打电话。在他在场的情况下我给我爸打了电话，我爸的反应比我大多了。

"让我和那个警察聊聊。"他说，"现在，库伯斯敦，呃，库伯！闭紧嘴巴，一个字都不要和别人说！"

我把手机递给了张警官，他放到了耳边。我没有听到全部的内容，但是爸爸的声音很大，所以我也算听了个大概。

张警官只说了几句，主要是解释一下，加州法律没有规定询问未成年人必须要父母在场。所以大部分时间都是他在听我爸的数落，其中有一句是"他有离开的自由"。

我听完怪自己刚才怎么没有想到。

张警官把手机还给我，我爸的声音在耳边响个不停："库伯，听到了吗？快给我回家。他们没法告你，你不需要回答任何问题，除非有我和律师在。"

律师，我真的有律师吗？我挂了电话，转向张警官说："我爸让我走。"

"你有走的权利。"张警官回答。

我多希望自己一开始就想到了，也许张警官之前也说了，不过我没怎么认真听。

"但是，库伯，你的另外三个小伙伴都来了警局，我们也都问了他们。如果他们中有任何人选择和我们合作，那么我们会给他特殊待遇。我觉得你应该会是这个人，我以为你会把握这次机会的。"

我想告诉他，他想错了。但是我爸让我不要再说话了。可我做不到一声不吭地离开，所以最后我和张警官握了握手，说了句："先生，谢谢你来找我。"

我听上去像是在拍马屁，这是几年下来和球探接触形成的条件反射。

布朗温
9月30日，星期天，15:07

真是庆幸，当蒙多萨警官在教堂找到我，让我去一趟警局的时候，我爸妈就在我身边。我原以为就是深入聊一下先前谈过的内容，因此对接下来发生的事毫无准备，也不知道该怎么做。我父母站出来，拒绝让我回答警方的问题。他们从警官那里得到的信息量很大，但是没有放弃袒护我。这让我感到很安心。

但是他们现在知道我考试作弊了。等等，还没有。准确地说，他们是知道了我考试作弊的谣言。

警察局回家的路上，他们还在抱怨警方的做法不公正、不公平。其实主要是我妈在抱怨，而我爸今天就连打转向灯都显得不太客气。

"我的意思是，"我妈语气中带着急迫，表明先前只是热身而已，"西蒙的事确实很可怕，他的父母想要一个交代也很正常。但是把高中谣言APP当回事，而且还变成一种指控，那就很荒谬了。我实在想不通为什么会有人觉得布朗温杀了一个男孩子，仅仅因为对方要发布一个假消息？"

"不是假的。"我语速很快,她并没有听见。

"警察没有证据。"我爸的语气就像他想并购一家公司,在设法分析对方的劣势一样,"只有薄弱的假设、无法证实的理论。显然没有能够呈上法庭的切实证据,或者说他们还没到那一步。简直是孤注一掷。"

路口跳了黄灯,我们前面的车突然停下,我爸猛地一刹车,用西班牙语骂了一句。

"布朗温,你不需要担心。我们会请最好的律师,当然只是走程序而已。等案子结束了我会对警方的行为提起上诉,特别是如果事情曝光,他们损害了你名誉。"

我喉咙一紧,感觉说话很费力。

"我错了。"

他们没有听见,于是我用手掌摁着发烫的脸颊,强迫自己提高音量。

"我作弊了,对不起。"

我妈在副驾驶座上转了转身子,问:"宝贝,你说什么,我听不清。"

"我作弊了。"

接着我开始一股脑倒了出来:我在电脑教室意外发现了卡米欧先生走的时候没有退出登录,他的谷歌云盘里有去年所有的化学测试题。我想都没想就把题目全部下载下来,放到了我的U盘里。接着我利用这些题考好了去年剩下的所有考试。

我不知道西蒙怎么发现的,但是正如以前的推送一样,这次也属实。

接下来的几分钟,车里的气氛非常恐怖。我妈转过身,一直瞪着我,带着一种被背叛了的神情。我爸在开车,不过他一直从后视镜里看我，仿佛希望我能改口。我从他们的表情中读出他们都受到了伤害，好像在指责着：你不是我们认识的那个布朗温。

我爸妈都通过自己的努力取得了成功。在我和我姐出生前，我爸就成了加州最年轻的 CEO 之一。我妈作为皮肤科医生技术高超，永远有看不完的病人。从幼儿园起，他们就对我灌输着一个理念：努力，拼尽全力，你就可以获得成功。

这句话一直很灵验，除了我的化学外。我真的拿化学没有办法了。

"布朗温，"我妈还是瞪着我，但是声音变得柔和了，"我的天，我真没想到你会作弊，不管怎么说性质都很恶劣。关键是你有了一个杀人动机。"

"我没有杀人！"我大叫。

她对我摇摇头，嘴唇微微颤抖着："我对你很失望，布朗温。但是我还不至于相信你会杀人。但是警方一旦发现你作弊是真的，那么情况就会很复杂。"

接着她又用一只手擦了擦眼睛，问："西蒙怎么知道这件事的，他有证据吗？"

"我不知道，西蒙应该没有……"我停顿了一下，回想起这几年在"关乎"APP 上读到的推送，"他从来不拿证据来证明什么，只是，所有人都相信他，因为他从来不会弄错，而结果也总是证明他写的都是对的。"

到这里我还有一点弄不明白，如果西蒙从去年三月就知道我偷了老师的试题集，为什么当时不直接曝光出来呢？为什么要等这么久？

我知道作弊是不对的。当然，我甚至觉得作弊算是违法了。可是从客观上说我没有主动作弊，因为我没有通过什么技术黑进老师的账户偷题目,仅仅是碰巧看到老师没有关的题库页面而已。但是这样的"碰巧"很难让人相信。

梅芙经常到处利用她超强的黑客技术,如果我想提高化学成绩,可以叫她黑了老师的账户,甚至可以直接在系统里修改我的学习成绩。但我没有预谋,老师的云盘就是在我面前开着,我只不过多操作了几步而已。

我选择在接下来的几个月里好好利用这些题目,并告诉自己没关系的,一门课学不好不会影响我的未来。现在想想刚才在警局里的情形,真是讽刺得可怕。

这么想来,推送里库伯和阿蒂的事也是真的。蒙多萨警官给我和我爸妈看了所有的推送内容,暗示我们中有人已经承认了,而且愿意协助警方。

我一直以为库伯完全是靠自己的运动天赋,也从不怀疑阿蒂对男友的一心一意,甚至都不会看别的男生一眼。哦,他们应该也想不到我会作弊吧。

至于纳特,我一点也不奇怪。他从来不假装,该怎么样就怎么样。

爸爸在车道停好车,关闭引擎并且拔下钥匙,转过头问我:"你还有什么事瞒着我们?"

这勾起了我可怕的回忆。

当时在小房间里的情景,爸妈分别坐在我两边,蒙多萨警官每抛出一个问题,就像在我心中投下一个手榴弹。

他问我:你和西蒙在学业上有竞争吗?你去过他家吗?你知道他在写一个关于你的推送吗?在此之前,你讨厌西蒙吗,你恨他吗?

虽然爸妈提醒我不用回答任何问题,但是我回答了这个问题。

"不,我不讨厌。"我是这样回答的。

"没有。"我说完,看着我爸的眼睛。

他没有将他的情绪表现出来,即使他知道我还在说谎。

纳特

9月30日，星期天，17:15

如果仅仅把我和洛佩兹在葬礼后的遭遇称为"惊险之旅"，实在是太轻描淡写了！

大概是过了几个小时吧。之前"平头哥"先把我带去警局，然后用了六种不同的方式问我到底有没有杀西蒙。洛佩兹请求替我回答的时候，"平头哥"同意了。我倒是没意见，尽管有些时候略尴尬，比如他提出西蒙指控我还在卖违禁品。

没错，我是在卖违禁品。西蒙没有证据，警察不说我也知道这一点。他说考虑到西蒙的情况，警方有理由去搜我家，而且他们申请到了搜查令。我选择保持镇定，因为我今早已经把"货"和手机转移了，他们什么也找不到。

多亏了我和洛佩兹警官每个周末都会见面，不然我现在可能又要被关进去了。我欠她人情了，即使她自己并不知道。而且在问话的时候，她一直有帮我说话，真的出乎我的意料。每次和她见面，我都是各种说瞎话，我很确定她早看穿了。但是当"平头哥"每次恐吓我的时候，她都会帮我怼回去。最后我渐渐明白了，警方根本没有实质性证据，空有一个假设，他们想施加压力，逼人乖乖就范。

我回答了几个不会带来麻烦的问题，另外则是各种版本的"我不知道"和"我忘了"。虽然有几句是真的。

洛佩兹开车送我回家。一开始她没怎么说话，现在，她总算看了我一下，表示眼前发生的情况并不乐观，连她都找不到什么积极面。

"纳特，我不会问你刚才的回答是真是假。但如果真到了最后一步,你对你的律师必须坦白。我希望你明白,如果从现在开始你还打算继续卖,不管你怎么卖、卖什么,明着卖还是暗着卖,我都帮不了你了,没人帮得了你。我不是在开玩笑,你很有可能会被判死刑。这个案子里牵扯到四个学生,你是唯一一个没有父母能帮你的,无论是物质还是精神上。只要他们的父母动用一点关系,花一点钱,你就是被拎出来当替罪羊的。你听明白了吗?"

唉,她还没有把话说得太绝。

"嗯。"我回应道,一路上都在琢磨她的话。

"好的,那么下周日再见。如果需要,随时可以联系我。"

我没说谢谢就下了车。去他的,还真的有点感人,但我不想表现得太明显,只好在心里默默感叹一下。

我回到破破的厨房,马上闻到了臭味。那股味道刺激着我的鼻子和喉咙,我马上捂住鼻子和嘴巴到处查看,看看我爸到底吐在了哪里。今天还不算倒霉,因为他还算清醒,知道要吐到水池子里,只不过没有来得及冲下去而已。我用一只手遮脸不去看,另一只手去摸水龙头。但是没什么效果,粘在水池上的恶心玩意只能刷掉。

我记得家里有块海绵,也许是在水池下面的柜子里。我没有用手打开柜子,而是用脚踢开的。这感觉倍儿爽,所以我又连着踹了五下,或者十下,一下比一下重,柜门是便宜的木材,很快就听到它发出断裂的声音。

呕吐的腥臭味弥漫在空气中,逼得我难以呼吸,只好大喘息。真的太恶心了,恶心得我想杀人了。

有些人活在世上就是来给人添堵的,真的。

客厅里传来了熟悉的刮擦声,是斯坦在虫箱的玻璃上爬着找食物。我把半瓶洗洁精挤到水池里,打开水龙头继续冲洗。我有预感,剩下的半瓶很快会用完。

我从冰箱里取出一罐活蟋蟀,把蟋蟀倒进爬虫箱里,看着它们在玻璃箱里跳来跳去,完全不知道自己会发生什么。我的呼吸放慢,头脑冷静下来,但这不是什么好事。因为放下眼下的狗屎,又想到了另一泡狗屎。

合谋杀人———一个有趣的假设。大概要感谢警方没想让我一个人背锅。其他三个会为了不让自己进监狱选择和警方合作吗?我想库伯和金发妹子也许会很乐意的。

但是布朗温也许不会。

我闭上眼睛,双手抱着爬虫箱,回想着那天布朗温的家。多么明亮、整洁,她和她妹妹讲话都很有意思,从不会直来直去。我想,即使被指控杀了人,能够回到那样的家里,感觉也值了。

我走出屋子,骑上摩托,并不知道自己要干吗,只是没有目的东逛西逛了快一个小时。最后我竟然来到了布朗温家的停车道,对于普通人家来说,现在正好是晚饭点。我不期待会有人走出来。

但是我错了,有人从屋里走了出来,是一个高个男人,穿着羊绒背心格子衫,一头短黑发,戴眼镜。他看上去像是那种只会命令别人的人。他朝我走来,步伐不紧不慢。

"你是纳特吧?"他的手插在身后,可以看到手腕上有一块闪闪发亮的手表,"我是哈维尔·罗哈斯,布朗温的爸爸。恐怕你不能待在这里。"

听上去他并没有生气,只是在陈述一个客观事实。但是他一点也不客气。

我摘下头盔,和他对视:"布朗温在家吗?"

这是最白痴的问题了。她当然在家,当然是她爸爸不让她出来。可是我还是问了,即使知道问了也是白问。我想当面问她,她到底做了什么,又没有做什么,我到底应该相信什么。

"你不能待在这里。"哈维尔·罗哈斯重复了一遍,"我想,你应该比我更不想见到警察。"

他说得很得体,没有点明对我的讨厌。哪怕我没有和他女儿牵扯进同一件谋杀案,他也会做同样的事。

好吧,就这样。我们彼此划清了线。我就是被拎出来做替罪羊的,很明显。没什么好说的了,所以我从停车道倒车,一路骑回了家。

阿蒂

9月30日，星期天，17:30

阿舍顿打开门锁，带我进入了她位于圣地亚哥的公寓。公寓只有一个房间，因为她和查理只能承受得起这样的公寓。阿舍顿的绘画事业没有大起色，查理在法律学院辍学欠了一年的助学贷款，还打算改行拍摄自然纪录片。

但这不是我们今天要在这里讨论的东西。

阿舍顿在厨房煮了咖啡，厨房小而可爱。白色的柜子、光滑的花岗岩灶台、没有锈渍的厨具和复古风格的吊灯罩。

"查理去哪儿了？"我问道。阿舍顿在往我的咖啡里加糖加奶，这是我喜欢的口味。

"攀岩去了。"阿舍顿嘴唇抿成一条线，同时把马克杯递给我。查理有很多阿舍顿没有的爱好，而且都很烧钱。

"我会打电话给他，让他帮你找个律师，也许以前教他的教授认识合适的人选。"

我们离开警局后，阿舍顿坚持让我吃点东西。于是我在餐馆里把一切全部和她讲了。嗯，也不是全部，我没有说西蒙的推送是真的。

过来这里的路上,她试着给妈妈打过电话,电话里只有语音邮箱,阿舍顿留言说"尽快回电"。

妈妈无视了这个不明不白的"尽快回电",也可能只是还没看到。嗯,我应该相信她只是还没看到。

我们拿着咖啡,走到公寓的阳台上,坐进了一对亮红色的椅子,椅子各配有一个小桌。我闭上眼睛,喝了一口热热甜甜的咖啡,想让自己放松下来,但是没有成功。我继续小口小口地抿着,终于感觉有点效果了。

阿舍顿拿出手机,给查理留了一个简短的消息,然后又给妈妈打了电话。

"还是语音信箱。"她叹了口气,喝完最后一口咖啡。

"只剩下我们两个了。"我说着,不知怎的觉得有点好笑,情绪有点波动,我差点就失控了。

阿舍顿把手肘枕在桌子上,手掌合十撑在下巴上,对我说:"阿蒂,你必须告诉杰克真相。"

"西蒙的推送没有发布出去。"我有气无力道,阿舍顿摇摇头。

"总会传到他耳朵里的。也许是变成谣言流传到学校,也许是警察直接找他本人来给你施压。不管怎么样,你都必须好好处理你们之间的感情。"阿舍顿犹豫了,把头发拨到耳后,"阿蒂,你是想让杰克自己发现吗?"

我感到愤愤不满,在这种危急的时候她还不忘揶揄几下杰克。

"我为什么要让他自己去发现?"

"他对你管东管西的,是不是?可能你已经厌烦了,换作是我就会厌烦的。"

"对啊,因为你是情感专家。"我不客气地说,"我一个多月没见你和查理在一起了。"

阿舍顿撅起嘴说:"怎么又扯到我身上来了?你应该自己和杰克说,而且要越快越好。你不会想让他从别人那里听到这件事的。"

我心里开始纠结起来,因为我知道她的建议是对的。等着不说只会让事情变得更坏。

既然妈妈没有给我们回电话,这会儿正好可以去找杰克坦白,长痛不如短痛。

"你愿意开车送我去他家吗?"

其实我收到了一堆杰克的消息,问我警局的事怎么样。我应该主要讲案子的情况,但是和以往一样我又被他牵着鼻子走了。我拿出手机打开了短信,发了一条消息:*我们可以当面聊聊么?*

《独一无二》的铃声响起,现在听这歌,感觉并不适合接下来的谈话。杰克说:"当然可以。"

阿舍顿去拿钥匙和钱包的时候,我把马克杯都洗了。我们走出公寓,她随手关了门,并且试了试把手确认上锁。我跟着她进了电梯,发现脑袋里嗡嗡直响,我不应该喝那杯咖啡的,尽管里面基本都是奶的成分。

我们离贝维优还有一半的路程时,查理的电话打了过来,我试图无视阿舍顿的紧张反应,假装没听见他们的对话,但是在这样的距离下是很难做到的。

"我不是让你自己上,"她这样说道,"我是问你有没有认识厉害的律师。"

我蜷缩在副驾驶座上,拿出手机,开始浏览消息。吉丽发了好多消息,是关于万圣节舞会服装的,欧利维亚则愁着要不要和路易斯复合,又来了。

最后阿舍顿挂了电话,强打着精神说:"查理会和一个律师联系一下。"

"好的,帮我谢谢他。"

我觉得我应该多说几句,但不确定说点啥,只好和阿舍顿一起沉默。即便如此,我也宁愿在车上坐一小时,也不愿在杰克家待上五分钟。然而眼看着车子正慢慢靠近杰克家的房子。

"我不确定要多久。"阿舍顿把车停到车道上时,我这样告诉她,"待会儿我可能还需要麻烦你来接我回家。"

我的胃里翻江倒海,要是我和特里什么也没做,杰克一定会坚持与我共渡难关。即便目前情况很可怕,我也不必独自面对。

"我在克拉伦登街的星巴克等你。"我下车时阿舍顿对我说,"你一个人的时候再给我发消息。"

我想为刚才说她和查理的话道歉,如果不是她在警察局接我,我都不知道自己该怎么办。但是我还没来得及说抱歉,她就已经倒车离开了。

我慢吞吞地走向杰克家的前门。

我按了门铃,是他妈妈开的门,一如往常地带着笑容,险些让我以为接下来都会顺顺利利的。我一直很喜欢莱尔顿太太,她以前是很厉害的广告经理。

杰克上了高中,她决定把生活重心从事业转向家庭。我知道妈妈暗地里羡慕莱尔顿太太,有一份成气候的事业,一个帅气成功的老公。

虽然莱尔顿先生有点强势,他是那种"要么听我的,要么滚出去"的人。每次我提起这个,阿舍顿就开始说有其父必有其子。

"嗨,阿蒂。我正准备出门呢。杰克在楼下等你。"

"谢谢。"我说着和她擦身而过,进入玄关。

我一边下楼,一边听着莱尔顿太太关上门、上了车。家里有一个新建好的地下室给杰克一个人使用。地下室很大，有台球桌和大电视，还有柔软舒服的椅子和沙发，我和朋友特别喜欢在杰克的地下室里一起嗨皮。一如往常，杰克瘫坐在最大的沙发里，手上拿着 Xbox 游戏遥控器。

"嗨，宝贝。"他暂停游戏，坐正身子看着我，"怎么样？"

"不怎么样。"我说着，开始不停摇头。杰克的脸上挂满了忧虑，可是我配不上他对我这么好。他站起来想把我拉过去，我拒绝了。我坐到沙发旁边的扶手椅里。

"我还是坐在这里和你说吧。"

杰克前额皱了一下，接着他坐回到沙发里，这次只坐到边上，手肘放在膝盖上，眼睛直视着我说："阿蒂，你吓到我了。"

"今天发生了太多吓人的事。"我说着，用手指卷起一撮头发，发觉自己嗓子干得像要冒烟，"警察想找我谈谈，是因为她觉得我，觉得我们四个那天在禁闭室联手，杀了西蒙。他们认为我们事先计划好，把花生油放进他的水里，所以他才会死。"

我不自觉地把案件细节也讲出来了，讲的时候才觉得不妥。可是我习惯什么事都和杰克讲。

杰克看着我眨眨眼，然后笑着说："天哪，阿德莱德，这不好笑。"他从来不喊我的大名。

"我没有开玩笑，那个女探员就是这样想的。因为西蒙要在'关乎'上发布一篇关于我们四个的推送，曝光一些我们不想让人知道的丑事。"

我应该先说其他几个人的丑事。

——你看，我不是唯一犯错的人！

但是我没有。

"关于我的丑事是真的，所以我过来向你坦白。我必须告诉你，事情发生的时候我太害怕了。"我的眼睛盯着脚下的蓝丝绒地毯，目光聚集到一个细小的线头上。如果我一直扯动这个线头，整个地毯都会散开。

"继续说。"杰克说，我完全听不出他是什么语气。

天啊，我的心再这么跳下去我非得当场暴毙不可！心脏都要跳出我的胸口了。

"去年学期末，你和你爸妈去科苏梅尔岛①度假的时候，我在沙滩上碰到了特里。我们一起喝了一瓶朗姆酒，都喝得很醉。然后我就去了他的房子，勾搭了他。"我感到眼泪滚下了脸颊，滴在了我的锁骨上。

"勾搭？怎么勾搭的？"杰克平静地问。

我犹豫了，试图找一种最婉转的方式回答。但是杰克又问了一遍。

"怎么勾搭的？"

简直是在逼我说出那几个字。

"我们接吻了。"

我哭得好厉害，几乎说不出话："对不起，杰克。我，我犯傻了，我犯了大错，我真的，真的很抱歉。"

杰克沉默了。

然后，我听到他说话了，冷冰冰的。

"你很抱歉，嗯？好极了，真的。就好像说句对不起就没事了一样。"

"对不起，真的。"我没有继续讲下去。只见杰克猛地跳起来，用拳头狠狠砸向身后的墙。而我呢，什么办法也没有了，只能不停地哭。

墙上的石灰裂开了，白色的墙皮大片大片落到蓝地毯上。杰克甩

---

① 科苏梅尔岛（Cozumel），位于墨西哥湾和加勒比海交界处的岛屿，岛中部为丘陵四周为沙滩，是墨西哥最热门的游览胜地之一。

了用拳头，继续捶打墙壁泄愤，而且更加用力。

"去你的，阿蒂。你几个月前和我朋友勾搭了，然后一直装作没事，还一直和我一起？你现在说对不起？你到底有什么鬼毛病？我对你还不够好吗？"

"我知道。"我啜泣道，看到他的拳头在墙上砸出了血。

"我竟然还一直当他是好哥们，他呢，一边勾搭你一边在背后偷笑我。你呢，装作什么事也没有发生。假装你还爱我。"

"我爱你，杰克，我真的好爱你。我一直都爱你，从第一次见面起。"

"那你为什么做这种事？为什么？"

这个问题我问了自己几个月，但是除了一些烂借口，我没有得出想要的答案。因为我喝醉了，因为我很傻，因为我没有安全感。我猜最后一个最接近，那段时间的不安全感让我糊涂了。

"我错了，没什么好说的。我想重选一次。"

"你还能选吗？"杰克质问我，然后又沉默了一会儿，重重地呼吸着。我不敢说话，只能用手捂住脸。

"看着我，阿蒂，这回是你欠我的。"

我抬起头，看着他，但是我又后悔了。他的脸，多么英俊的脸啊，我深爱的脸。现在却因为愤怒扭曲了，我从没有见过这样的他。

"什么都毁了，因为你，知道吗？"

"嗯，我知道。"我听上去像在呻吟，像一只被陷阱夹住的小动物。如果可以的话，我宁愿咬断被夹住的脚离开，也不愿在这里多待一秒。

"滚，马上滚出我家。我不想看到你。"

我不知道自己是怎么走出地下室，怎么爬的台阶，怎么出的门。回过神来我已经站在了车道上，我在包里一顿乱翻，找出了我的手机。我不能站在杰克家的停车道上，一边哭一边等阿舍顿，我要走去克拉伦登街找她。一辆对街的汽车鸣了鸣喇叭,透过满眼的泪水我看到了姐姐正摇下车窗。

我走过去,她的嘴角往下拉着。

"我就猜到会是这样。来吧,快上车,妈妈在等我们。"

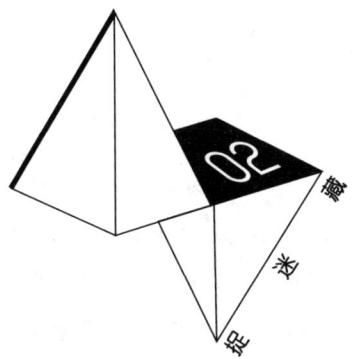

布朗温
10月1日，星期一，7:30

就像往常的周一一样，我准备去学校。六点起床，这样就有半个小时可以晨跑；六点半吃早餐，莓果麦片粥搭配橙汁，吃完冲澡十分钟；吹头发、穿衣服、涂防晒油，花十分钟浏览一遍《纽约时报》；检查我的电子邮箱，装好书包以及确认手机充满了电。

但是今天多了一项安排，七点半和我的律师见面。

她叫罗宾·斯塔福德，我爸说她是个精明的律师，刑事辩护特别厉害，而且在公众面前特别低调，不像那种会自动巴结有钱人帮他们脱罪的人。她到得很准时，梅芙带她进厨房的时候，她给了我一个大大的笑容，感觉很温暖。

看外表猜不出她的年纪，不过昨晚我爸给我看的个人简历上写的是四十一岁。罗宾穿着一件奶油色的套装，很衬她的黑皮肤，身上佩戴着精美的黄金首饰，鞋子看上去很贵但应该不是手工定制的。

她在面积不小的厨房里挑了一个位置，坐到了我和我爸妈对面。

"布朗温，很高兴见到你。我们要谈一下，今天你会在学校碰上什么问题，你应该怎么去应对。"

当然，我现在的生活就是这样，连去上学都需要用到"应对"了。

她把手交叉在面前，说："我还不确定警方是否真的认定是你们四个合伙作案，但是我想他们是打算给你们施压，盼着你们中某个人会放弃反抗、协助他们。这也表明他们目前没有确实的证据。如果你们谁也不松口，而且四个人证词一致。一旦他们的调查得不到什么进展，最后很有可能有一个让人安心的结果，那就是以意外事故结案。"

听到这番话我心里稍微好受了一点。

"真的会以意外结案么？即使西蒙原本打算发布我们的推送？即使汤博乐上有那样的文章？"

罗宾耸肩，姿态优雅地说："只有谣言和传闻而已，我知道你们这些孩子会在意这个。但从法律上来说，如果没有证据支持，一切都没有意义。所以现在你最好不要和任何人谈论这个案子，警察自然不用说，还有要注意你们学校的领导、老师。"

"如果他们问我呢？"

"那么告诉他们，这是律师的意思，你不能回答任何问题，除非律师到场。"

我试图想象用这种态度和校长讲话。虽然不知道校方那边目前掌握了什么消息，如果我拿出第五修正案（美国宪法第五修正案中指出，嫌疑人不能被迫做出对自己不利的证言。）的话一定是小题大做了。

"那天和你一起在禁闭室的几个孩子，你们关系好吗？"罗宾问。

"都一般。库伯和我有几节课一起上，不过……"

"布朗温，"我妈咳了一下，打断道，"你和纳特·麦卡利关系可不差，他昨天晚上又到我们家这儿来了，是第三次了。"

罗宾坐直了身子，我脸红了。昨晚爸爸让纳特离开后，全家都在谈论这个。爸爸觉得纳特是个变态，跟踪我，所以才会找到我家。我必须要解释点什么。

"为什么纳特会来找了你三次,布朗温?"罗宾问得很有礼貌,有些好奇。

"没什么大不了的。西蒙死的那天,他骑车送我回来的。上周五的时候他路过这里进来坐了坐。至于昨天晚上他为什么会过来我就不知道了,他们不让我和他说话。"

"让我想不通的是,爸妈不在家你就请他'进屋坐坐'。"我妈要开始发作了,罗宾制止了她。

"布朗温,你和他到底是什么关系?"

"我也不知道,你能不能帮我分析一下呢?这是不是你工作的一部分?我并不了解纳特,上周之前我都没有和他说过话。我们现在同病相怜,比较能够相互帮助,共渡难关?"

"我建议你和他们三个保持距离。"罗宾说着,没有注意到我妈正对我怒目圆睁,"我们最好不要再给警方借题发挥的机会,你的手机和电子邮箱有可能被监控了,你最近有和他们三个通话或者发邮件吗?"

"没有。"我如实回答。

"做得好。"她看了一下她的劳力士金表,"你要按时去上学,所以我们只能谈到这里了,一切都照常。"她迅速地朝我微笑了一下,还是那样温暖,"我们之后再深入讨论。"

我和爸妈告别,没怎么和他们对视。然后拿了沃尔沃的车钥匙,和梅芙告别。我在开车的时候说服自己要坚强,哪怕在学校有天大的坏事等着我。但是我意外地发现自己错了,竟然没有盯梢的警察,也没有人用异样的眼光看我,就像第一篇汤博乐文章出来的时候一样。

走出指导教室的时候,我和凯特还有由美子一边聊天,一边依旧保持警惕,眼睛在走廊上到处看,找到了那个我唯一想说话的人,尽管我知道自己应该离他远远的。

"一会儿见好吗?各位。"我喃喃道,跟着纳特走入后楼梯间,然后拦住了他。

他见到我有点惊讶,但没有明显表现出来。

"布朗温,你家里人怎么样?"

我在他旁边靠着墙,降低声音说:"我替我爸道歉,他昨晚把你赶走了,他对这种事特敏感。"

"难怪。"纳特也低声说话,"你没有被警察搜身吧?"

我睁大眼睛看着他,他坏笑了一下。

"你肯定不信,我被搜了。他们叫你不要和我说话,对吧?"

我忍不住环顾四周,楼梯间里没有别人。我已经快变成疑心病了,纳特也左右看了看。我不停地提醒自己,我们并没有串通杀人,这是事实。

"你昨天为什么去找我?"

他就这样看着我,像是要说什么生死大道理,或者是无罪推定之类的。

"对不起,我偷走了你的'上帝'。"

我愣了一下,不明白他的话。他是在作什么宗教比喻吗?

"什么?"

"四年级表演的基督复活剧。是我偷走了道具,所以你拿了一个包裹着毯子假装是圣婴。很抱歉。"

原来只是这样。我放松下来,瞅了他一会儿,无力到要晕倒。我马上给了纳特的肩膀一拳,他有些意外,不过还是笑了。

"我知道是你干的,干吗要做这种事?"

"想逗你玩。"他对我笑了,有那么一会儿我有点恍惚了,原来纳特·麦卡利还可以笑得这么可爱。

"我还想说点别的,呃,不过我猜现在已经晚了,你一定请了律师了,对吧?"

"没错,不过,我还是想和你说话来着。"

突然打铃了,我拿出手机,但是想到罗宾说的通话记录监视,只好把手机又放回到包里。纳特注意到了我的小动作,"呵呵"地笑了起来。

"没错,现在交换手机号码不是个好主意。可以考虑用这个。"

他从背包里拿出一个翻盖手机给我。

我小心翼翼地接过来,问:"这是什么?"

"一次性手机,我有好几个。"

我用拇指抚摸着手机表面,突然想到了一次性手机的用途,他忙加了一句:"这是新的,没有人会打过来,除了我,只有我知道号码。你可以选择接或者不接。不过不要到处乱放。警方可以监视你的手机和电脑,但也只能做到这一步,他们不能搜你家。"

我很肯定,花了大钱雇来的律师会告诉我不要听纳特的,甚至她会怀疑上周一是纳特用他的这些廉价手机栽赃我们的。我看着纳特往楼梯上走,知道自己该把手机扔进最近的垃圾桶才对。但是我选择把它放进了书包。

库伯
10月1日,星期一,11:00

能待在学校实在太好了。我已经在家听够了我爸的碎碎念。他激烈地谴责着一切:西蒙是个骗子,警察都很无能,学校没有尽到应尽的责任,请律师会让家里花一大笔钱。

他没有问兴奋剂的事是真是假。

我们几个现在处在一个尴尬的境地,所有的事情都变了,但看上去还没有变。除了杰克和阿蒂,他们两个看上去像是要先杀了对方,然后再自杀。走廊上碰到布朗温的时候,她朝我露出一个不怎么样的微笑,双唇闭得紧紧的,就好像没了嘴巴。至于纳特,一天都没有看见影子。

我猜,我们都在等待着,等某件事发生。

体育课下课后,确实发生了点事儿,但不是冲我来的。我和朋友在打完橄榄球后去更衣间,走在所有人后面,路易斯正顾着看某个低年级的妹子。体育老师打开门让大家进去,就在这时杰克突然转身一把抓住特里的肩,往他脸上猛揍。

哦,原来推送里的"TF"指的是特里·福利斯特。

我抓住杰克的手臂往回拉,想要劝架。但是他简直是要暴走了,我几乎抓不住他。路易斯赶紧上来帮忙,可还是很难拉住杰克。

"混蛋!"杰克冲特里骂道,特里已经被揍得站不稳了,但还没摔倒,只是用一只手摁住鼻子,上面已经是一片血淋淋的了,看来他完全没有要还手的意思。

"住手,老兄。"我看到体育老师朝我们跑过来,"杰克,再这样你要受处分了。"

"值了。"杰克狠狠地说。

这个周一的大新闻再也不是西蒙,而是杰克·莱尔顿在体育课后打了特里,随后被停课反省。杰克临走前拒绝和阿蒂说话,阿蒂哭了。其他人看在眼里,明在心里。

"她怎么能这样?"午餐排队的时候,吉丽小声地说。阿蒂在餐厅里拖着脚走路,像是在梦游。

"我们不知道事情的全部,不要乱说。"我提醒道。

看来杰克走了还是有一点好处,阿蒂还能像以前一样和我们坐在一起吃午餐。我不确定她还有勇气做到这个,但是她没和任何人说话。也没有人愿意理她。他们表现得很明显。凡妮莎,我们这群人里最"绿茶"的一个,一看到阿蒂坐过来就撇过脸。甚至吉丽都没有主动拉阿蒂加入对话。

一群伪君子。

路易斯也上过西蒙的 APP,也是因为劈腿的事。凡妮莎在上个月的派对上还想给勾搭我。他们这些人没有资格去鄙视别人。

"阿蒂,怎么样了?"我问她,无视了周围的目光。

"库伯,别这样。"她只是低着头,声音小得我快听不清了,"你这样我更难受。"

"阿蒂。"

我无法控制自己的沮丧和恐惧,直到看见阿蒂抬起头,一种惺惺相惜的感觉横在我们之间,我们有太多太多的事想谈谈,可是一件也没提。

"一切都会好起来的。"

"你怎么看?"吉丽把手放到我的手臂上,我才发现自己错过了她们的话题。

"什么怎么看?"

吉丽轻轻摇头说:"万圣节啊!我们应该打扮成什么样子参加凡妮莎的派对?"

我疑惑了,就好像被拉进了电视游戏里某个虚假、鲜艳的虚拟世界,眼前太明艳了,我搞不懂游戏的规则是什么。

"哦,吉丽,我不知道。万圣节还有几乎一个月的时间呐。"

欧利维亚呛声道:"蠢直男。你们不知道女生多烦,要找一件性感又不暴露的服装可难了。"

路易斯朝她挑了挑眉,建议道:"其实只要性感就好了。"欧利维亚打了一下他的胳膊。

餐厅里很暖和,甚至有点热。我擦了擦额头上的汗,和阿蒂对视了一眼。

吉丽戳了戳我:"把你手机给我。"

"什么?"

"我想要看看上周拍的那张照片,在海港村拍的,那个女的穿针织短裙很好看。我应该可以考虑一下那种款式。"

我耸耸肩,拿出手机解锁,递给了吉丽。她接过我的手机,打开相册,感叹道:"你穿黑西服太帅了。"

她给凡妮莎看照片,凡妮莎的反应非常夸张,还倒吸了一口气:"哇,好帅!"

阿蒂只是把餐盘里的食物推来推去,一点也没有动叉子的意思。我刚想问她"需要帮忙吗",我的手机来电就响了。

"谁会在吃饭的时候打过来?大家不都在这里吗?"

凡妮莎拿着我的手机"哼"了一声,接着看到了来电显示,然后转向我问道:"哦,库伯,谁是克里斯?吉丽不会吃醋吗?"

我愣一下,马上接话道:"呃,这个克里斯是男的,就是我认识的一个哥们,一起打棒球的。"

我的整张脸滚烫,感到阵阵刺痛。我从凡妮莎那里拿回手机,调到语音信箱模式。我多希望自己能接电话,但是现在不是时候。

凡妮莎抬了抬眉毛:"你给他备注的是克里斯(Kris)①,不是科里斯(Chris)。"

"嗯,因为他,他本身就是德国人。"

天哪,快闭嘴吧。我把手机放回口袋,看着吉丽。她刚要张口问我,我马上打住:"我一会儿再给他回电话。我们说到哪儿了,针织短裙是吧?"

放学铃声响了,我正要离开,鲁法洛教练在学校大厅拦住了我。

"你是不是忘了我们的见面,嗯?"

我沮丧地吸了口气,确实忘了。我爸提前下班,就是为了和我快点见一下律师。但是鲁法洛教练想和我谈大学入学的事。我很纠结,我爸很希望我既能打好棒球,又能顾及学业,这根本不可能。我一路跟着鲁法洛教练,想快点做个决定。他的办公室就在体育馆边上,闻起来像聚集了二十年体育生的汗味。换句话说,就是臭死人了。

我坐到他对面那张歪斜的金属椅子上,椅子嘎吱作响。鲁法洛教练开口道:"我的电话快被打爆了,都是因为你库伯。UCLA(加州大学洛杉矶分校)、路易斯维尔大学和伊利诺斯大学都愿意提供全额奖学金。他们想要在十一月得到答复,但是我告诉他们,你起码要到明年春天才做决定。"他注意到我的表情,又说,"多几个选择没什

---

① Kris 是一种昵称用法,可男可女,下文库伯借口说克里斯是德国人,因为德语用 K 表示 Ch 的发音。

么坏处，有机会加入职业队固然是好事，但是读大学也重要，你最好还是看看大学专业。"

"好的，先生。"我不是担心能不能选入职业队，而是西蒙APP上推送的事一旦被曝光出来，这些大学会怎么看我。如果警察继续查我，事情会变得越来越糟。是这些机会先跑光，还是我先被证明清白？

我不确定要怎么告诉教练，只是说："实在是，很难决定。"

他拿起一打钉起来的纸，对我挥了挥。

"我帮你搞定了。这里是所有大学的清单，还有他们目前的待遇。有几个我觉得最适合而且专业不错的，我都重点划出来了。名单不长，我没有把州立大学和圣塔芭芭拉放进去，它们都是本地学校，可以亲自去参观。如果你周末想去，我帮你安排。"

"好的，我……我最近家里有点事，要忙段时间。"

"当然。你不要有压力，我们不急。库伯，决定权都在你手上。"

人们总是说决定权在你手上，实际上你却并不觉得。生活中什么事都这样。

我谢过了教练，掉头走去几乎没了人的走廊。我一手拿着手机，一手拿着教练的清单。我迷茫地来回看着手机和清单，没注意到我前面有人，差点撞上对方。

"对不起，啊，嗨，艾福里先生，你需要帮忙吗？"

艾福里先生身材瘦小，双手正抱着一个大箱子。

"谢谢你，库伯，不用了。"

我比他高很多，低头一看就能看见箱子里的文件夹。我想他自己能搞定，他湿湿的眼睛眯了起来，因为看到了我手上的手机。

"我不是故意打断你发消息的。"

"没有，我只是……"我没说下去，因为解释我要和律师见面并没有什么意义。

"我不明白你们这些孩子,这么喜欢玩手机,看八卦。"他的脸皱巴巴的,好像说出的每个字都很苦,我都不知道该说什么。他这是在暗示西蒙?我好奇警察在周末时有没有询问艾福里先生,还是因为动机不充分排除了他的嫌疑。当然他们也许只是目前没有找到动机而已。

他摇摇头,就像不知道自己说了什么一样:"不管怎么样,不好意思,库伯。"

说完,他准备让一步路,不过我先让了。

我说:"没事的。"

我看着他拖着脚步走远,然后感到手机在振动。我低头查看,希望是吉丽的消息,因为之前我还是答应了今晚帮她挑万圣节服装。

然而是妈妈发来的消息:*去医院找我们,奶奶心脏病发作了。*

纳特

10月1日，星期一，23:50

白天我打了一堆电话，告诉供"货"商这段时间我要避避风头。打完电话后我就把手机扔了，尽管我还有其他的手机可以联系他们。我一般都在沃尔玛一次性买好几个，轮着用几个月，然后再换一批新的。

到了晚上，我就一直看日本恐怖片，看到想吐为止。大概快十二点的样子，我找出一个新手机，拨通了今天给布朗温的那个手机号码。电话响了六声后她接了起来，听上去紧张得要命。

"你好。"

我很想戏弄一下她，问她能不能买点我的"货"，但是这样做她可能会把手机扔了并且再也不理我了。

"嗨。"

"都几点了。"她嗔怪道。

"打扰你睡觉了吗？"

"没有，"她如实答道，"我睡不着。"

"一样。"我们谁也没说话，过了一分钟。我在床上伸了个懒腰，往背后那对小枕头上一靠,眼睛盯着屏幕上的日文片尾字幕。我退出电影,开始翻频道指南。

"纳特,你还记得欧利维亚·肯德里克的生日派对么,五年级的时候?"

我确实还记得。那是我小学去过最后的生日派对,后来我爸就让我退了学,因为我们再也付不起学费了。欧利维亚请了全班同学参加,在她家院子和院子后的树林里玩"寻宝游戏"①。我和布朗温分到了一个组,她找到了所有的线索,仿佛要争取工作提拔一样积极。我们小组最后获得了胜利,五个人都得到了价值二十美元的iTune礼物卡。

"记得。"

"我想,那应该是上周前我们最后一次讲话。"

"应该。"

我其实记得很清楚。在五年级的时候,我的朋友们都开始关注起异性,时不时谈个女朋友,一谈就谈一个星期的那种,都是些小孩子过家家的傻事。约女孩子出去,女孩子答应了,过几天又相互不理睬。当时我们穿过欧利维亚家的林子里,我清楚地记得自己瞅着布朗温的马尾在前面晃啊晃,心想着她会不会答应做我的女朋友。当然最后我没敢问。

"你离开我们小学后去哪儿了?"布朗温问。

"格兰杰。"

我们原来的小学可以直接升初中,所以布朗温就留在那儿了,等到上高中我才再次见到她,她已经彻底成为学霸。

---

① 寻宝游戏(Scavenger Hunt),美国家长给小孩子开派对的时候准备的小游戏。每个小孩子拿到一张单子,看谁先把单子上的东西找全,可以去邻居家借。

她停顿了一下,在等我继续往下说,结果自己却笑了:"纳特,为什么你主动打给我,每次却只回答我一个词?"

"也许你问得不对。"

"好吧,"她又停顿了一下,然后问,"你干了吗?"

我不必问她是指什么。

"干了,也没有干。"

"说具体的。"

"我在缓刑期间还继续卖违禁品。但是我没有往西蒙·凯尔纳的杯子里放花生油。你呢?"

"一样,"她平静地回答,"干了,也没有干。"

"所以你作弊了?"

"嗯。"她的声音颤抖着,感觉要哭了。我不知道自己能做点什么。假装手机掉了,可能吧。还好她克制住了。

"真的好丢脸,我害怕大家会知道。"她听起来真的很害怕,我想我不应该取笑她,但我没忍住。

"所以你不是完美的,那又怎么样?欢迎来到凡人的世界。"

"别说得我像个外星人。"布朗温说,"我和你在同一个世界。只是我为自己的错误感到抱歉,仅此而已。"

她也许说对了,但只说对了一部分。其实真实的世界远比她想的要糟。如果她真的这么自责,可以去向神父忏悔上个把月的。我不明白,若要人不知,除非己莫为,主动认错就这么难?

"你并不觉得自己真错了,只是害怕人们会对你有看法。"

"这样有什么不对?至少也比缓刑强啊。"

我最常用的那只手机振动了。手机就放在床边的破桌上,每次一碰桌子就会摇摇晃晃,因为有个桌脚断了但是我懒得修。我划开屏幕,发现是一条短信。

艾梅伯：有空吗？

我刚要告诉布朗温我还有事，她忽然叹了一声。

"对不起，让你陪我这么沮丧。其实对我来说不仅仅是作弊那么简单，我让我爸妈都失望了。特别是我爸，他是外地人，所以很不喜欢被本地人歧视。他好不容易建立起来的名声，因为我的白痴行为全毁了。"

我想说，根本没人会这样想，不过他们家和我家完全是两个世界。但是每个人应该都有一堆烦人的事吧，虽然我无法理解她。

"你爸是哪儿的人？"

"哥伦比亚的，十岁的时候搬到了这里。"

"你妈妈呢？"

"她们家在这里生活了好几代了，我妈是第四代爱尔兰移民。"

"我妈也是。"我附和道，"让我们面对事实，大家只对关于我的推送见怪不怪。"

她又叹气了："太不真实了，不是吗？竟然有人认为我们中有人杀了西蒙。"

"你懂我的意思了吗？"我问，"我在缓刑期，记得吗？"

"我懂。可我亲眼看到的，你是真心想救西蒙。不然只能说你装得太像了。"

"如果我变态到可以杀了他，我自然也可以装得很像。"

"可你不是变态。"

"你怎么知道？"

我这样抬杠只是为了好玩而已，但我也想知道问题的答案。我是四个人中唯一被警察搜身的。就像洛佩兹警官说的，我就是可以被拎出来做替罪羊的。很明显，我看上去就像那种能随口撒谎、为了自己的利益可以杀人不眨眼的人。考虑到这些，我不确定她会不会相信一个六年都没有讲过真话的人。

布朗温没有马上回答。我的手在动漫频道一栏停下,看到一个动画新番,关于一个孩子和一条蛇的。看上去不怎么值得追。

最后她开口了:"我记得你以前是怎么躲你妈妈的,你妈妈去学校找你,表现得……你知道的……很不正常。"

——表现得很不正常。

我不明白布朗温指的是哪件事,我妈有次在家长会的时候对着弗林老师疯狂尖叫,最后把墙上同学画的画都给扯了下来。也有可能是那次,我在足球场训练,等着接我回家的她突然大哭起来。这种例子实在太多了。

我一时语塞,布朗温赶紧接道:"我真的很喜欢你妈妈。她以前和我谈天的时候,把我当成大人看。"

"你是说她在你面前说脏话吗?"

布朗温被我逗笑了:"不是啦,她对我很好。"

她的话有点暖到我了。她能够从最糟糕的人身上看到闪光点。

"她可喜欢你了。"

我想起今天在楼梯间见到的布朗温,她的头发像以前一样扎成了马尾,还是那么光彩照人。仿佛一切事情她都感兴趣,都觉得值得去做。

如果她还在的话,一定也会喜欢现在的你。

"她以前和我说,"布朗温停顿了一下,"她说你喜欢捉弄我,是因为你喜欢我。"

我看了一眼艾梅伯的消息,还是没有回复她。

"可能是吧,我不太记得了。"就像我说的,我可以随口撒谎。

布朗温先是安静了一下,又说:"我要挂了,至少试着睡一下看看。"

"好,我也是。"

"我们明天再看看效果如何。"

"行吧。"

"好,回见。呃,纳特?"她说得太快有点结巴了,"我那时候其实也喜欢你,单纯的喜欢,没别的意思。嗯,别说出去啦,晚安。"

等她挂了电话,我把手机放回床头,拿起另外一只。我又看了一遍艾梅伯的消息,接着打字。

我:过来吧。

布朗温傻得可爱,但我不会那么容易当真的。

阿蒂

10月3日，星期三，7:50

阿舍顿坚持让我上学，妈妈呢，甩手不管了。她只关心一点：我毁了我们一家人的生活，所以现在情况还会坏到什么地步不重要了。她没有对我这样说，但是她的眼神让我感受到了。

"五千美元请个律师，阿德莱德。"周三吃早饭的时候，她对我不满地说道。

"这笔钱会从你的大学基金里扣的。"

我想朝她翻白眼，但是却没有力气了。我们都知道我根本没有什么大学基金，她这几天一直和我远在芝加哥的爸爸吵着要钱。但是他挤不出什么抚养费，多亏了他的新家庭——由一个更年轻的老婆和更年幼的孩子组成的家庭。不过为了让妈妈闭上嘴，他可能还是会多少给点，并且说服自己，毕竟还是我的爸爸。

杰克还是不和我说话，我好想他啊。感觉好像引爆了一颗原子弹，毁灭了世界，只剩下满地的灰尘和疮痍。我不停地给他发消息，他不回我，甚至连看都没看。无论是脸书、Instagram，还是色拉布[①]，他在每一个社交软件上都取关并且拉黑了我，他假装我从来都没有存在过。我现在慢慢觉得他是对的。如果我不是杰克的女朋友，那我还有什么身份呢？

[①] 脸书（Facebook），美国著名社交网络服务网站。Instagram，美国的手机移动端社交APP，特点是将随时抓拍下的图片分享。色拉布（Snapchat），美国的一款以"阅后即焚"理念开发的社交APP，主要功能是用户聊天发的图片会在一定时间内自动销毁。

他因为打了特里被勒令停课回家一周。但是他的爸妈对学校发了火,他们觉得是西蒙的死快把所有人都逼疯了,所以我猜他今天可能就会回学校。一想到不知道该怎么面对他,我在心里马上打了退堂鼓,不想去上学了。是阿舍顿拉我起床的,现在她必须待在我们家里,你看,不然家里就没个管事的了。

"你不能因为这点小事就这样要死要活的,阿蒂!"阿舍顿一边推着我去洗澡,一边教训我,"他不能把你从这个世界上抹去。天啊,你只是小小地犯了一次傻,又不是动手杀了人。"

"哦,"她嘲讽地笑了一下,就一小下,"我猜审判团才能决定你有没有杀人。"

哦,这是我们日常苦中作乐的玩笑。能理解这种家族幽默感的人应该更可笑吧。

阿舍顿送我去了学校,在大门口把我放下。

"抬起头来,"她建议道,"不能让那个假清高的'控制狂'看扁了。"

"妈呀,阿舍顿。我的确做了对不起他的事,他不是故意的。"

"还不是一样。"她把嘴抿得紧紧的。

下了车后我强打精神,面对新的一天。过去的学校生活轻松惬意,不用费力就可以合群。现在呢,我已经快要变成另一个人了。

看着窗户里的倒影时,我都快要认不出自己了。穿着和以前一样的衣服,紧身上衣、紧身牛仔裤,都是杰克最喜欢的。但是脸消瘦了,死气沉沉的眼睛和这身打扮不配。

我的头发倒还可以,这是支撑我活下去的唯一理由了。

学校里比我状态还差的,只剩下简娜了。西蒙死了以后她一下子瘦了十斤,皮肤看上去很差,睫毛膏也到处都是的。我猜她在每节课间都会躲去厕所大哭,就和我一样。我们还没有结为姐妹真是神奇。

我走进学校大堂,看到杰克在储物柜前,血一下子冲到了脑子里,我感到头晕晕的,几乎是晃悠着走过去的。他神情平静,就是开柜子的时候有点走神。有那么一刻我希望一切都回来了——就在他离开学校后,恢复了冷静,选择原谅我。

"嗨,杰克。"我先打了招呼。

他平静的脸瞬间变得铁青,皱着眉头快速打开柜子,拿出几本书塞进书包,最后猛地一关柜门,背上书包掉头就走。

"是打算再也不和我说话了,是吗?"我问他,我快不能呼吸了,简直弱小无助又可怜。

他转过头来,给了我一个充满仇恨的眼神,吓得我往后退了好几步。

"如果可以的话,是的。"

不许哭,不许哭。杰克走了,所有人都在看着我。隔着几个柜子,我瞥见凡妮莎正在偷笑,她好像很满意。我以前怎么会把她这种人当闺蜜呢?她可能很快会去勾引杰克,说不定他们已经好上了呢。

我在自己的柜子前快要站不住了,手拼命摩擦着柜子上的锁,花了几分钟才擦掉锁上的两个字,是某个人用黑色粗记号笔写的:妓女。

周围传来隐约的偷笑,我的眼睛注意到"女"字的一笔有点特别。我和凡妮莎一起做过无数张"贝维优野猫女孩啦啦队"的宣传海报,我还嘲笑她的"女"字写法很奇怪。这就是她写的,她都没想要隐藏自己的字迹。

对,她想让我知道是她写的。

我费了很大力气不让自己逃跑,而是努力走向最近的厕所。有两个女生正站在镜子前补妆,我躲着她们,走进最远的隔间。一进入隔间我整个人都崩溃了,想哭却不能出声,只好把头埋到双手间。

铃声响了，可我还是待在厕所的隔间里，任凭眼泪从脸上流下，直到流干为止。我双手抱住膝盖，低下头一动不动。

等到下课铃响起，厕所里又都是进进出出的人了。我听到厕所里有人在谈论，虽然才听到开头，我却知道是在说我。我捂住耳朵，试图不让自己再听下去。

等到又上课了，我才放松全身站了起来。我打开隔间门，走向镜子前，将头发从脸上拨开，我的睫毛膏全晕开了。不过因为我在隔间里待了很久，眼睛开始消肿了。我望着镜子中的自己，想要理清思绪。我不能一整天都这样上课，我想去医务室，说自己头疼。但是医务室现在也让我觉得不舒服，因为我被当成了拿肾上腺素笔的小偷。所以我只剩下一个选择：离开这里，马上回家。

我进入后楼梯间，一只手还放在门上，听到楼梯上传来沉重的脚步声。我转身只见特里·福利斯特正在下楼，他的鼻子肿肿的，一只眼睛被打成了熊猫眼。他看到我后停下了脚步，一只手抓在栏杆上。

"嘿，阿蒂。"

"你怎么没去上课？"

"我在医务室预约了。"他用手指指鼻子，勉强地笑了一下，"我的鼻子被打歪了。"

"活该。"等我反应过来，狠话却脱口而出。

特里张大嘴巴，接着又闭上了，可以看到他的喉结上上下下地滑动。

"我什么也没有和杰克说，阿蒂。我对天发誓，我和你一样不想让这件事传出去，我挨打的时候也懵了。"他小心地摸了摸鼻子。

我想的不是杰克，而是西蒙。既然特里不知道那个没有发布的推送，那么西蒙是怎么知道我和特里的事的？

"只有我们两个人知道，"我反驳道，"一定是你说出去的。"

特里摇头,又疼得缩了回去。他说:"你还记得吗?我们在去我家之前在沙滩上牵了手,那里都是人。任何人都有可能撞见。"

"但是他们不会知道我们接……"我停住了,西蒙的推送里没有说我和特里接吻了。他很明显暗示了,但是确实没有说破。也许我对杰克过于坦白了,这样一想我就很难受。虽然不确定略过接吻的部分杰克会不会相信,但是我甚至都没有想试一下,而是一五一十全讲了。

特里看着我,眼睛里装满了悔恨:"抱歉,我没想到你会这么难过。不管怎么样,我觉得杰克太过分了。但我真的没有告诉任何人。"

说着,他把手放在胸口:"我以我死去的爷爷的名义起誓,我知道你不在乎,但是我很认真地在发誓。"

我最后点点头,他深深松了口气。

他问:"你要去哪儿?"

"回家。我再也受不了了,我的朋友都讨厌我。"我不知道自己为什么要和他讲,事实上我已经没有其他说话对象了,"杰克回来了,我想他们应该不会再让我和他们坐在一起吃午餐。"

没错,今天库伯不在,去医院看望生病的奶奶了。或者,他只是替自己找了个借口,好去请律师。他一走,整个小团队里没人敢反抗杰克的怒气,恐怕也没人愿意反抗吧。

"去他们的。"特里挂了彩的脸只有半边可以笑,"如果他们明天还是这么混蛋的话,你就和我坐在一起好了。既然他们喜欢说闲话,就让他们说个够。"

虽然不应该笑,可我还是笑了。

布朗温
10月4日，星期四，00:20

我内心平静，感到一种满足，虽然我知道这是不对的。

在人生中最糟糕的一个星期会有这种感觉：可怕、崩溃的事情不停压在头上，你快要窒息了，接着，坏事不再发生了，你变得放松，觉得一切都好。

结果到了周四，我又被打脸了。午餐的时候，餐厅比往常都要吵。我左看右看，好奇发生了什么，为什么大家突然拿出自己的手机？在我掏出手机之前，就注意到有好多人看向了我。

"哦。"

梅芙比我动作快，她看着手机屏幕，轻轻吸了一口气，弄得我整个人都不好了。她的牙咬着下唇，眉头皱了起来。

"布朗温，汤博乐上又有……关于……呃，你自己看吧。"

我接过她的手机，瞬间心跳加速。我首先看到了一段文字，就是蒙多萨警官周日给我看的那篇推送。

本APP有史以来首次有了好学生BR的新闻，她是本校最优异学习成绩的保持者……

内容全部一样,包括了我们每个人的丑事,最底下还加了几行说明。

你们以为我是在开玩笑吗？我真的杀了西蒙,看完害怕了吗？孩子们,上周和西蒙同处一室的四个人里,每个都有不为人知的杀人动机。证据一：请看上面这段文字,是西蒙本来打算放到"关乎"APP上的。

现在,轮到你们动动脑筋,把这些疑点连连看。是四个人合伙杀人,还是背后另有他人？谁是傀儡师？谁又是傀儡？

在此之前,我先给你一点提示：每个人都在说谎。

游戏开始！

我抬起头,凝视着梅芙。她知道真相,包括我作弊,但是我还没有告诉由美子和凯特。因为我以为推送不会外传,事情会低调处理,最后警方经过一番背景调查,发现证据不足只能草草结案。

我真是傻得可怜,事情怎么会这么简单呢？

"布朗温？"我差点没听见由美子在喊我。

她问我："这上面说的是真的吗？"

我的话还没说出口,就被梅芙的怒气吓到了。

"假文章！我发誓,我一定不会放过他,我倒要看看是哪个傻子做了这种事。"

"不,梅芙！"我喊得太大声了,马上压低声音并且换成西班牙语,"No lo hagas, no queremos."

凯特和由美子一直注视着我,所以我不能再往下说了。我话里的意思是：别这样,我们不能这样。也许梅芙能听懂言外之意。

但是她没有。

"我不管,"她气冲冲地说,"也许你想算了,但是我——"

幸好校园广播响了起来，简直是上周的翻版，阴阳怪气的声音又响彻了整个餐厅："全体注意。请以下几位同学速到校长办公室报到：库伯·克莱、纳特·麦卡利、阿德莱德·普兰蒂斯、布朗温·罗哈斯。重复一遍：库伯·克莱、纳特·麦卡利、阿德莱德·普兰蒂斯、布朗温·罗哈斯。"

我不记得自己是怎么站起来的，但是我必须站起来，因为广播里有我的名字。走吧，像个丧尸一样，慢吞吞地拖着步子走吧，别去管他们怀疑的眼神和议论的声音。我恍恍惚惚地离开餐桌，走到了餐厅出口，出了走廊，经过贴着开学宣传海报的那面墙（海报已经贴了三周了）。我们学生会最近的工作很懒散，如果没了我，他们会受到更多的差评。

当我到了校长办公室，接待秘书指了指会议室，还带着一声叹息，似乎认为我应该是轻车熟路了才对。我是最后一个到的，至少我自己是这么想的，除非待会儿贝维优警方和学生会的人也会来。

"关门，布朗温。"吉普塔校长说。我顺从地关上门，经过她身边，在纳特和阿蒂之间坐下了，对面是库伯。

校长用手指撑着脸，说："你们应该知道我为什么叫你们过来，我们一直很留心汤博乐上的那篇文章的更新，所以今天我们和你们同一时间看到了更新。而且，贝维优警局委托我们，为了方便他们问话，从明天开始一定要确保能随时找到你们。我和他们谈了话，我很理解。今天的文章就是一个很好的例子，因为里面有西蒙生前没有发表的推送，和你们之前看到的一模一样。我知道你们现在应该都请了律师，我们校方也尊重你们的选择。但是在这里很安全，如果你们想说些什么，让我们能更好地理解你们目前的压力，不妨讲一讲。"

我看着她，膝盖开始发抖。她没有骗我们吧？现在可不是自我检讨的好时候。但是，我还是忍不住想要接她的话，想要替自己解释。

这时另一只手从桌子底下抓住了我的手。纳特没有看我，却拉住了我的手指，温暖、有力，我的腿不抖了。

他还是穿着上周那件T恤，领口的地方松松垮垮的，料子看上去薄薄的，感觉这件衣服已经洗了几百遍了。我瞥了眼，他有意无意地轻晃了一下头。

"我没啥好说的，要说的上星期都说了。"库伯拉着长调说。

"我也是。"阿蒂很快附和道。她眼睛周围红红的，看上去很疲惫，以前小妖精的气质一点也没有了。她的脸色也惨白惨白的，我第一次注意到原来她鼻子上有刺眼的雀斑，可能是因为她今天素颜。我突然很同情她，我知道她受到的打击是最大的。

"我不觉得——"吉普塔校长刚一开口，会议室的门开了，接待秘书探身进来了。

"贝维优警方打电话来了。"她说。

吉普塔校长站了起来对我们说："失陪一下。"

她走出去，关上了门，留下我们四个紧张得说不出话，只有房间的空调在轻轻"嗡嗡"响着。

自上周布达佩斯警官问话后，这还是我们第一次聚在一间屋子里。想到那时我们多么茫然，还在争吵着什么校园舞会、留堂制度不合理，我差点笑出来。

尽管看起来只有我还能笑出来。

纳特松开我的手，在椅背上敲着，环顾着教室，突然说了一句："哎，现在有点尴尬啊。"

"大家怎么样？"我的话脱口而出，自己都吓了一跳。我确定我有话要说，但不是这个。

"真荒唐，他们竟然怀疑是我们。"

"那只是一起意外。"阿蒂立刻接道，虽然表现得没那么坚定，更像是在试探什么。

库伯把目光移向纳特:"说是意外也奇怪,花生油自己会跑到杯子里去吗?"

"也许当时有人在某个时候来过教室,但是我们没有注意到。"

纳特听完,朝我转了转眼珠:"我知道听上去会很荒谬,但,你真的有考虑清楚吗?这不可能。"

"恨西蒙的人有很多。"阿蒂说,看她咬牙切齿的样子,显然她也是其中之一。

"西蒙毁了很多人的生活。你们还记得艾登·吴吗?我们班的,高二转学的那个。"

只有我点了头,阿蒂看向我接着说:"我姐姐和他姐姐是大学同学,艾登没能振作起来。在西蒙曝光了他有异装癖之后,他整个人都垮了。"

"真的?"纳特问。

库伯用手顺了顺头发,好像在想什么。

"你们还记得,西蒙最初开发 APP 前,他用什么发布丑闻吗?"阿蒂又接着说,"好像是博客上写长篇文章之类的,有更多的细节。"

我喉咙一紧:"记得。"

"对,他就是用博客曝光艾登的。"阿蒂说,"他是人形恶魔。"

她说话的语气让我有点不舒服,我从没想到阿蒂·普兰蒂斯这样肤浅的人也能说出这样厉害的形容词,独立地表达自己的想法。

库伯马上激动起来,似乎担心阿蒂会失控。

"莉亚·杰克逊在西蒙追悼会上也这样说。我正好在球场观众席下面碰到她,她说我们很虚伪,把他当成了英勇牺牲的伟人。"

"哎,好吧。"纳特让步了,"你说得对,布朗温。整个学校的人都有可能在包里放一瓶花生油,等待下手的好时候。"

"不是所有的花生油都可以。"阿蒂说,我们的目光都转向了她。

"必须是冷榨油才能造成过敏反应。简单来说,就是做饭用的那种。"

纳特看着她,抖了抖眉毛,问:"你怎么知道的?"

阿蒂耸耸肩:"我在美食网站上看到过。"

"待会校长来了,你最好别说这话。"纳特建议道。阿蒂的脸上瞬间浮起一阵傻笑。

库伯瞪着纳特说:"这可不是闹着玩的。"

纳特皱了皱眉,不在意地说:"我以为是。"

我咽了口口水,思绪还在前一刻的对话里。我和莉亚以前是好朋友,高一那年我们一起参加模拟联合国比赛,最后还参加了州里的决赛。当时西蒙也想加入比赛,可我们说错了报名截止日期,结果他错过了选拔。我们不是故意的,可他不相信,对我们很生气。几周后,他开始在"关乎"上推送莉亚的花边新闻。一般来说,西蒙对一件丑闻只推送一次,但是莉亚的事他不停地更新着。我确定,如果他抓住了我的尾巴,也会做出同样卑鄙的事来。

接着莉亚开始变得不正常,问是不是我故意告诉西蒙的。我没有,可还是很内疚。特别是有一次她试图割腕自杀。自从西蒙对她单方面宣战以后,她再也不是原来的自己了。

换作我,我也不知道该怎么挺过去。

吉普塔校长回到了房间里,随手关上门,然后坐到了位置上。

"抱歉,事出紧急。我们刚才说到哪儿了?"

又是一阵沉默,最后是库伯清了清嗓子说:"校长女士,我们尊重您。但是我们一致认为,还是不要进行这次谈话比较好。"

我可以从他的声音中听出之前没有的坚决。突然觉得我们四个人转变了策略，联合在了一起。我们虽然信不过彼此，但是更信不过校长和贝维优警察局。吉普塔校长似乎认识到了这一点，往后推开椅子。

"我只是想让你们知道，我这边永远为你们开放。"

但是我们已经全部站了起来，自行打开了会议室的门。

这天剩下的时间里，我不再感到忧虑了，照常做该做的事，无论是学校还是家里。但是我不能放松，真的。我在等过了午夜纳特给我打电话。

周一开始，他每晚都会给我打电话，差不多都是在零点。他向我说了很多他们家的事，很多我从没有想到的事。比如他妈妈的病，还有他爸爸酗酒。我和他说梅芙过去的病情，还有我对一切事情感到的莫名压力，比过去还多了一倍。有时候我们什么都不说。

昨晚他提议看个电影。我们一起登录网飞视频网站，看了一部吓死人的恐怖电影，是他选的，一直看到了两点。我戴着耳机快睡着了，也许我的鼾声传进了他的耳朵。

"今天你选电影。"这是他今天的开场白。我注意到了，他没有说笑，只是把自己想说的说出来而已。当然我的心思也是乱得很。

"我找找看。"我说着，然后彼此沉默了一会儿，我滚动着网飞剧集的名字，但是却没有真的在找。

不好，我不能就装作没事地找个电影看。

"纳特，你因为今天的事在学校里遇到了麻烦？"

在我离开吉普塔校长办公室以后，接下来的下午一直承受着各种目光、议论，还和凯特、由美子进行了一次不欢而散的对话，因为我最后向她们坦白了这几天发生的事。

他冷笑了一下："我一直麻烦不断，没什么变化。"

"我朋友很生气，怪我没有坦白。"

"坦白什么，作弊？还是接受调查？"

"都有。我对她们什么也没讲。我原以为一切很快就会过去,她们永远不会知道的。"

罗宾律师是说过,让我不要回答任何关于案子的问题。可是我怎么能拒绝我最好的朋友呢?当整个学校都开始孤立你,你需要一两个人站在你这边。

"要是我能多记得一点那天的情况就好了。你们是什么课被艾福里先生从书包搜出了手机?"

"实验物理课。"纳特回答,"换句话说就是假科学课。你呢?"

"自修。"我说着,咬咬嘴唇。讽刺的是,由于化学成绩好,我可以自选想要的科学课,"我猜西蒙上的是艾福里先生的应用物理课,但是不知道阿蒂和库伯是什么课。他们在禁闭室里看到对方好像很意外。"

"所以?"

"不奇怪吗,他们可是朋友。他们应该对彼此讲过留堂的事吧?他们甚至可能是在同一个课上被发现手机的。"

"谁知道呢,说不定是在指导教室被抓的,或者自修课。艾福里先生带的课可多了。"纳特说,见我没有回答,又加了一句,"你觉得库伯和阿蒂串通策划了整件事?"

"只是顺着推理一下而已,"我说,"我觉得警方没有注意'手机骗局'这个点,因为他们很确定我们四个人是一伙儿的。你觉得呢?艾福里先生最清楚谁上他的课,也许是他做的。他把手机放到我们四个人的背包里,然后在我们到禁闭室之前,在所有杯子里都放了花生油。他是科学老师,知道怎么做不会被发现。"

我只是说说,因为脑海中浮现出我们瘦弱矮小的老师疯狂地往杯子里放花生油,怎么想都不可能是真的。那么,库伯跑去医务室拿走了所有的笔?阿蒂通过看美食网站想到了杀人手法?感觉也不太现实。

  这么说我还真不知道谁是凶手了，包括纳特。总不会是我自己干的吧？

  "现在说什么都有可能。"纳特提醒道，"你挑好电影了吗？"

  我本来想选酷一点的、小众的电影，他肯定没看过的那种，给他一个惊喜。不过，一想他昨天挑了一个恐怖片，估计他没看过的电影类型应该很多。

  "你看过《分歧者》吗？"

  "没看过，但是我不想看。"他听上去没什么兴趣。

  "真挑剔。我也不想看一群人在太空船上被一只外星怪兽给一个个弄死，可昨天我还是看了。"

  "好吧好吧。"他叹了口气，停顿了一下，"你开始缓冲了吗？"

  "嗯，点播放吧。"

  我们看了起来。

△13△

库伯
10月5日，星期五，15:30

我接了弟弟卢卡斯放学，顺路去医院看奶奶，爸妈都还没来。这星期我们每次来看她，她几乎都在睡觉休息。但是今天她坐在床上，手上拿着电视遥控器。

"这破电视只有三个台。"我和卢卡斯进去的时候，正巧听到她这样抱怨了一句。

"难道我们还活在五十年代？这里吃的可真差。卢卡斯，你带糖了吗？"

"没有，奶奶。"卢卡斯说着，撩了撩眼前的刘海，他太长时间没剪头发了。奶奶又期待地转向我，我第一次发现她如此地苍老。我是说，当然，我知道她已经快八十岁了，但是她平时多有活力啊，我都忘了这个事实了。

不过一想到医生都说她恢复得还不错，那么在下次类似的事情发生前，我们还能再幸运地一起过几年。

然后在某个时候，我们会永远见不到她了。

"对不起，我也没有。"我说着低下头，试图掩饰自己的表情。

奶奶夸张地叹了口气:"好吧,要命咯。你们这两个好小伙,真要派上用场的时候还是没用。"

她在床边的桌子上找了一下,最后摸出了二十块钱。

"卢卡斯,帮我去楼下小店里买几个士力架。我们一人一个。找的钱都给你,慢慢走,不用跑着去。"

"好的,奶奶。"卢卡斯盘算着自己能够拿多少零钱,眼睛贼亮贼亮的。他一溜烟出了病房。奶奶靠在了几个堆起来的病床枕头上。

"给他点钱花,真是个小财迷。"她温柔地说道。

"你现在能吃糖吗?"我问。

"医生当然不让我吃。我想听听你怎么样了,孩子。这里谁也不和我说话,怪无聊的。"

我坐到床边的椅子上,眼睛看着地上。我还没有准备好接受她这么苍老的模样。

"奶奶,你应该多休息。"

"库伯,没事的,这是我得心脏病以来,犯得最轻的一次啦。在这里太无聊,心脏监视器'嘟'了一下,吃了太多的培根,都是些小事。和我讲讲西蒙的事,我保证不会心脏病发作。"

我眨眨眼,想象着要扔出一个滑球:绷直手腕,手指放在棒球外部,让球滚动,脱离我的大拇指和中指。

起作用了。

我的紧张缓解了,呼吸也平静了,眼睛也不湿润了,我终于可以和奶奶对视了。

"一团糟。"

她拍拍我的手,叹气道:"哦,孩子,我明白。"

我把一切都和她说了:西蒙找出了我们的丑闻,现在弄到全校都知道了;警察在教务处临时设点找了我们的熟人问话,还问了很多我们不认识的人;鲁法洛教练还没有来问我怎么回事,但是我相信他很快就会找我;我们换了一节天文课上,因为艾福里先生被两个警察请去另一个房间谈话了,至于他是不是接受了和我们一样的调查,有没有提出不利于我们的证词,我不清楚。

听我说完,奶奶摇摇头,这里不能像在家里一样弄头发,所以奶奶头发松松散散的,就和棉花一样蓬松。

"库伯,很抱歉你碰上了这种事,你们所有人都是。这事很不好。"

我等她问,但是她没问。所以我自己说了,特别小心翼翼。和律师待上几天后,把一个事说得很肯定都像犯了错。

"他们说得不对,我没有用兴奋剂,我没有杀西蒙。"

"老天,库伯,"奶奶不耐烦地抚了抚病床毯子,"不用和我解释。"

我费力地咽了口口水。不知怎么,奶奶毫不犹豫地相信了我,却让我更加愧疚。

我说:"请律师花了我们一大笔钱,但没帮上什么忙,没有好转。"

"事情先变坏,然后才会有好转。"奶奶平静地说,"就是这么回事。你不要担心钱的问题,我来出这个钱。"

我的愧疚又多了一点。

"你哪有钱啊?"

"当然有。我和你爷爷九十年代的时候买了苹果公司的股份,只不过我没有告诉你爸,没给他钱来买那间价格高的房子,不代表我自己没有钱。现在,说点我不知道的。"

我不知道她指的是什么。我没讲杰克是怎么和阿蒂冷战的,我们的朋友又是怎么孤立她的,这个讲起来也太沮丧了。

"没有啥能说的了,奶奶。"

"吉丽怎么样？"

"总是黏着我，甩也甩不开。"我本来可以不说的，但是发现已经晚了，糟糕。吉丽对我很好，她一直站在我这边，让我觉得缠人不是她的错。

"库伯，"奶奶双手拉过我的手，她的手好小、好白，可以看到上面的青筋，"吉丽是个漂亮的姑娘，人又甜。但是如果你不爱她，她就不适合你。不要强求。"

我嗓子发干，看着电视屏幕上的真人比赛，有人赢了大奖在欢呼，奖品是一个全新的洗衣干衣组合机。奶奶没有说话，只是握着我的手。

"我没听懂。"我回答。

奶奶发现我冒出口音了，但没有说破。

"我是说，库伯·克莱，我每次看到那个姑娘给你打电话、发消息，你总是看上去要逃避。但是别人给你打电话的时候，你乐得跟什么似的。我不知道是什么让你选择退缩，孩子，但是我希望你能勇敢一点。这样下去，对你，对吉丽，都不公平。"说着，她握紧我的手，接着放开了。

"不说了，我们现在先放一放吧。你能不能下去看一下你弟弟？看来不应该让一个十二岁的孩子拿着'一大笔钱'在医院到处乱跑。"

"好的，没问题。"

我和她都清楚，是她没有逼着我说下去。我站起来，慢慢走出病房，走廊里到处是穿亮白制服的护士，她们所有人都停下手上的活儿，对我微笑着。

"帅哥，要帮忙吗？"离我最近的护士问道。

我对此早就习惯了，每个刚认识我的人总是把我想得很好。等他们慢慢了解了我，甚至会觉得我更好。

再退一步说,如果我真的对西蒙做了不好的事,很多人会讨厌我,但还是会有人帮我说话。

——"他肯定有别的难言之隐,不单单是兴奋剂那么简单。"

纳特

10月5日，星期五，23:30

今天回家发现我爸难得清醒了一次。我是从艾梅伯家的派对上回来的，我走的时候派对还在嗨个不停，但是我已经嗨够了。我在煤气灶上热了速冻拉面，往斯坦的箱子里放了点蔬菜。他还是和过去一样对蔬菜眨眨眼，真是个不知好歹的家伙啊。

"今天怎么这么早回来。"我爸说话了，虽然他看上去还是一副衰样。大腹便便、满脸皱纹，脸色很差，惨白里透着蜡黄。他举起玻璃杯，摇了摇头。

几个月前的一天晚上，我回到家发现他没了呼吸，只好叫了救护车。他在医院里待了几天，医生说他的肝脏彻底废了，他随时都有丢掉性命的危险。他点点头，搞得自己好像听进去了，然后回家又喝了一瓶施格兰酒。

结果呢，我几个星期都选择性忽视救护车的费用。多亏了我们的鬼医保，这费用还抵扣了点，只收一千块，但是几乎零收入的我们还是一毛钱摸不出。

"我有事要做。"我把拉面倒进碗里，端着面去了自己房间。

"看见过我的手机吗？"我爸在身后喊，"今天响了一天了，我不知道它去哪儿了。"

"你只待在沙发上当然找不到。"我低声说，走进自己房间关上门。他大概醉出幻觉了，他的手机已经几个月没响了。

我快速解决完拉面，然后靠到枕头上，戴好耳机，然后打电话给布朗温。今天轮到我挑电影，谢天谢地，但是看了半个小时《午夜凶铃》，布朗温开始不乐意了。

"我不敢一个人看,我怕。"布朗温说。

"哪有,我在陪你看啊。"

"我是说陪在我身边看。看这种电影我需要有个人在旁边。看别的吧,我来选。"

"我可不想看《分歧者》第二部,布朗温。"

我等她来反驳,可惜她没有。

"也许你应该到我家来,这样我们就可以一起看《午夜凶铃》了。爬窗户,然后开车过来。"我的语气像在开玩笑,事实应该就是这样吧,除非她回答"好"。

布朗温没有说话,我感觉她在认真考虑。

"拜托,我房间的窗户离地有四五米高呢。"

我在开玩笑。

"从门走啊,你们家房子装了十几扇门呢。"

我在开玩笑。

"爸妈发现了会杀了我的。"这话是当真的。

她在认真考虑。我脑子里出现了画面:她坐在我身边,穿着那条我去她家那天穿的短裤。我简直要喘不过气了。

"怎么会?"我反问,"你上次还说他们睡得很熟。"当真的。

"来吧,最多一个小时就能看完了。你还可以看看我家的小虫。"

一阵沉默,我才想到她可能误会了,解释说:"哦,我是说蜥蜴,真的蜥蜴。我养了一条松狮蜥,叫斯坦。"

布朗温笑得要接不上气了。

"哦,天哪,完全没想到你还会养小动物!我刚还以为你是指别的。"

我也忍不住笑了。

"哎,妹子。自己承认吧,你真有点傻。"

——好学生和坏男孩,奇怪的一对。

"来吧。"我说。我是当真的。

我听到了她的呼吸声。最后她说:"我做不到。"

"好吧。"我也没抱希望,我本来也知道她不会的。"但你得重新选个电影。"

我们最后都同意看最新的一部《谍影重重》,我几乎是半闭着眼看的,听着另一只手机不断传来的消息提示音,看背景头像是艾梅伯发来的。艾梅伯大概要对我认真了,但我不想。我伸手去关手机,听到这边电话里布朗温说:"纳特,你的手机在响。"

"什么?"

"有人在给你发消息。"

"嗯?"

"现在已经很晚了。"

"所以呢?"我有点生气了。我没打算说服她对我改变看法,特别是我们只有打电话才能说话,她刚刚还拒绝了我的"半开玩笑半当真的"邀请。

"不是来找你买'东西'的,对吧?"

我叹了口气,把另一只手机关了。

"不是。我和你说了,我不会再做那事了。我不傻。"

"好啦。"她听上去好像松了口气,但是有点困了。

接着她拉长声音说:"我想睡了。"

"好的,你想挂电话吗?"

"不想,"她带着睡意回答,"但是这手机通话时间快用完了,刚刚看到提醒,说还剩一个小时。"

一次性手机自带几百分钟通话时间,她才用了不到一星期。我才发现原来我们最近已经聊了这么长时间了。

"我明天给你一个新的。"我突然想到明天是星期六不用去学校,"等等,布朗温,你还是挂了吧。"

我还以为她已经睡着了,结果她说了句:"什么?"

"把电话挂了,好吗?这样你还能剩点通话时间,我明天想办法联系你,给你拿个新手机。"

"哦,好的,行。晚安,纳特。"

"晚安。"

我挂了电话,把手机放到旁边,拿起遥控器,关了电视,也睡了。

阿蒂
10月6日，星期六，9:30

我和阿舍顿两个在家，我想找点事情做做。结果还是向无聊投降了。

"起来，阿蒂。"

我整个人横在扶手椅上，阿舍顿坐沙发上用脚顶我。

"你过去周末都在干吗？"她很快加了一句，"别说是和杰克一起。"

"可我就是和杰克一起。"我发牢骚。可悲，但我也没办法。过去的一个星期，这种挫败感都在我肚子里翻滚，变得越来越强烈，就像过去一直走在结实的桥上，突然脚下的木板被抽走了。

"我说真的，你能不能想一件和杰克无关的事？"

我挪了挪屁股，琢磨着我姐的问题。在遇到杰克之前，我都在干吗呢？十四岁的我开始和杰克约会，那时我还是个小屁孩。我最好的朋友是罗恩·弗莱厄蒂，我和她从小就一起玩，但后来她就搬去得克萨斯州。在九年级的时候我们分开了，因为我发现她对男生毫无兴趣，但是在高中前的暑假我们还是骑自行车在镇上到处玩。

"我喜欢骑自行车。"我的语气不太确定,我已经几年没骑了。

阿舍顿鼓掌,就像在逗一个还在学走路的孩子。

"让我们去骑车吧!"

呃,算了吧。我都懒得动,我没力气。

我说:"几年前我就把我那辆车放着都积灰了,现在大概在工具房里生锈了。而你又没有自行车。"

"我们可以借自行车骑啊。叫什么来着,共享单车?镇上到处都是啊,让我们去找找嘛。"

我叹了一口气,说:"阿舍顿,你不能永远当我的保姆。我知道你一整个星期都想让我振作起来,谢谢。但是你也有自己的日子要过,你应该回去找查理。"

阿舍顿没有直接回答我的问题,而是走去厨房。我听到冰柜打开的声音,接着是玻璃瓶发出的碰撞声。她回来的时候手上拿着科罗娜和圣培露啤酒,递给了我一瓶。现在还是早上,十点都没到呢。她无视我的困惑,猛灌了一口啤酒,坐回沙发上,双腿盘着。

"没了我,查理高兴得很。我猜他的女朋友已经搬过去了。"

"什么?"我顿时忘记疲惫,站了起来。

"上周末我回去想拿点衣服,结果抓了个现行。气得简直要哭,我朝他头上扔了个花瓶。"

"他受伤了吗?"我心里想的是肯定的答案。哎,我真是过分,对于杰克来说我就是"查理"一样的存在。但是她摇摇头,又喝了口啤酒。

"姐。"我离开扶手椅,坐到她身边。她没有哭出来,眼睛亮闪闪的,当我把手放到她胳膊上时,她哽咽了一下。

"抱歉,你为什么之前不讲呢?"

"你自己要烦的事就够多的了。"

"这是你的婚姻,不是小事!"我忍不住望向他们两年前拍的结婚照,就放在客厅的壁炉架子上,和我的高三舞会照摆在一起。照片里的他们看上去那么般配,大家还开玩笑说他们走到哪儿都自带情侣合影框。结婚那天阿舍顿多么快乐,多么美啊。

多么让人放心。

我知道这个想法不好,可是没办法控制,只好继续想着:阿舍顿害怕会失去查理,和他结婚是为了放心。从表面上看,他确实百里挑一,长得帅,家里条件好,斯坦福法学院的预备生。就连妈妈也感到很满意。他们结婚一年多我才开始注意到,每次查理在身边,阿舍顿都不怎么爱笑。

"我和查理结束了,阿蒂,已经有一段时间了。我六个月前就该离开他,但是我太没用了,我害怕一个人,或者说害怕承认自己嫁错了人。我会自己找地方住,但目前还得在这儿待上一段时间。"她沮丧地看了我一眼,"好了,该说的我都说了,轮到你了。为什么那天要对布达佩斯警官说谎?你说自己不记得去过医务室了。"

我松开她的胳膊。

"我没有——"

"阿蒂,别骗我了。他问你的时候你在摆弄头发。你每次一紧张就开始摆弄自己的头发。"她听上去不像是谴责,而是在陈述事实,"我绝不信你会偷走肾上腺素笔,所以你到底在隐瞒什么?"

眼泪不争气,说来就来。突然间我觉得自己好累,不想再糊弄一些半真半假的话了,就像过去的几天,过去的几个星期,过去的几个月,过去的几年。

"我真傻,真的。"

"说吧。"

"我不是为了自己去的,其实是去给杰克拿泰诺,他头疼。但是我不敢在你面前说,因为我知道你会怎么看我。"

"怎么看你?"

"就那种,'阿蒂你真没用'的眼神。"

"怎么会。"阿舍顿迅速接道。一滴眼泪滑下我的脸颊,她伸出手帮我擦干。

"没事,我的确很没用。"

"那么别再这样了。"阿舍顿说。她说得对。我开始拼命哭,把身子缩进沙发的一角,阿舍顿抱着我。我甚至不知道自己干吗要哭,为了谁哭:杰克?西蒙?我的朋友?我妈?我姐?还是为了我自己?可能全部都有吧。

最后我哭完了,又累又难过,眼皮发烫,肩膀因为不停地颤抖都酸了。同时我又觉得一切都明朗了,就像我把负面情绪都哭出来了。阿舍顿给我拿了一盒纸巾,让我好好擦擦眼睛和鼻子。我收拾好自己,把用过的纸巾团扔进垃圾桶。阿舍顿又喝了一小口啤酒,皱了皱鼻子。

"没我想象的好喝。走吧,我们去骑车。"

我现在无法拒绝她,所以跟着她去了离家五百米远的公园,那里有一排共享单车。阿舍顿搞好注册,刷了信用卡,借了两辆。我们就在公园里骑着玩,所以没有戴骑行头盔。

一开始我们骑得晃晃悠悠的,然后在公园里的宽阔的马路上骑,我不得不承认确实挺好玩的。微风吹着头发,我的腿随着脚的蹬动上上下下,心跳也加快了。这星期我第一次觉得自己不那么死气沉沉的。

完全没有发觉的情况下,阿舍顿停下了车,说:"时间到了。"

她注意到我的表情,问:"还想再租一个小时吗?"

我笑着回答:"好呀。"

我们又骑了一会儿,然后还了车,到了一家咖啡店歇歇。我找了座位,阿舍顿去买饮料。等她的时候我刷着手机消息,消息比起以前少了很多，我只收到了库伯的几条，问我晚上去不去欧利维亚的派对。

我和欧利维亚高一就是好朋友了，但她这个星期一句话也没和我说。很明显她没有叫我去。我给库伯回了消息。

《独一无二》的提示铃声响了，库伯回复我了。我在脑海中提醒自己，我和杰克全部结束了。我花了一分钟下定决心，要换个不吵的提示音。

库伯：过分，他们真不够意思。

我：没事。祝你玩得开心。

此时我内心甚至毫无波动，这能有多糟？

库伯没有孤立我，也许我该谢谢他。如果他和别人一样，凡妮莎会对我变本加厉。但是她不敢去顶撞库伯，库伯是"开学舞会的校草"，即使有人说他用违禁药。学校里关于他有没有用违禁药分成两派意见，他没有正面回答这个问题。

我多希望自己和他一样，坚持自己，我行我素，不去理那些鬼话，没有向杰克坦白。

我看着姐姐，她正在咖啡柜台那儿和一个男的有说有笑，她从来没对查理这样。我知道自己每次和杰克在一起也是小心翼翼、如履薄冰。如果我今天晚上去派对，他会帮我选好衣服。他想几点走，我就得几点走。不能随便和他不喜欢的人说话。

没错，我还想着他，但是不喜欢他这样对我。

布朗温

10月6日，星期六，10:30

我的双脚在熟悉的路上飞奔，胳膊和双腿挥动，配合着充斥在耳边的音乐。我的心跳加快，过去萦绕我一整周的恐惧慢慢褪去，被单纯的运动替代了。等我跑完，已经是累得气喘吁吁了，但是身体分泌了许多胺多酚[①]。我正在去图书馆接梅芙的路上，现在感觉很舒服。这是我们周六上午的常规活动。我去了她经常去的图书室，但没见着人，只好发消息给她。

梅芙：在四楼。

看到她回的消息，我向儿童阅览室走去。进去后，只见她正坐在靠窗的小椅子上，对着公共电脑的键盘敲打着。

"回忆童年？"我走到她边上，弯下腰问。

"不，"她眼睛盯着电脑屏幕，声音轻得像是在说悄悄话，"我进入了'关乎'APP的管理后台。"

我愣半天才反应过来，马上慌了。

"梅芙，该死，你在干吗？"

"嗨，别抓狂，随便看看。"说着她瞟了我一眼，"我不会动任何东西，即使我动了，也没人知道是我，这可是公共电脑。"

"用你的读者证登录的！"我不满道,如果你不登录，你就不能上网。

"不，用的是他的。"梅芙用头示意了一下，隔着几张桌子的地方，有一个小男孩面前放着一叠绘本。

[①] 胺多酚（endorpins），一种大脑中枢神经系统受刺激时分泌的物质，能够缓解痛苦，产生快感。运动和大笑是产生胺多酚的两种常见方式。

我难以置信地看着她,她耸耸肩。

"我没有拿他的证,只不过他随手放在那儿,我把证件号码抄下来了而已。"

小男孩的妈妈来了,看到梅芙的时候笑了笑。她怕是永远也想不到我这个外形乖巧的妹妹已经对她仅有六岁大的孩子实行了身份盗窃。

我什么都还没搞懂:"为什么?"

"我想看看警察到底在后台看到了什么。"梅芙说,"希望能查出其他未推送的内容,不知道有没有别人想让西蒙闭嘴。"

我马上探身过去问:"有发现吗?"

"暂时没有,不过库伯的推送有点奇怪,他的推送和你们其他人的推送修改的日期不一样,最后一次修改日期是在西蒙死的前一天晚上。后台有更早的记录,但是加了密,我破译不了。"

"所以呢?"

"现在还不知道。但是这说明库伯和你们不一样,这就很有意思了。我需要拿个 U 盘,先把文件下载下来再说。"

我朝她眨眨眼,想要记住这个时刻,我的妹妹成了一个黑客高手。

"还有别的发现,西蒙的用户名是 AnarchiSK。我谷歌了一下,发现 4chan[①]上有一个帖子,这个帖子他一直在更新。我还没来得及看,不过应该值得一看。"

"为什么?"我看着她拿好背包,站起身。

"你不觉得吗?"梅芙反问道,带着我走出了阅览室,下了楼,"这不算奇怪?"

"比起之前的事,不算。"我低声回答,在空荡荡的楼梯间停下,

[①] 4chan 论坛,全球最著名的匿名贴图论坛,由于管理不严,言论自由度过高,时常有人肉搜索等网络暴力事件发生。

梅芙也站住了，脸上写着困惑。

"梅芙，你是怎么进入西蒙的管理后台的？你知道怎么操作后台？"

她嘴角一扬："不是只有你碰到过别人的电脑没关。"

我目瞪口呆："所以，所以西蒙在这里的电脑里管理过APP，然后忘了关后台？"

"怎么可能，西蒙这么狡猾，他没有忘记关后台。不过光看一次，也不知道他是不是一直用图书馆电脑管理后台，但是我是上个月有次周六看到他的，你那时候在跑步。不过他没有注意到我，等他走了我打开他用过的电脑，在历史记录里找到了网址。我什么也没做。"梅芙说完，一脸平静地欣赏着我惊讶的表情，"只是留着日后以防万一。你从警局回来以后，我就不断试着打开那个网址。别担心，没有在家弄过，他们查不到的。"

说完，她拍拍我的胳膊。

"好，但是，你为什么对他的APP那么感兴趣？在西蒙死之前就注意到了？你想用他的后台做什么？"

梅芙若有所思地咬嘴："我还没想好，可能等他每次传完推送我就清除掉，或者把他所有推送变成俄文，或者直接端了整个APP的数据。"

我差点被自己绊倒，用手抓住楼梯栏杆问道："梅芙，是因为高一时候的事吗？"

"不是，"梅芙琥珀色的眼睛显得严肃起来，"布朗温，只有你才会这样想。我不是。我只想阻止他继续在学校里为非作歹。还有——"

她发出一声短促、毫不幽默的笑声，在水泥楼梯间里回响："好吧，我现在没动手就成功了。"

她继续下楼，步子很大，走到一楼用力推开楼梯间的门。我跟在后面，一句话不说。

我试图琢磨这么一个事实：我妹妹替我保守了一个秘密，我替她保守了一个秘密，这两个秘密都和西蒙有关。

当我们走出图书馆，梅芙给了我一个灿烂的笑容，就像刚才的对话没有存在过一样。

"贝维优地产集团就在我们回去的路上，我们要去拿你的'违禁工具'吗？"

"可以去看看。"我把纳特的事全和梅芙说了，纳特今天早上打了电话过来，说他在贝维优地产街五号的信箱里留了一部新手机给我。那边都是扩建未完的新房子，周末没有任何施工，也没有任何人。

"我不确定纳特周六会几点起床。"

我们走了不到十五分钟，就到了贝维优地产，转向一条满是方方正正、才完工一半的房子的街道。我们接近街道五号时，梅芙把一只手放到了我的胳膊上。

"让我去吧。"她鬼鬼祟祟地说，眼睛飞快地环顾四周，就好像贝维优警方随时都会开着警车出现。

"以防万一。"

"行。"我低声说，我们可能来早了，这会儿才十一点。

但是梅芙非常顺利地回来了，手上挥舞着一个黑色的小东西，我从她手里抢过去，她还取笑我："这么急着要，学霸？"

一开机，我就看到手机里有一条消息，我打开消息，是一张照片，照片上有一只黄棕色的蜥蜴，静静地趴在一块石头上，石头在一个大玻璃箱的中间。上面配着文字：一条货真价实的蜥蜴，特此说明。

我笑出了声。

"哦，天哪。"梅芙小声说着，把头凑到我的肩膀上，"都有你们两个才懂的梗了，你真的喜欢他，不是吗？"

我没有回答她，她是在明知故问。

库伯
10月6日，星期六，21:20

我到欧利维亚派对上时，大家几乎都在了。我推开前门进去的时候，看到有人在树丛里吐了。我在楼梯边看到了吉丽，她和欧利维亚在一块儿，不知道在讨论什么，说得热火朝天，其实是在消磨时间。几个低年级的学生坐满了沙发，凡妮莎在一个角落里撩杰克，但是杰克只是呆望着凡妮莎身后的房间，一点兴趣也没有。如果凡妮莎是个男生，早就因为动手动脚被人举报了。我的眼睛和杰克就这么遇上了，接着又都移开看向别处，没有打招呼。

后来我再看到杰克，是在露台上。他和路易斯一起，路易斯决定进屋再拿几杯酒。

"你想喝点啥？"路易斯拍了拍我的肩，问道。

"你定。"我说着坐到了杰克身边，他往另一边挪了一下。

"老哥，最近怎么样？"他含糊不清地说，模仿着我的口音，然后笑了，"还没有摆脱那烂案子？"

"没。"

我没想到杰克会喝得这么醉，他在橄榄球赛季里一般都很克制自己。但是我猜他这星期应该和我一样糟糕，所以想过来和他谈谈。可现在我看他喝得挺多的，不确定还要不要打扰他。

无论如何，我还是打扰了。

"你呢，最近不太好受，嗯？"

杰克又笑了，并不是因为想笑。

他说："这话太'库伯'了，哥。不说自己，反而来关心我。简直是个大圣人，库伯，真的。"

他的话中带刺，我不应该接招，但我还是接了。

"你在生我的气，杰克？"

"生你的气，为什么？你是说，你替我那个垃圾前任说话，让大家都听着？哦，等等，我记起来了，你维护她了。"

杰克眯起眼睛，看着我。我原本想说的话，现在看来还是先放一放比较好。他现在根本没有心思来听我的劝，我想让他在学校时对阿蒂态度好点。

"杰克，我知道是阿蒂的错，大家都知道。她犯了傻。"

"劈腿不是犯错，是一种选择。"杰克很生气，有那么会儿他听上去好像根本没喝醉。他把空啤酒瓶放到地上，抬起头，眼神里带着苛责，"路易斯到底去哪儿了？嗨。"

他抓住一个高二学生的胳膊，抢过他的一瓶啤酒打开，咕噜咕噜喝了一大口。

"我讲到哪儿了？哦，对，劈腿。库伯，是她自己选的。你知道，在我初中的时候，我妈瞒着我爸出轨了，毁了我们整个家。扔了一个炸弹，然后——"他甩了甩胳膊，啤酒洒了一半，他用口型模仿爆炸的声音，"一切都炸了。"

"我不知道这些……"我在八年级搬到了贝维优，那时候我就认识杰克。可直到高中我们才一起玩。

"很抱歉，老兄，所以这让你更讨厌阿蒂了，是吗？"

杰克摇头，眼睛里有泪光。

"阿蒂不知道自己做了什么，她毁了一切。"

"但是你爸最后选择了原谅，是吧？他们还在一起吧？"

真是一个愚蠢的问题，一个月前我去过他家户外烤肉聚餐，他爸在烤架上烤汉堡，他妈妈则在和阿蒂、吉丽聊天，谈论贝维优中心新开的一家美甲店。一切都很正常啊。

"对,他们还在一起。但是一起都变了,再也回不去了。"杰克眼睛望着正前方,带着一些厌恶。

我不知道该说什么。我竟然还劝阿蒂过来参加派对,真的是蠢哭了。幸好她没有理我这个猪队友。

路易斯回来了,递给我们一人一瓶啤酒。

"你明天去西蒙家吗?"他问杰克。

我以为自己听错了,但是杰克回答:"应该去。"

路易斯看出了我的困惑。

"西蒙的妈妈让我们一群人过去,在打包他的遗物之前,让我们挑些东西留个念想。我被吓到了,因为我根本和他不熟,但是他妈妈一定要觉得我们是朋友,我还能说啥?"他抿了口啤酒,对我抬抬眉毛说,"没有邀请你去吧?"

"没。"我感到轻微的恶心。我死也不想在他悲痛的父母面前拿走他的遗物,但如果大家都去,可能会稍微好一点点。但是我被怀疑是凶手,他父母不欢迎我。

"西蒙这家伙,"杰克沉痛地摇摇头,"聪明得很。"

他举起啤酒,我差点以为他要把酒倒在地上,希望地下的西蒙能喝到,还好他克制住了,自己喝了个精光。

欧利维亚走过来加入我们,一只手环在路易斯的腰上。我想他俩应该和好了。欧利维亚拿起她的手机,用另一只手戳了戳我,她的脸因为兴奋而发红,每次她要分享八卦的时候就是这样。

"库伯,你知道你上了《贝维优新闻》吗?"

这话的语气,我就知道新闻不是报道我的棒球赛赛绩。今晚真是越来越"精彩"了。

"不知道。"

"今天晚上是线上播出,明天电视台会播出。都是关于西蒙的,没有指控你,但是你们四个都是相关人员。他们还提到了西蒙说你服药的事。还有你们四个人的各项情况。嗯,对了,节目视频已经有几百次转发分享了。"欧利维亚把手机给我看,"现在网上应该到处都是。"

纳特

10月8日,星期一,14:50

在见到新闻车前我就听人说了,有三辆车停在校门口,记者和摄像机都准备好了,就等着放学铃响。学校不允许他们进来,所以他们只能尽可能靠近。

贝维优高中的学生就爱搞事。最后一节课下课,查德·波斯纳找到我,跟我说有一堆人排队要出校门接受采访。

"电视台真正要采访的是你,老哥。"他提醒道,"你最好往学校后头走。电视台去不了停车场,你可以骑车从树林抄近路。"

"多谢。"我马上行动起来,在走廊里寻找布朗温。我们在学校里不怎么说话,以防被别人误会。按她律师的话叫作——串供嫌疑。

不过我想布朗温应该要抓狂了,我在她储物柜前看到了她,她和梅芙还有另外一个朋友在一起,她看起来打算放弃抵抗了。

当她看到我的时候,马上挥着手朝我走过来,甚至都不假装一下。

"你听说了吗?"

我点点头。

"我不知道怎么办了。"她露出惊恐的表情,"可能必须开车躲过记者,嗯?"

"我来开车。"梅芙主动提出,"你可以趴在汽车后座位。"

"或许我们应该待在这里,让他们先走。"她的朋友提议,"等所有人都走了。"

"我不喜欢这样。"布朗温说。也许现在这样想不是时候,但我很喜欢看她脸上的神采,代表着她不愿意被说服,让她显得比周围的所有人更好看,特别是在她穿了短裙和靴子的情况下,本来就够迷人的了。

"和我走吧,"我说,"我会骑摩托从学校后门走,去博登街。到了商场放你下来,让梅芙开车去接你。"

布朗温眼睛亮了。梅芙说:"这倒可以。半个小时后在美食广场会合。"

"这样做真的好吗?"另一个妹子小声地说,给了我一个嫌弃的眼神,"如果让记者看到你们两个在一起,情况可麻烦多了。"

"他们不会发现我们的。"我很快地说。

布朗温愿不愿意,我真的没有十足的把握。但是她点头对梅芙说"一会儿见"。见她的朋友不太开心,她也只是淡淡一笑。

我感到一种胜利的喜悦,虽然有点蠢,但觉得她选择了我,即便实际上只是因为她不想出现在五点的晚间新闻里。

我们一起走向后门的停车场,她离我近了点,似乎不在意别人的眼光。

——这种眼光我们已经习惯了,还少了话筒和摄像机。

我把头盔给她,等她戴好坐上我的摩托,最后用胳膊搂着我。搂得很紧,就像上次,我不介意再紧点。我当场提出带她逃跑,就是因为她的"死亡之握"[①]。

[①]死亡之握(death grip),《魔兽世界》游戏中的一种特殊招式,在这里表明布朗温的拥抱对纳特的杀伤力巨大。

我们进入树林,转向小路,接着小路变宽,一路上尘土飞扬。经过了学校后的一排房子,再骑上一段路,最后到了商业街。我在商场外的停车场停下摩托,布朗温摘下头盔还给我,捏了一下我的胳膊。我看着她双脚迈向人行道,脸发红,头发乱了。

"谢谢你,纳特。你是个好人。"

我可不想被发"好人卡"。想着想着,我伸出手挽住她,把她拉了过来。但是我没有往下做。我放弃了。

如果有人十分钟前问我,我会说自己没有任何企图。但是现在我觉得自己有戏,哎,管他呢。

我还坐在摩托上,她还站着,我们几乎是同一高度。能够靠她这么近,她的头发闻起来有青苹果香,我无法做到不注意她的嘴唇。

我在等着她自己挣脱开,但她没有。我抬起头,看着她的眼睛,感到肺部所有的空气都被抽走了,呼吸很困难。

两个想法出现在我的脑海里:第一,比起呼吸,我更想先亲她;第二,如果我亲了,就会毁了一切,她再也不会这样看我了。

一辆面包车鸣着喇叭进入了停车场,我们看到车身上有着"七频道新闻"的字样,吓得一下子跳开。

还好只是虚惊一场,这是《足球妈妈》节目的车,车上装满了大呼小叫的孩子。当他们推推搡搡下了车,布朗温眨眨眼,闪到一边给他们让路。

"怎么办?"她问。

等他们走了,我们继续。可是布朗温要走到商场入口了。

"给我买盒脆饼,报答我的救命之恩。"我没有说出心里话,反而开了句玩笑。她笑了,我在想她是不是很感谢刚才被打断了。

我们走到商业街门口的棕榈树盆栽旁,我帮一位妈妈开了门,她被身边两个孩子吵得快烦死了。布朗温同情的笑容一闪而过。

我们走进商场时,她低下头说:"所有人都看着我,你不拍班级照片是明智的,新闻上的照片和你本人不像。"

"没人看你。"我告诉她,但我错了。阿贝克隆比·费奇服装专卖店里,有个手上拿着毛衣的妹子,我们走过去的时候,她睁大眼睛,立刻拿出了手机。

"如果真的有人看你,你需要做的就是摘了眼镜,马上就像变了一个人。"

我是开玩笑的。但是她摘下了眼镜,从包里摸出一个亮蓝色的眼镜盒,"啪"地把眼镜放了进去。

"好主意。不过我现在看不清前面了。"

我之前见过她不戴眼镜,只有一次,五年级体育课上她被一个排球砸到了。那是我第一次发现她的眼睛不是蓝色的(我过去一直这样认为),而是干净明亮的灰色。

"我带着你呢。"我回答,"那里有个喷泉,别过去。"

布朗温想去苹果专卖店,想帮她妹妹挑个 iPod。

"梅芙最近在跑步,经常借我的 iPod,用了总是忘记充电。"

"有钱人家的烦恼,我不懂,哈哈。"

她笑了一下,没有被冒犯到的意思:"我需要做一张播放列表给她。你有什么推荐的吗?"

"我们应该喜欢不一样的歌。"

"我和梅芙也很不一样,肯定会吓到你。让我看看你的。"

我耸耸肩,解开锁屏,布朗温滑动我的 iTune 播放列表,然后眉头狠狠皱了一下。

"这些都是什么,我怎么一个也没听过?"然后她瞟了瞟我,"你还听《卡农变奏曲》?"

我从她手上拿过手机,塞回口袋。我忘了自己下过这首。

"我更喜欢你弹奏的版本。"

她嘴角扬起了微笑。

我们走向美食广场，聊些傻傻的事，声音小小的，就好像一对普通的学生情侣。布朗温坚持要买一盒脆饼给我，不过是我找到的，因为她看不清半米范围外的东西。我们坐在美食广场的喷泉边等梅芙，布朗温得趴在桌上才能看清我的眼睛。

"我想和你说点事。"

我好奇地动了动眉毛，只听她说："我很担心你，你没有请律师。"

我吞了一大块饼干，没有看她。

我问："为什么？"

"因为情况越来越不妙。我的律师认为新闻媒体是很致命的。昨天，她让我把所有社交软件的动态全部设置为个人可见。对了，你也应该这样，如果你有的话。我还不知道你的任何社交账号呢，也不是说在意，就是有点好奇。"她摇摇头，让自己思路回到正题，"不管怎么说，你要多注意，你在缓刑期，所以最好找个人在法律上帮你。"

——我就是被拎出来做替罪羊的角色，很明显。

她和洛佩兹警官的意思一样，不过是委婉一点罢了。我把椅子移开了一点，翘起了椅子腿。

"对你们来说这样不好吗？如果他们把重点放在我身上。"

"不好！"她大喊一声，害得旁边桌的人都望了过来，她马上放低声音，"不好，一点也不好。但是我在想啊，你听说过'无证无罪'吗？"

"什么？"

"'无证无罪'，一个在加州西部发起成立的无偿法律援助组织。我记得，他们会帮一些被控告的流浪汉。警方有时候调查取证马虎，做出了错误的控告。"

我还以为自己听错了。

"你把我当成半死不活的流浪汉吗?"

"我只是举一个例子,并不一定要流浪汉才行。他们也替其他人做法律辩护。我觉得你可以试试看。"

她和洛佩兹警官应该认识一下的,都有一种乐观的认知:你可以从民间组织那里得到帮助,你可以解决一切问题。

"听上去不怎么样。"

"我帮你找他们,可以吗?"

我往回拉了拉椅子,发出很响的声音,有点生气地说:"布朗温,这不是你的学生会工作。"

"但你不能坐以待毙啊!"她手一拍桌子,身子往前探,眼睛瞪得又圆又亮。

天,真烦人,我都快忘了几分钟前自己还想亲这个人。她大概把这个事情当成她的学生会工作了。

"管好你自己。"等我说出口,我才发现,这话的感觉比我想的要凶,但我就是这个意思。既然我高中大部分时间都没有布朗温·罗哈斯,现在也不需要她来当救世主。

她胳膊交叉着,只是看着我:"我想帮你。"

这时我才发现梅芙就站在我们边上,东看看西看看,就好像在欣赏世界最烂的乒乓球比赛。

"呃,打扰到你们了吗?"

"来得正好。"我说。

布朗温猛地站起来,戴上眼镜,把背包背到肩上。

"谢谢你送我。"她的语气听上去和我的一样。

随便吧。我起身,没有回答她,只顾往商场出口走去。我心里又烦又气,想找点事儿转移一下注意力,但是"金盆洗手"后我也不知道该干什么了,见鬼。也许早晚我还是会重拾老本行。

我快步走到门口,有人突然拉住我的夹克衫。当我转身时,她环住了我的脖子,一股清新的青苹果香气包围了我。布朗温亲了我的脸。

"你说得对。"她喃喃道,我的耳朵能感到她呼吸的温度,"我错了。我不该干涉你,别生气了,好吗?如果你不理我,我受不了。"

"我没有生气。"我试图表现得不气,这样才能抱住她,而不是像一根木头一样傻站着。

不过她已经匆匆跑远了,去追她的妹妹。

阿蒂

10月9日，星期二，8:45

不知道布朗温和纳特是怎么躲过记者的，昨天我和库伯就没那么走运了。我们都上了五点的晚间新闻，圣地亚哥几个主要的频道上都能看到我们。

库伯在他的牧马人吉普车后边，我则刚要爬上我姐的车——我抛下自己新买的自行车，发消息让她来拯救我回家。

七频道的新闻还是用我的大特写作为结束的，边上还放了一张我八岁的照片做对比，是在圣地亚哥"小小美女"选拔赛上拍的。没错，那次比赛我还拿了第二。

至少今早阿舍顿顺路送我上学的时候，校门口没了新闻车。

"如果下午还需要我接你，给我打电话。"阿舍顿说，我立马紧紧地抱了她一下。经过上星期的各种排挤，我越发感受到了姐妹之情的可贵。但是有点尴尬，因为我好不容易才把我的镯子从她的毛衣上弄下来。

"抱歉。"我小声说，她无奈地笑了笑。

"一切都会好的。"

我已经学会去习惯那些冷眼，即使今天变本加厉，我也不会被打倒。我历史课上了一半跑去厕所，不是因为想哭，而是例假要来了。

当我到了女厕所，却发现有人在里面。哭声很轻，是从最后一个隔间传来的。她肯定在试图控制住情绪。我不想多管闲事，假装镇定地洗了手，望着镜中的自己，眼神疲惫，头发却很有型。无论我接下来的人生多么惨，我的头发永远可以给我安慰。

我正要离开，但是犹豫了，最后还是走向了最后一个隔间。我弯下腰，看到隔间门下面是一双有点旧的黑色高帮靴。

"简娜?"

没有人回答。我很快敲了敲隔间门,问道:"我是阿蒂,你还好吗?"

"天哪,阿蒂。"简娜说话都很困难,"不……不行。"

"没事的。"我说,但是实际上不是,"你知道,我也喜欢躲在厕所隔间里哭。如果你需要的话,我身上还有很多纸巾。我还有眼药水。"

简娜没有说话。

"我对西蒙的事很抱歉,你一定很在乎他吧,应该听说了很多……我很抱歉发生了这种事,你一定很想他吧。"

简娜还是沉默着,我开始怀疑自己是不是又讲错话了。我一直认为简娜对西蒙有意思,但是西蒙却从未察觉。也许她最后和他表白了,在他还活着的时候,但是被拒绝了。如果是这样,那就更悲惨了。

我打算离开,简娜深深叹了口气。门开了,一张哭花的脸,一身全黑的打扮。

"把眼药水给我吧。"她说着,擦了擦哭花了的烟熏眼妆。

"纸巾也给你吧。"我建议道,把两样都塞给了她。

她擤了一下鼻子,像是要笑出来了。

"太阳打西边出来了,阿蒂,你以前从来没有和我说过话。"

"没让你觉得不舒服吧。"我问,真的是好奇,因为简娜从没让我觉得她想成为我们小团体的一分子。不像西蒙,总是在小团体边缘徘徊,想方设法尝试加入我们。

简娜用水打湿了纸巾,轻轻擦拭着眼睛,同时从镜子里看我。

"阿蒂,去你的,说真的,你有什么好哭的。"

换作平时,我肯定要回她几句,但我没有。

"不知道,因为很傻的事,可能吧。只是发现自己厌烦了学校的社交。"

简娜往眼睛里滴着眼药水,结果烟熏眼妆又花了。我又给她一张纸巾,她又开始擦了起来。

"怎么说?"

"我发现杰克才是受欢迎的那个,我惹了他,等于和所有人作对。"

简娜从镜子前往后退了一步。

"没想到你会说这种话。"

"我心胸宽广,包罗万象。"我引用诗中的话。

她瞪大眼睛说:"《自己之歌》是吧?沃尔特·惠特曼的。从西蒙葬礼回来我一直在读。大部分我都读不太懂,但不知怎么,感觉蛮好的。"

简娜继续擦眼睛,她说:"这是西蒙最喜欢的诗。"

我想到了阿舍顿,她这两个多星期一直鼓励我振作起来。还有库伯,即使我们还算不上很好的朋友,他也愿意站出来帮我说话。

"你有聊得来的人吗?"

"没有。"简娜的声音很小,眼睛又湿了。

按照经验来看,我如果继续谈下去,她也不会感谢我。但我还是想说,说完就去上课。

"哦,如果想找我聊聊,我很有空。或者吃饭的时候找我,随时欢迎。还有,我真的对西蒙的事很抱歉。回见。"讲完了,考虑全了,我觉得还不错。

她最后并没有骂我几句,不过骂了也无所谓啦。

我回到历史课上,就快下课了。铃响以后,就到了午餐时间——一天中我最喜欢的时候。

我告诉库伯,不用陪我坐在一起。我不能容忍其他人像看我一样看他。当然我也不想一个人吃饭。所以我决定不吃了,直接去图书馆。这时候,一只手拉了我袖子一把。

"嗨。"

是布朗温,她穿着修身小西装和条纹平底鞋,嗯,看上去意外地蛮不错的。她没扎马尾,披散了一头黑发,层次分明、很有光泽。看到她皮肤这么光洁,我还有点羡慕呢,没有一点痘痘,真好。我不记得自己有没有见过这样的布朗温,她看上去很好看。等我回过神来,我才发现我差点错过了她的话。

"你想和我们一起吃午餐吗?"

"啊?"我朝她侧过脑袋。这两个星期我和布朗温相处的时间,远远超出高中过去的三年。但这点相处时间也谈不上是"社交"。

"真的吗?"

"嗯,现在我们有共同点了嘛。"她声音小了,目光从我身上移开,我想她在确定看到的真的是我。没错,因为我也这样想她,不过是那种"卡通电影里邪恶狡猾的反派"。可她现在就在我面前,穿着可爱的鞋子,脸上有热情的微笑。这太不真实了。

"可以哇。"我说道,跟着布朗温走到她的朋友所在的餐桌边,我看到了森·由美子,还有一个高个子、一脸苦相的妹子,我叫不上她的名字。

总比一个人躲到图书馆不吃午餐好吧。

放学铃响了,我走出校门,什么也没碰上。没有新闻车,没有记者。

所以我给阿舍顿发了消息,让她今天不用来接我了,我正好借这个机会骑车回家。我骑着骑着,在赫尔利街的一长串红色霓虹灯前停下。我脚踩到人行道上,看着右手边的一家家店铺。有廉价衣服、廉价首饰、廉价电子产品，还有廉价理发店，和我在圣地亚哥市中心做头发的美发沙龙完全不同，美发沙龙我每隔六星期去一次，一次收费六十美金，还只是为了保持头发不分叉。

戴着自行车头盔，我头发又热又重，很不方便。在交通灯变绿之前，我把自行车转向右边，推上了人行道停好。我把车锁在"超级理发店"门口的停车架上，走进了理发店。

"你好，"柜台后面的妹子看起来比我大不了多少，身上穿着一件暴露的黑色短背心，可以看到她肩膀和胳膊到处都是花花绿绿的文身，"修头发？"

"剪头发。"

"好，暂时不忙，现在就能剪。"

她带我坐到一张廉价的黑皮椅子上，椅子里面的海绵都露出来了。我们一起看着镜子中的我，她的手在我头发上滑动。

"你头发不错。"她说。

"要短点。"我说。看着她的手夹住我的头发比画着，那是一撮闪闪亮亮的金发。

"剪短几厘米吗？"

"不够短。"我摇摇头。

她紧张地笑了。

"到肩膀，可以吗？"

"不够短。"

她眼睛睁大，有点惊慌。

"哦，你不会要剪这么短吧？你头发很漂亮。"

她从我身后走开，找了一个总监过来。他们站在那儿讨论了一下。店里的人差不多都在看着我。我揣测着他们中有多少人看过昨晚的圣地亚哥新闻，又有多少人认为我只是个特别叛逆的少女。

总监小心翼翼地劝道:"有时候人们总是想搞个特别的发型,但其实只是一时冲动。"

我打断了她,我已经受够了别人告诉我该做什么。

"你到底剪不剪?要不我换家店看看?"

总监扯了扯自己染黄的头发,说:"我不希望你待会儿后悔,如果你想看上去特别一点,也许可以试试——"

剪刀就放在我眼前的台子上,我伸手去拿。她们还没来得及阻止,我抓起一大把头发,拿起剪刀全剪了下来。店里传来一阵唏嘘声。

从镜子里我可以看到文身妹子惊呆的眼神。

"继续剪。"我说。

她照做了。

布朗温
10月12日，星期五，19:45

  我们上了本地新闻四天后，整个事件开始持续发酵，引来了《米哈伊尔·帕瓦斯真相调查》节目组。
  该来的还是来了。节目的制片人这周一直在联系我们家。我们没有回应过，这是常识，也是罗宾的法律建议。纳特也没有回应，阿蒂说她和库伯也拒绝了采访。所以十五分钟的节目录制并没有相关人员参与评论。
  除非我们四个有人说谎了，总是有可能的。
  本地新闻带来的影响够坏了。也许只是我的错觉，但是每次新闻说我是"杰出的拉丁裔商业领袖哈维尔·罗哈斯之女"，我爸就会闪闪躲躲。
  有一次电视台把他的哥伦比亚国籍搞错成了智利，他当场气得走出了房间。一切的一切够让我后悔几百次了，早知道还不如化学拿个D。
  我和梅芙趴在我的床上，看着闹钟上的时间，一分钟、两分钟……离我在全国性电视节目上的"丢脸"处女秀越来越近。还有另外一件事可做,把梅芙从西蒙管理后台发现的 4chan 论坛链接梳理一遍。

"你看这个。"梅芙将笔记本电脑转向了我。

是论坛上一起校园枪击事件的讨论帖,帖子很长。事件发生在去年春天我们附近的一个县里。一个高二的男生在夹克里藏了一把手枪。在下课铃响后,他朝着学校的走廊里一顿乱开枪,七个学生和一个老师遇害身亡,最后他开枪自杀了。帖子下面的好几个跟帖,我看了又看,才发现他们不是在谴责那个男生,而是在进行庆祝,赞美他的所作所为。

——群反社会的变态。

"梅芙。"我把头埋进手臂,不想再读下去了,"这到底是什么鬼?"

"西蒙过去几个月浏览的论坛。"

我抬起头,看着她:"西蒙在这里跟帖,你怎么知道?"

"用户名 AnarchiSK,和他在'关乎'APP 上的一样。"梅芙回答。

我又浏览了一遍帖子,实在是太长了,根本没办法看完每个跟帖。

"你确定是西蒙吗?也许只是别人用了一样的名字。"

"我仔细看了,肯定是西蒙。"她说,"他提到了贝维优的一些地方,还讲到了学校里参加的社团,还提过几次自己的车。"

西蒙开的是一辆七十年代年产的大众甲壳虫,他特别喜欢这车。梅芙靠在靠垫上,咬着下唇。

"还有很多要查,等我有空了全看一遍。"

换作是我肯定不想看的。

"为什么?"

"帖子里全部都是些变态,个个都心怀不轨。西蒙说不定在论坛上结了仇。不管怎么说,还是值得看看的。"梅芙将目光转回电脑,接着说,"那天在图书馆下载的关于库伯的文档,我破解了很久还是打不开。"

"孩子们。"我妈的声音传到了楼上,听起来有点紧张,"节目开始了。"

好了。我们全家要一起看《米哈伊尔·帕瓦斯真相调查》。这地狱般的场景是但丁①也想象不出来的。

梅芙合上了电脑,我站起身。柜子里轻轻振动了一下,我打开抽屉,拿出纳特给我的手机。是纳特发来的消息。

纳特:好好欣赏节目。

我:不好笑。

"先放一边,"梅芙故作严肃,"现在可不是打情骂俏的时候。"

我们下楼到了客厅里,妈妈已经坐到了扶手椅上,但她今天手上多了一满杯酒。爸爸还是"晚间总裁"的模式,穿着他喜欢的羊毛休闲背心,被一堆通信设备围绕着。我和梅芙紧挨着,坐到沙发上等着节目开始,电视屏幕上迅速闪过一个纸巾广告。

《米哈伊尔·帕瓦斯真相调查》侧重真实犯罪的调查,特别喜欢公众关注度高的案子,但是和一般调查猎奇新闻的节目不同,因为主持人米哈伊尔有"硬新闻"②主持背景,所以显得更加专业可信。米哈伊尔作为国内主要新闻媒体的主播,在分析调查中有一定的资历。

节目一开始,他总是先念出一段导入语,声音深沉、威严,与此同时会有一幅幅相关案件的照片在屏幕上滚动。

---

①但丁(Dante),13世纪末意大利诗人,欧洲文艺复兴运动开拓者之一,代表作《神曲》分为"地狱""炼狱""天堂"三个部分。
②硬新闻(hard news),一般指题材严肃,具有一定时效性的新闻报道,与富有人情味、纯趣味的"软新闻"相区别。

一位年轻的母亲失踪，一段双重身份生活曝光。一年后，一场惊人的追捕。正义最终能否得到伸张？

一对行为高调的夫妇死亡。孝顺的女儿遭到怀疑。她的脸书记录是否是找到真凶的关键？

我大概明白这个节目的套路了，那么轮到我的时候，应该没什么好大惊小怪的。

一个高中生的离奇死亡，四个不可告人的青春秘密。警方的调查陷入僵局，该如何找出下一步线索？

糟糕，我竟然有点紧张起来。肚子开始疼了，腹部受压，连嘴里都泛着一股苦味。

我被询问，我被搜查，我被低声议论，我被指指点点，已经将近两周了！在警察和老师面前，我一次又一次地否认导致西蒙过敏的问题，还要承受着他们目光的逼视，好像想要抓出我的什么马脚。为什么不给个痛快？比如，在汤博乐上曝出一段我在偷题的视频，让警察好确认嫌疑？可是没有血淋淋的事实出现，直到我亲眼看着自己的班级照片出现在米哈伊尔的肩膀上，现在正在被全国观众看着。

米哈伊尔和节目团队在贝维优的外景镜头只有几个，大部分时间他是坐在洛杉矶的新闻间里一张光滑的铬金桌子后进行报道。他的皮肤和头发黝黑整洁，眼神锐利，衣品在我看来简直完美。毫无疑问，如果他和我面对面谈话，我一定会招得一干二净，能招的不能招的都招了。

"那么，'贝维优四人组'是什么？"米哈伊尔说着，眼睛紧紧盯着镜头。

"你们竟然还有外号了。"梅芙声音很轻,妈妈还是听到了。

"梅芙,这没有什么好笑的。"她坚决地说,这时候镜头切到了爸妈的办公地点。

哦,天哪,第一个就是我。

全优生布朗温·罗哈斯,来自一个优秀的家庭,病重的小女儿一直是全家人的痛。是巨大的期盼和压力,让这位学霸少女最终走上了作弊道路,永远失去了耶鲁的垂青?

后面跟着一个耶鲁大学的发言人声称:"我校目前还没有发出入学邀请。"

节目把我们四个人都介绍了一遍。米哈伊尔回顾了阿蒂的"选美"历史,和一个棒球评论员讨论了目前高中比赛兴奋剂的滥用,以及对库伯未来发展的影响。最后还挖出了纳特的违禁品交易和缓刑判决。

"不公平!"梅芙对我咬耳朵,"他们没说纳特他爸是个酒鬼,他妈又死了。前后呼应呢?"

我也小声说:"纳特肯定松了口气。"

这节目看得我战战兢兢的,直到他们采访了"无证无罪"组织的一个律师。既然我、阿蒂和库伯请的律师都拒绝了采访,米哈伊尔只好叫来了"无证无罪"组织,作为客观的参考专家。他们请的律师,名字叫以利·克莱恩菲特,看上去比我们大不了十岁,头发卷卷的,山羊胡子稀稀拉拉,眼睛却很亮很有神。

"如果我是他们的律师,"他说的时候,我忍不住靠近电视,"要我说,警方调查的重点过于关注四个学生。两周的调查下来,没有确切证据出现,他们却被无故地指控、怀疑。别忘了,当时现场可是有五个学生,难道不是吗?为什么不从被害人本身入手呢?讨厌被害人的，恐怕远不止这四个。所以，请你告诉我，还有谁有杀人动机？为什么警方没有考虑？我会从这个角度入手。"

"说得好。"梅芙一字一顿地说。

"而且，你不能假设只有西蒙一个人可以进入 APP 的管理后台，"以利继续分析，"在西蒙死前，会不会有某个人进入后台，看了推送，甚至是动手修改了推送？"

我看了看梅芙，她这下不说话了，只是盯着电视屏幕，半笑不笑。

这晚接下来我一直在琢磨以利的话，甚至在和纳特通话的时候。我们看了《大逃杀》①——在纳特的品位里已经算不错的电影了。

我的思绪在米哈伊尔和周一商场的纳特之间来回飘荡，当我不去想进监狱的问题，就会这样东想西想。这么多的东西，怎么装进一个小小的脑子？

纳特要亲我，是吗？我想让他亲我，对吗？那为什么没有亲？

以利说得对，为什么警方不去调查其他人？

可能我和纳特现在是真正意义上的"恋人未满"。

米哈伊尔会做跟踪调查，情况会更糟糕。

我和纳特在一起，不适合，大概吧。

《人物》②杂志刚才是真的给我发消息了？

"学霸的脑子里在想啥？"最后，纳特的话让我回过神来。

想的事情太多了，大部分不能说。

---

① 大逃杀（Battle Royale），日本动作恐怖电影，故事讲述的是一群高中生被迫隔离在孤岛上互相残杀。
② 人物（People），美国著名杂志，创刊于 1974 年，以图文并茂的方式报道名人和普通人的故事。

"我想和以利·克莱恩菲特谈谈。"我说,"不是因为你。"

纳特没有回答,我加了句:"谈谈整个案情,他的想法启发了我。"

"可你已经有律师了。她会同意你去找以利吗?"

当然不会。罗宾总是一副保守、拒绝的态度。不给任何人留下对付你的口实。

"我不想让以利做我的律师,只是想和他谈谈,也许下周我会打给他。"

"你总是不消停,对不?"这听上去可不是表扬。

"是啊。"我承认,这么说是不是抹杀了纳特对我的好感?

纳特没说话,电影刚放到川田章吾伪装七原秋也和中川典子[①]死的一幕。

"我没有别的意思,"最后纳特说,"但是你还欠我一部《午夜凶铃》,和我坐在一起看。"

我的血液里激起小小的电火花。我对纳特还有好感?或许一点也没有减少呢。

"我知道啦。实在有点难办,我们现在都这么'出名'了。"

"现在又没有新闻车。"

其实我犹豫过。自从他请我去他家,我大概想了好多好多次。我还是不明白自己和纳特算什么关系,我只清楚一点:我接下来要解释为什么我不能在午夜去他家。有很多实际的问题,比如,沃尔沃车的引擎很吵,一发动肯定会把爸妈吵醒。

他说了句:"我去接你。"

我吐了口气,望着天花板发呆。我不善于掌控这种情况,可能因为以前都只是想想而已。

---

① 川田章吾、七原秋也和中川典子是电影《大逃杀》的主要角色。

"纳特，我觉得在凌晨去你家，很奇怪。就像，不仅仅是看电影这么简单。我不知道，我觉得你很好，我不想只是看个电影。"

天哪，我说了什么。我现在好像明白了，为什么大家在高一就会有谈恋爱的冲动。我整张脸像烧起来一样，我等着纳特回答我。谢天谢地，他看不到我现在的鬼样子。

"布朗温，"纳特比我想象中的正经多了，"我不会对你做别的。我的意思是，如果你想，我也会说不。相信我。凌晨请你过来，是因为白天这房子真不怎么样。首先，外观就很烂，我不建议你细看。其次，你会看到我爸，我觉得你应该不想，你懂的，不想被躺在地上的他绊倒。"

我的心跳漏了一拍。

"我不在乎。"

"我在乎。"

"好。"我其实不太懂纳特的我行我素，但还是管好自己，不要太爱瞎想比较好。

"过几天再说吧。"

库伯
10月13日，星期六，16:35

这可不是分手的好地方。不过，至少客厅很隐私，一会儿事情不会闹大。我打算在这里和吉丽坦白。

不是因为奶奶的话让我改变了主意，实际上想分手是由来已久。吉丽怎么看怎么好，只是不适合我。长痛不如短痛。

吉丽想听解释，但是我没有一个好说法。

"是因为案子和调查吗？我不在乎！"吉丽要哭了，"不管怎么样，我都会陪着你。"

"不是这个。"我告诉她。不光是这个。

"汤博乐上的我也不信，一点也不信。"

"我知道，吉丽。谢谢你，真的。"今天早上汤博乐上又更新了一篇文章，是关于最近媒体报道的：

《米哈伊尔真相调查》官网上有几千条对"贝维优四人组"的评论。（"贝维优四人组"，多傻冒的外号，只好希望更大牌的新闻杂志会有点新意吧。）有人说要加快审判，有人说现在的年轻人被宠坏了，多么娇纵，这就是又一个印证的例子。

真是一台好戏。四个外表光鲜的校园风云人物，都被涉嫌卷入谋杀，而且撕下了原本的假面具。

压力来了，贝维优警察们。去仔细看看西蒙以前的博客，说不定会发现"贝维优四人组"的"趣事"。

随便说说而已。

最后的几句话让我寒毛倒立。西蒙以前从来没有写过我,所以我不懂这是在暗示什么。又是那种恶心感。某些不好的事情要发生了,很快就要发生了。

"那么为什么要分手?"吉丽双手抱着头,脸上眼泪流个不停。她平时就很爱哭,受不了一点点委屈和不开心。她现在看着我,泪水汪汪的,睫毛膏都哭花了。

"是凡妮莎和你说的?"

"是,什么?凡妮莎?她说什么了?"

"这长舌妇和我一直没完,因为我还和阿蒂说话。但是她和你说的,你不必往心里去。那时候我们还没在一起。"

她期盼地看着我,我一脸茫然。她更气了。

"或许你应该在意,因为和我有关系。可是你呢,你总是表现得很不在乎,还不如杰克呢,杰克至少有血有肉,不是个机器人。当你在乎的人和别人在一起时,吃醋也是正常的。"

"我懂。"

吉丽等我再说下去,但我没有,接着她没好气地笑了一声。

"就这样,你懂?你一点都不好奇?你都不担心我?不保护我?你居然一点也不在乎。"

好了,我说什么都是错的。

"对不起,吉丽。"

"我和纳特在一起过。"她就这么说了,眼睛死死地盯着我。我不得不承认,有点意外。

"高一的时候,在路易斯的派对上,那天晚上西蒙一直跟着我,我烦了。纳特出现了,我想,我的天,他怎么这么帅。虽然我知道他品行很坏。"

吉丽强颜欢笑,我可以看出她的苦涩。

"我们就亲了几下,在那天晚上。过了几个星期你就约我出去了。"她又露出一副咄咄逼人的表情,我很确定她想激怒我。

"所以你同时和我们两个人约会?"

"你不爽吗?"

她想让我发飙,而不是心平气和地谈下去。多希望我就按她想要的装一下,可是我知道这样对她并不公平。她乌黑的眼睛看着我,脸颊通红,嘴唇微微张开。她真的很美。如果我说自己犯了错,她也只会安慰我、鼓励我。我一直是全校男生羡慕的对象。

"我可能不喜欢——"

我一开口,她就打断了我,又哭又笑。

"天啊,库伯,你的表情,很明显在说你不在乎。好吧!我是故意气你的,其实你约我出去的时候,我就和纳特断了联系。"说着她又开始哭了,我觉得自己是世界上最傻的傻瓜。

"你知道,如果我答应和西蒙在一起,他会对我多好。可你甚至不知道我还有人追,对吗?因为到处都有人追你,对不对?可我也不是没人要的!可你一过来,我就知道自己不能爱上他们了。"

"吉丽,我没这意思——"

可她根本听不进去。

"你不会在乎的,永远也不会。你只是需要一个女朋友充充面子。"

"这不公平——"

"都是骗人的,是吗,库伯?我,还有你的快速球——"

"我没有用兴奋剂。"我打断她,真的生气了。

吉丽又流着眼泪笑起来了,说:"好,至少你还是真心喜欢棒球的。"

"我走。"我马上站起来,肾上腺素推着我走出了她家,否则我就要说出一些不该说的了。

在西蒙的推送曝光后,我接受了尿检,事实证明了我的清白。我暑假的时候接受了加州大学圣地亚哥分校药物中心体检,其中也包括了兴奋剂检查,我是通过检查才开始棒球训练计划的。但是问题就在这里,兴奋剂几个星期就可以从你体内分解出去。所以我还是没有完全逃脱嫌疑。我告诉鲁法洛教练西蒙的话是假的,现在他也还帮我密切关注着大学情况。只是,我们现在已经成为新闻的跟踪话题,事情可能不会平静下去。

吉丽说得对,我对棒球远比对她上心。我应该好好地向她道歉,而不是现在这样含糊过去。可是我都不知道怎么对她开口。

阿蒂

10月15日，星期一，00:15

人们对犯罪新闻报道的性别歧视是存在的，从没有消失。我和布朗温面临的指责更多，库伯和纳特的公众接受度更高。尤其是纳特，一堆二十几岁的女生在社交媒体上对他公开示爱，并不关心他是不是被定罪的犯罪嫌疑人，只因爱上了一双动人的眼睛。

学校里也差不多，除了布朗温的朋友、妹妹还有简娜，根本没人和我们说话，我们简直成了这个"美丽世界的孤儿"。所有人只会在背后东讲西讲。可是，库伯还是一如既往人气不减。至于纳特呢，哦，说得他好像以前在学校受欢迎一样。他不在乎大家怎么看他，以前是，现在也是。

"讲真的，阿蒂，不要再看那些新闻了，我都烦了。"

布朗温朝我转了转眼珠，但我知道她没有真生气。大概是因为我们现在算是姐妹了，或者说是"难姐难妹"。至少我有百分百的把握她不会陷害我，她也是。

我强迫症一样反复地看关于我们的新闻，她不喜欢我分享给她。但是我也不是什么都给她看，尤其是关于她家的种族歧视言论，真是可怕。这种"落井下石"的言论绝不是她想看到的。既然她这么说，我就给简娜看一些有趣的文章，帮她振作起来。

"看，嗡嗡喂①上分享最多的文章：库伯正从体育馆走出来。"

简娜看上去不怎么样。自从我上次在厕所间偶遇她以后，就发现她的体重持续暴减，还比以前更神经质了。我不知道她为什么要和我们坐在一起吃饭。你看，她一句话也不说。不过她迈出了第一步，看了看我的手机，说："这张照片拍得很帅。"

凯特给了我一个严肃的表情，说："吃饭能不能别老看着手机？"

我放下了手机，但是心里冲她又比了个中指，已经比了无数个了。由美子挺好相处的，至于凯特，甚至还不如凡妮莎。

哈哈，这当然只是玩笑。我对凡妮莎简直可以用"恨"来形容。老虎不在山，猴子称霸王。她在小团体里简直成了中心人物，还对杰克表现出各种亲热，搞得好像要交往了一样。尽管我看杰克对她根本没有意思。

剪了头发，就表示我不打算回头了。不过，要不是我换了发型，杰克根本不会注意我。

别误会，我不想复合，但怎么也得关注一下前任，对吧？

吃了午餐，我就去上地理课，坐在我实验课搭档边上，她不怎么会往我这边看。

"提起精神。"马拉女士提醒道，"我们今天要打乱位置，你们搭档有一段时间了，今天重新安排座位。"

她弄来弄去，弄了大半天："你坐到左边、你坐去右边、这边人坐着不要动。"我没怎么注意，接着我被安排和特里坐在一起。

---

①嗡嗡喂（BuzzFeed），美国新闻聚合网站，通过搜索和发送链接，为用户浏览当日网上最热门的事件提供便利。

他鼻子看上去好点了,但我看要恢复原状还是挺难的。他朝我笑了笑,拿起了课桌前的一盘石头标本。

他说:"对不起,和我坐一起应该是你的噩梦吧。"

我心想,别自我感觉太良好了,特里。

他可谈不上什么噩梦不噩梦的。过去几个月因为和他接吻带来的愧疚,我现在感觉简直像上辈子的事。

"没事。"

我们一言不发,给标本分类。

"新发型不错。"特里来了句。

我哼哼道:"嗯,好。"

看来阿舍顿的说法有了一个例外,阿舍顿对我剪了头发意见很大,说没人会喜欢这发型。妈妈反应更大。剪完头发第二天,我以前的闺蜜们看了都直接笑了出来,甚至吉丽都没有忍住。

吉丽最近好像对路易斯有点意思,既然得不到投手库伯,那么就考虑一下他的接球手吧。对了,路易斯和欧利维亚掰了,但是其他人根本就不在乎。

"我说真的,你把整个脸露出来,不披头散发,简直是金发的'艾玛·沃森[①]'。"

骗人。但我听了还挺受用的。我用拇指和食指拿起一块石头,眯起眼睛问他:"你说这是火山岩还是沉积岩?"

特里耸耸肩:"我看不出来。"

我只好蒙了一个,放到了火山岩的位置。

"特里,如果我能够专心分石头,你也可以做到。"

[①] 艾玛·沃森(Emma Watson),英国著名新生代女演员,以出演《哈利·波特》系列电影中的"赫敏"一角红遍全球。

他意外地眨眨眼，对着我傻笑："这就对了。"

"什么？"

其他人都在埋头搞石头，特里还是放低了声音："我们那次出去的时候，我觉得你很有趣。但是之后我每次看你，你都很被动，杰克说什么就是什么。"

我瞪着自己面前的盘子，说："你可真不客气。"

特里缓和了一下语气。

"抱歉，我只是不知道你为什么要那么看低自己。你其实很好玩。"

我看了他一眼，他吓得马上加了句："不是那个意思。哦，嗯，对，就像，你知道吗，算了，我还是闭嘴吧。"

"知道就好。"我小声说了一句，铲起一勺石头放到他面前，"把这点分好，可以不？"

特里说的"看低自己"不刺耳，我知道这是事实。但我还是不能消化其他几句话。没有人说过我有趣，或者说好玩。我总以为特里还和我说话，是因为我又单身了。没想过也许他本来就觉得和我上课这样搭话很有意思。

我们最后分完了所有的标本，除了在石头分类上交换意见，没有再说闲话。当下课铃响的时候，我拿起背包，直接往走廊走去，头也没回。

"阿蒂。"

一个声音从背后响起，我停下脚步，就像撞上了一面看不见的墙。

我肩膀一紧，转过身去。自从那天储物柜前他对我一番冷言冷语，我就忍住不去找他。我怕的是他主动来找我。

"最近怎么样？"

我露出尴尬而不失礼貌的微笑。

"嗯，不怎么样。"

我看不明白他的表情。不生气，也没有微笑。杰克好像变了，看上去稳重了？不太对，但可以说，不那么小孩子气了吧。过去的两个星期，他一直对我视而不见。我不明白，难道他现在又能看见我了？

"情况越来越糟了，连库伯都要受不了了。你——"他犹豫了一下，把背包换了肩膀背着，"你想谈谈吗？"

我嗓子哽住了，就好像吞了刀片。要谈谈吗？杰克在等我回答，我心里拼命动摇。我想谈谈，我一直想谈谈。

"好啊。"

"行，那下午见？我一会儿给你消息。"他看着我的眼睛，还是没有微笑，但补充了一句，"天哪，我受不了你的头发，你变得不像自己了。"

我差点说我知道，但是一想到特里的话就住了嘴。

——"你都很被动，杰克说什么就是什么"。

"是的，我变了。"我改口道。在他移开眼神之前，我先扭头离开了走廊。

纳特

10月15日，星期一，15:15

布朗温爬上石头，坐到了我的边上。她看着我们前方的树梢，说："我从来没有来过马修山。"她的短裙正在从膝盖往上滑动着。

我并不奇怪。马修山，实际上并不是山，而是一堆比树林高些的石头。就是我们学校抄近路穿过的树林后的一处石头地，被全校人称为我校"著名风景点"。

哎，就是大家来喝喝小酒、约约会的地方而已。但这些事不会出现在这个时间点，现在是星期一下午三点多。布朗温绝对想不到上个星期这里发生了什么。

"要真是个山就好了。"我回应她。

她笑了，说："所以米哈伊尔·帕瓦斯的新闻团队没有埋伏在这儿。"

今天放学，我们看到他们出现在校门口，只好折回来，想不到他们没有来树林这边看看。骑摩托去商场也不是个好主意，过去的一星期我们已经变得人尽皆知了。所以我们到了这里。

布朗温低下头，看着旁边的石头，上面有一队蚂蚁正抬着一片树叶走着。她咬着嘴唇，似乎很紧张。我向她靠近了一点。我们大部分时候都是在电话上联系的，我也不知道她喜不喜欢现在这样。

"我给以利·克莱恩菲特打了电话，"她说，"就是那个'无证无罪'组织的。"

好吧，我以为她在想别的事。我往后退了点，说："嗯。"

"我们聊到的东西很有意思。"她说，"他很欢迎我打给他，一点也没有嫌弃。他发誓说不会告诉别人。"

布朗温的想法有时候像个小孩子。

"有什么意义吗?"我问,"他又不是你的律师。他可能会和米哈伊尔说起你,这样他又可以上电视了。"

"他不会的。"布朗温平静地说,是那种很有把握的语气,"再说,我也没和他透露什么。我没有说我的事,只是问了他对目前警方调查情况的看法。"

"怎么说?"

"哦,他重复了一些之前在电视上讲过的,他很奇怪为什么警方不去调查西蒙的关系网。他觉得还有其他人可以管理'关乎'APP。如果真的有人可以进入 APP 管理后台,那么就可以利用我们四个做替罪羊,这样的嫌疑人有很多。以利说他会调查一些曾经被西蒙伤害很深的人和事。他会调查西蒙的整个人际关系网,就像梅芙在 4chan 找的那种。"

"反客为主?"我问。

"嗯。他说我们的律师在案子本身上花的时间不多,万一毒死西蒙的另有其人呢?比如,我们的老师艾福里先生。"布朗温语气透着一股自信,"以利和我之前说的一样,艾福里先生最有可能用手机陷害我们,事先在杯子里动手脚。但是警察却不怀疑他,把他排除在我们之外。"

我耸耸肩:"他为什么要这样做?"

"对现代科技的恐惧、憎恨。"布朗温说完这句话后眼睛一直看着我,我笑了。

"是有这可能嘛,再说也只是一个假设而已。以利还提到了停车场的撞车事故,撞车让我们所有人都转移了注意力,凶手就能偷偷进入教室里不被发现。"

我皱了皱眉头,说:"不是所有人都马上跑去窗边看了,不可能有人开门进来我们都不知道。"

"为什么没有这种可能呢？至少以利觉得有可能。他还说了一件有趣的事。"布朗温捡起一块小石头，在手里把玩着，像是在思考什么。

"他调查了那起意外，发生的时间很可疑。"

"什么意思？"

"哦，又回到了他先前的理论。我们跑去查看的时候，有人进了教室，这个人提前就知道撞车会发生。"

"以利觉得撞车是事先安排好的？"我看着她，她避开我的目光，把石头扔向我们脚下的树林。

"你是说，凶手在停车场里设计了一起'小车祸'，用来分散我们所有人的注意，偷偷进入教室往西蒙的杯子里滴了花生油？他可以保证我们离开教室不会想到？哪怕西蒙的杯子就放在那里也没关系吗？难道我们都是白痴？"

"如果目的是要陷害我们，就能说通了。"布朗温指出，"如果我们四个人是凶手，让杯子留在现场很不自然，我们难道不应该想办法销毁么？况且，西蒙被带走后，我们有无数的机会换掉杯子，那时没人搜我们的身。"

"还是无法解释。凶手如果不在教室里，他怎么能预料到西蒙会拿杯子喝水？"

"哎，就像汤博乐上那篇文章说的，西蒙有喝水的习惯，对不？凶手可以从窗户外面观察情况，并不一定要在教室里。以利就是这么说的。"

"嗯，以利说的。"不知道这个家伙在布朗温眼中是不是像个"法律之神"，看他的样子还不到二十五岁呢，"听你这么说，感觉他一套一套的。"

我准备斗嘴，但是布朗温没有接茬。

"也许是吧。"她的手指在我们之间的石头上摸来摸去,"但是最近我想了很多,我觉得我们四个都不是凶手。纳特,真的。我最近一周对阿蒂的印象有了很大的改观。"

看我半信半疑,她举起一只手:"不能说对她很了解,但是真的想象不了是她干的。"

"库伯呢,这家伙肯定在隐瞒什么。"

"库伯不像那种变态。"布朗温这话听上去像是对库伯还有点好感,我有点懊恼。

"哦,你又知道了?因为你们是一类人?好好想想,布朗温,我们都不知道对方私下是怎么样的。甚至你也可能是凶手,你这么聪明,制订一个计划什么的,把自己扯进去来迷惑警方,最后因为没有证据,就可以'完美犯罪'了。"

我当然是开玩笑的,布朗温却显得不太舒服。

"你怎么能说这种话!"她脸红了。我一看她脸红也慌了。

有一天,你会惊讶地发现,原来布朗温这么好看。

我妈以前就这样和我说过。等等,这话不对,惊讶什么,我本来就知道她很好看。

"以利自己也说了,对吧?"我解释着,"谁都有可能杀了西蒙。也许你带我到这里,就是打算把我推下石堆,好让我摔个半死。"

"是你带我来的,别搞错了。"布朗温纠正道,眼睛瞪得大大的。我真是被她逗死了。

"得了,你不会真以为,布朗温,这点小石堆都摔不死人!推你一把就想弄死你,这主意真棒,结果却只是扭了脚。"

"不好笑。"虽是这样说,布朗温的嘴角倒是上扬了。午后的阳光让她整个人在发光,乌黑的头发闪着亮光,有那么一会儿我快窒息了。

天哪,看看这妹子。

我站起来,伸出手。布朗温满脸怀疑,但是任由我拉她站起来,我把手放到半空中:"布朗温·罗哈斯,我对天发誓,无论今天还是未来,我都不会动手杀了你。你愿意吗?"

"搞笑。"她低声说,脸却更红了。

"搞笑什么啊,我是问你,愿不愿意放我一条生路。"

她白了我一眼,说:"你对每个到这里的女生都这么说吗?"

哈哈。也许她对马修山的听闻知道的比我想的多。

我靠近她,我们之间的距离只有几厘米。

"你还没回答我的问题。"

布朗温踮起脚,嘴凑近我的耳朵。她离我好近,我甚至可以听到她的心跳。她悄悄地说:"我愿意,我不会动手杀你。"

"听起来很性感。"我半开着玩笑,但是无法控制自己的声音变大。当她的嘴离开我的耳边,正打算笑的时候,我吻住了她。

我的身体就像被电流穿过了一样,我把她的脸捧在手心,手指抚摸着她的脸颊和下巴。这一切都太美好了,只有经历了才知道。一定是肾上腺激素让我心跳加速,也许是她柔软的嘴唇、苹果味的发香,或者是她双手环在我脖子上的样子,就好像她不想结束一样。

我愿意一直吻下去,只要她也愿意的话。最后她退了几步,我都想把她拉回来。因为这样还远远不够。

"纳特,我的手机。"这时我才注意到她的手机一直在响。

"我妹妹发消息了。"

"待会儿再说吧。"我说。

"不是要紧事,她不会一直给我消息的。"

梅芙替我们打了掩护。本来布朗温应该和她一起在由美子家的。

我只好不情愿地放开她,布朗温从自己的背包里拿出手机。她看着手机屏幕,迅速倒吸了口气。

"哦,天哪,我妈要找我。罗宾说警察让我过去一趟。原话是'确认一些事情',但没说是什么事。"

"可能又是那几个老问题。"我尽可能让自己的语气听上去冷静些,实则不然。

"你有被叫去吗?"她问,看上去好像希望如此,但又觉得不好意思。

我没有听到手机响,但是我还是拿出来看了看。

"没有。"

她点点头,开始打字回复。

"应该让梅芙过来接我吗?"

"让她去我家接你吧,我家离这里和警察局各一半路。"

我一说出口就后悔了。白天我还真不想让布朗温靠近我家房子,但这是最方便的路线。反正我们又不进屋。

布朗温咬着嘴唇问:"会有记者吗?"

"他们不会去我家,白天那里根本没人。"

她看上去还是有点担心,所以我加了一句:"你想,我们可以停在我邻居家,然后走过去。如果那里有记者,我就带你去别的地方。不过请相信我,肯定没问题的。"

布朗温把我家的地址发给梅芙,我们走到树林边,我来时把摩托车停在那儿了。我帮她戴好头盔,她爬着坐到我后面。我发动引擎,她手抱着我的腰。

在又窄又弯曲的小路上,我尽可能开得慢些,直到我们上了大道。

我邻居破烂的雪佛兰车停在车道上,几乎五年了,停在同一个位置跟生锈了一样。我把摩托停在边上,等着布朗温下来,然后牵着她,经过邻居的院子,去我家门口。我们不断走近我家的屋子,我观察着布朗温的反应，心里想着如果去年能除一下草就好了。

突然，她停了下来，喘了口气。不是因为看到我家杂草过了膝盖。

"纳特，你家门口有个人。"

我也停下脚步，观察着街上有没有新闻车，但是没有，只有一辆破得要死的起亚车停在我家前面。也许他们搞起了伪装。

"你在这里别动。"我和布朗温说，但她还是选择跟着我。我慢慢走向我家车道，想看看到底是谁站在我家门口。

不是记者。

我嗓子发干，头开始痛了。按门铃的女人转过头来，当看到我的时候，她的嘴巴张大。布朗温走到我边上，松开了手。我没有理会，继续往前走。

真奇怪，我的声音听起来很平静。

"妈，怎么是你？"

布朗温
10月15日,星期一,16:10

麦卡利太太转身的几秒后,梅芙的车就开到了纳特家的车道上。我站在那儿,身体僵硬,双手在两边攥成拳头,心怦怦地跳着,眼睛死死盯着这个我以为早死了的女人。

"布朗温?"梅芙摇下车窗,探出头来问,"你好了吗?妈妈和罗宾律师已经在局里了。爸爸还在开董事会议,他会想办法抽出时间来的。我会想点借口解释你为什么不接他们电话,你是因为肚子不舒服,明白吗?"

"现在还真有点不舒服了。"我嘀咕道。

纳特背对着我,他妈妈在说话。我一直看着他们,但听不清他妈妈在说什么。

"哈?"梅芙顺着我望去,"那是谁?"

"上车再和你讲,"我收回眼神,"我们走吧。"

我爬上我家沃尔沃的副驾驶座,座位烫烫的,梅芙喜欢开空调。她小心翼翼地把车倒出车道,花了一点工夫,因为她刚拿到驾照。

"妈妈该做的都做了,现在在假装保持冷静,其实快要抓狂了。"

梅芙解释着，我听得心不在焉，"我猜警方什么消息都没有透露，我们都不知道会不会有其他人在。你知道纳特去吗？"

我这才回过神。

"不。"我第一次想谢谢梅芙把车里温度调成"烤炉模式"，因为我的脊柱感到一股股寒意。

"他不去。"

梅芙靠近停车标志，忽地刹车，打量我："你怎么回事啊？"

我闭上眼睛，头往后靠着："纳特的妈妈。"

"在哪？"

"刚刚站在门口的女人，在纳特家。那是他妈妈。"

"但……"梅芙刚想说，我听到转向灯的声音，知道她在拐弯需要专心。等车开到直路上，她又接着说，"但她已经死了。"

"看来没死。"

"我不……可是，"梅芙组织了一下语言，"怎么回事？纳特不知道她还活着，还是故意说谎？"

"现在不是讨论这个的时候。"我闭上了眼睛。

其实这个问题对我来说很要紧。我记得是在三年前，不知从谁那里听说纳特的妈妈出车祸去世了，我的叔叔差不多也是那段时间死的，所以我特别同情纳特，但是没有亲口问过他是怎么回事。过去的几周我问他，纳特并不是很想回答的样子。他只是说，在他妈妈没有接他去俄勒冈后，就没听过她的消息，后来才得知她去世了。但他没提过葬礼，还有其他关于她去世的细节。

"呃，"梅芙试图安慰我，"也许出了什么奇迹。可能只是误会一场，所有人都以为她死了，但实际上她只是失忆了，或者昏迷了。"

"对，"我不屑道，"也许纳特有个邪恶的双胞胎弟弟，在背后策划了这一切。你当这是演电视剧吗？"我回想着纳特刚才走过去时的表情,他似乎并不惊讶,也没有不开心,只有,淡定。

——让我想到每次梅芙犯病时爸爸的表情:虽然一直担心的事发生了,但还是要去想办法解决。

"我们到了。"梅芙说着慢慢地停好了车,我睁开眼睛。

"你停在残疾人专用位了。"我提醒道。

"我又不和你一起去,我要走了,祝你好运。"她伸出手,掐了掐我的手,"会没事的,一切都会好起来。"

我缓缓走进警察局,在大厅里对玻璃窗里的女接待员报了名字,接着她带我去了走廊里的一间会议室。当我进屋后,发现妈妈、罗宾和蒙多萨警官都在,他们围着一张小圆桌坐着,蒙多萨警官面前有一台笔记本电脑。我的心一沉:没有阿蒂和库伯。

妈妈担忧地看了看我,问:"宝贝,肚子还不舒服吗?"

"好点了。"我说的是实话,我靠近她坐下,把背包放到地上。

"布朗温身体不舒服。"罗宾冷漠地对着蒙多萨警官说,她穿着一套笔挺的双排扣西装,戴着一根花里胡哨的长项链。

"警官,我们两个讨论就可以了,不需要布朗温和她的监护人。"

蒙多萨警官敲了敲电脑上的键盘:"不会谈很久的。我觉得还是当面说比较清楚。布朗温,你知道西蒙除了'关乎',以前还在网站博客上发长文的事吗?"

我还没说话,罗宾先说了:"警官,我不会让布朗温回答你的任何问题,除非你现在解释要她过来的原因。如果你想给我们看什么东西,最好趁现在。"

"好。"蒙多萨警官把电脑转向我,"你的一个同学提醒我们注意一篇八个月前的文章,眼熟吗,布朗温?"

妈妈把椅子拉近一点,罗宾也往我这边靠过来。我一看到屏幕,就知道上面是什么。我担心了几周的事情还是来了。

也许我应该早点坦白,但后悔已晚。

新闻速报:

LV的新年派对不是什么癌症慈善晚会,谁不知道。你想,这么一群上大学的人竟然还像高中生一样鬼混。本站忠实粉丝(如果你还不是,在自己身上找找原因!)都知道,我一直对这群傻瓜很关心,毕竟"孩子"是祖国的花朵嘛。

现在,让我们有请"绝症患者"——MR上场(我猜她也参加不了几次了),一个没有自知之明的傻子,还以为SC会看上她呢。孩子,这可不是在宠物店挑选狗狗,别傻了好吗,真惨。

哎,大家不要说什么"她很可怜""她得了癌症"之类的,别说了。M应该长大了,长点脑子了,和其他傻子一样学点规矩:

第一,大学棒球运动员喜欢找啦啦队队长做女朋友,是绝对轮不到你的,这还需要解释吗?好吧,我还是解释了。

第二,两杯啤酒对一个不会喝酒的人来说也够呛,不信自己看。

第三,我见过最差最辣眼睛的舞蹈,真的,M,以后请别在桌子上尬舞了好吗?

第四,如果一杯啤酒就会让你想吐,可以。但吐到人家家里的洗碗机里,不行。

LV,答应我,给家里大扫除一下,好吗?开始那么好玩,谁想到结果这么惨呢?

我坐在座位上,努力保持着镇定,仿佛昨天才看过这篇文章一样。梅芙第一次参加派对,第一次对一个男生有好感被拒,然后喝醉了。虽然和原本计划的不一样,但是读了西蒙的文章之后,梅芙拒绝参加所有的派对,断了所有的社交。我也记得,我被气得半死,却什么也做不了。西蒙一贯的冷酷,尽其所能的毒舌,只是为了取悦那些下三烂的读者。

我恨他。

我没敢看妈妈,她并不知道发生了什么。我只好看着罗宾,不知道她是惊讶还是担忧,她没有表现出来。

"好吧,我看了。说吧,你觉得这个和案子有什么关系,警官。"

"让布朗温告诉你。"

"拒绝。"罗宾斩钉截铁道,语气不急,却毫不屈服,"请现在马上解释。"

"这篇文章写的是布朗温的妹妹,梅芙。"

"告诉我你猜测的依据。"罗宾反问。

我妈突然笑了一声,表示出自己的气愤和不解。我偷看了她一眼。她的脸红红的,眼睛有神地瞪着蒙多萨警官,声音发颤:"这是真的吗?你带我们到这里来,就是为了给我们看这篇新闻。还是,我必须说,还是一个本来就不正常的男孩子写的。为什么?你到底想做什么?"

蒙多萨警官朝妈妈点点头:"我知道很难看懂,罗哈斯太太。但是根据姓名首字母和癌症的描述,西蒙写的就是你的小女儿。贝维优高中近期没有其他学生符合。"

接着,警官转向我:"你妹妹看了一定觉得很难过吧,布朗温。根据我们从学校其他学生那里了解到的,她从那以后再也没参加过社交活动。所以你很讨厌西蒙?"

妈妈张嘴想要反驳,但是罗宾用手按住了她:"布朗温什么也没说。"

蒙多萨警官的眼睛亮了,仿佛正在努力不让自己笑出来。

"哦,她说了。西蒙的博客一年多没更新了,但是所有的文章和评论，后台都还留着记录。"他说着，把电脑拿回去敲了几下键盘，接着又转回来，我们可以看到他打开了一个新窗口。

"在博客下面评论，必须要留下电子邮箱是吧？这是你的电子邮箱，对吗，布朗温？"

"别人也可以留布朗温的电子邮箱。"罗宾反应很快。但是她又朝我这边靠过来，把电脑上显示的博客评论读了出来，这是我在高二学期末写的。

——去死吧，西蒙。

阿蒂
10月15日，星期一，16:15

从我家到杰克家一路通畅，到了克莱顿街才开始有变化。

这里是主要的十字路口，我必须在没有自行车道的情况下靠最左边骑。重新开始骑车后每次经过这里，我会穿过红绿灯，骑去人行道上。现在，我可以像个职业车手一样直穿三个机动车道。

我在杰克家的车道上减速了，下车踢开脚撑停车，摘下头盔扣在车把手上。我一边走进屋子，一边理理头发，虽然是毫无意义的动作。我已经习惯了新发型，有时候看着还挺顺眼的。不过对杰克来说，只要我的头发没有在一夜之间再长长一倍，都很丑。

我摁了门铃，然后往后退，一种不确定感在身体里涌动。我不知道自己为什么会在这里，到底在期待着什么。

门发出"咔嚓"一声，杰克拉开门，看上去没什么变化。蓬乱的头发下一双蓝眼睛，身上穿着一件特别适合他的T恤衫，可以看出他在橄榄球赛季的健身成果。

"嗨，请进。"

我本能地避开地下室，杰克也没有去地下室的意思。相反，他带我到了正客厅里，自从三年前我们在一起后，我在这里待过的时间不超过一小时。我低下身子，坐到他父母的真皮沙发上。我的腿还在冒汗，一下子就粘住了沙发。我后悔了。

杰克坐到我对面，嘴唇紧绷着，我可以看出他叫我来不是为了复合。我原来以为自己会失望，可是并没有。

"所以你现在骑自行车了？"他问。

我们有那么多可以聊，为什么要选择这个来开场？

"我自己又没汽车。"我提醒他。过去每天开车接我送我的人，是你。

他往前探了探身子，手肘支在膝盖上。这姿势我太熟悉了，我差点以为他要开始谈橄榄球赛季的事，就像一个月前那样。

"调查情况怎么样？库伯没和我讲过。警方还在怀疑你们吗？"

我不想讲调查的事，过去一个星期警方盘问了我许多次，变着法子想知道医务室里肾上腺素笔去哪儿了。我的律师告诉我，如果警方重复问同一件事，就说明他们的调查没有新进展，我也没有成为主要嫌疑人。当然这些和杰克没关系，所以我自作聪明地编了个故事，说我们四个在警察局审讯室里看到惠勒警官吃了一整盘甜甜圈。

听我说完后，杰克转了转眼："总的来说，他们没有调查出什么东西。"

"布朗温的妹妹认为，应该多调查西蒙的人际关系。"我说。

"为什么调查西蒙？他不是死了嘛，搞什么鬼。"

"可能警方还有没想到的嫌疑人。如果还有其他人想弄死他呢？"

杰克懊恼地叹了口气，一只手背到椅子后面。

"他已经死了，你们就不能放过他吗？这不是西蒙的错，如果大家都不作奸犯科，怎么会怕西蒙找麻烦？也不会有'关乎'APP了。"

他眯起眼睛看着我："这一点你肯定很清楚。"

"他也不是什么好东西。"我反驳道，语气强硬得我自己也惊了，"这个APP伤害了很多人，我不知道他为什么能运营这么久。他想让大家都害怕他？我是说，你不是和他从小玩到大的吗？他一直是这副样子吗？所以你后来不和他玩了？"

"你这是在帮布朗温查案吗？"

他在嘲笑我吗？

"我和她一样好奇,我现在就是和西蒙杠上了。"

他哼了一声:"我不是请你来吵架的。"

我瞪着他,他又变成了我熟悉的杰克。

"我不是在吵架,我是在和你说清楚。"

虽然这么说,但是我还真不记得过去有哪次我反驳过杰克。我伸出手拉扯我的耳钉,拉长然后松开。现在每次一紧张就会重复这个动作,我没有头发可以扯了,这是我的新习惯。

"你到底为什么叫我过来?"

他撅起嘴,眼睛瞥了我一下说道:"对前任的关心,可能吧。而且,我有权知道情况。记者不停地给我打电话,我都要吐了。"

听着语气,他似乎还等着我道歉呢。但是我已经说了太多的对不起。

"我和你一样。"

他什么也没说。我们陷入了沉默,客厅壁炉上的钟正在走,声音清晰响亮,滴答滴答。

我数了六十三下后问道:"你能原谅我吗?"

我不确定自己想要哪种"原谅",很难想象我们还会重归于好。如果能够让他不再恨我也好。

他的鼻孔鼓了起来,嘴巴痛苦地扭曲起来:"原谅你?你劈了腿,你撒了谎,阿蒂。我已经认不出你了。"

我试着往好的方面去想。

"杰克,我不想再解释再求你原谅了。我劈腿,不是因为不在乎你,而是不知道你值不值得。现在有答案了。"

他的眼神已经冷若冰霜。

"不要在这里给我装可怜,阿蒂。你知道自己做了什么。"

"好。"突然之间,我有了一种感觉,就像当时第一次被惠勒警官逼问一样。

我没必要和你说话。杰克通过揭伤疤得到了满足,但我不是。

我站起来,皮肤在离开皮沙发时发出了轻微的剥落声,肯定在沙发上留下了两块大腿印,这一定很不雅观,但是谁在乎呢?

"我想我还是走吧。"

我走出杰克家,骑上自行车,戴好头盔。确定戴紧以后我一脚踢起脚撑,踩着车离开了车道。

我还记得在向杰克坦白的时候,心都快跳出胸口了。但是现在心跳节奏舒缓,我从没有感到那么不自在过。我想今天一开始进客厅也是这样,在他说出我不够好的时候,这种感觉消失了。

是的,不自在的感觉消失了,再也没有了。我自由了。

库伯
10月15日,星期一,16:20

我的生活已经不属于我了,我成了媒体狂轰滥炸的目标。记者并不是每天都到我家门口报到,但是出现的频率也够多的了。我只要一靠近我家的房子,肚子就开始不舒服。

我尽可能少去上网。我以前梦想自己的名字会成为谷歌的热点,是作为世界棒球联赛的无安打比赛[1]击球员,而不是一个用花生油杀人的犯罪嫌疑人。

每个人都说,小心行事,低调做人。我就是这样的,只是你一旦被放到显微镜下观察,所有事都逃不过人们的眼睛。

上个星期五去学校,我从自己的车上下来,阿蒂也刚好离开她姐姐的车,微风吹拂着她的短发。我们都戴着眼镜,尽管这是毫无意义的伪装。我们朝对方露出保守秘密、恕难从命的微笑。

那时我们还没有走几步,就看到纳特大步向布朗温的车走去,打开车门,动作有点太礼貌了。

布朗温走出车的时候,纳特笑了一下,看到布朗温当时的表情,站在不远处的我们交换了个眼神。我们四个人最后一起走向学校的后门。

其实只有一分钟,但是足够让我们的一个同学用手机把这一切拍摄下来,并且在当晚传到了TMZ[2]网站。他们还把视频调成了慢动作

---

[1] 无安打比赛(no-hitter),指不让对手击出安打的比赛,因为罕见被视为球员的非凡成就。
[2] TMZ(Thirty Mile Zone),美国在线旗下的一个娱乐新闻网站。

播放，配上MGMT[①]乐队的《孩子们》作为背景乐，就好像我们是从什么高中杀手组织里走出来的，充满着对全世界的不屑。一时之间视频在网上又是一阵疯传。

最诡异的是，虽然有很多人讨厌我们，想让我们进监狱，但是也有人崇拜我们。我的脸书一下子多了五万粉丝，我弟弟告诉我其中大部分是妹子。

虽然有时候我们没有什么热度，但是从没有离开过公众的视野。我以为今晚离开家去体育馆找路易斯会逃过一劫。但是等我到了体育馆，就看到一个一脸化妆品的黑发妹子冲向我。我的心咯噔一下，因为我太了解这种人了。她会一直跟踪我的。

"库伯，能打扰你几分钟吗？我是莉兹·罗森，七频道的新闻记者。我喜欢你对这件事的态度，很多人都很支持你！"

我没理她，推开她往体育馆入口走。她把高跟鞋踩得"嗒嗒"响，紧紧跟着我，后面还有一个扛着摄像机的大哥。但是体育馆前台的人拦住了他们两个。

我来这个体育馆好几年了，这里的员工对这种事很淡定。我赶紧往走廊走去，隐约还能听到前台和女记者争吵的声音，说什么"不能在这个节骨眼上办会员让她进来"。

路易斯和我做了一会儿卧推，但我脑子里一直在想待会儿出去怎么摆脱记者。我没有和路易斯讲这些。

健完身，我们到了更衣室，路易斯说："把你的衣服和车钥匙给我。"

"什么？"

"我打扮成你，戴着你的帽子和墨镜出去，他们根本认不出来。

[①] MGMT，成立于2002年的美国迷幻电子乐队。

你开我的车,然后离开这里。回家或者去别的地方,随你。我们明天早上在学校里把车换回来。"

我本来想告诉他这没用,因为他的发色比我深多了,而且肤色至少比我黑了一个色度。可是仔细一想,穿上我的长袖、戴上我的帽子,可能就看不出了,倒是值得一试。

所以我溜进走廊,路易斯则穿着我的衣服、大摇大摆地出了前门,面对摄像机和闪光灯。他把我的棒球帽压低,用手挡着自己的脸,随后爬上我的吉普车。他开车离开了,后面跟着几辆新闻车。

我戴上路易斯的帽子和墨镜,上了他的本田车,把健身背包放在后座。我试了几下才发动引擎,引擎一响我马上倒车出了停车场,往回开到了去圣地亚哥的公路上。等我到了市中心又随便兜了半个小时风,生怕还有记者跟着我。最后发现没有记者了才绕回了家。

纳特

10月15日，星期一，16:30

我妈在楼上，试着和我爸谈话，希望我爸还醒着。我在楼下的沙发上，拿着一次性手机，想着要怎么发消息才能让布朗温不恨我，单单一句"对不起，我骗了你，我妈没有死"肯定是不行的。

说得好像我想要她死似的。但我当时也认为她可能是死了，或者离死不远了。只要这样简单一说，就不用去讲清楚、想清楚到底发生了什么。

她沉迷赌博，然后离家出走去了俄勒冈的农场公社，我从此再也没联系到她。所以人们一问我妈，我就直接说谎。当我回过头发觉太蠢的时候，说出去的话已经收不回了。

不过根本没人在乎我有没有说谎。和我打交道的人基本都不关心我说什么、做什么，只关心我有没有"货"给他们。除了两个人，洛佩兹警官和布朗温。

好几次大半夜聊天的时候，我想过告诉布朗温，但是不知道如何打开话题。现在还是不知道。

我放下了手机。

楼梯"吱嘎吱嘎"地响,我妈下来了,她把刚洗过的手在裤子上擦了擦,说:"你爸现在还不太能说话。"

"真意外。"我嘀咕了句。

她看上去比过去赌博前老,比赌博后年轻了,头发短了也变灰了点。她的脸倒没有以前那么憔悴、脏兮兮的,身材胖了些。我想这是件好事,说明她现在开始吃东西了。她走向斯坦所在的玻璃箱,对着我微微笑了一下,有点紧张地说:"你还养着斯坦。"

"自从你走了以后没什么变化。"我说着把脚搁到面前的咖啡桌上,"斯坦没变,爸爸还是一样爱喝酒,房子还是破破烂烂的。除了我现在被牵扯进了杀人案,可能你也听说了?"

"纳赛尼尔。"我妈叫了我的大名,坐到了扶手椅上,双手合十。看着她的指甲,我想的却是她还是没有改掉啃指甲的习惯。

"我,我不知道怎么说。我已经清醒了,有三个多月了。我很想联系你,真的很想。但是我害怕自己瘾又犯了,又让你失望。然后我看到了新闻,过去几天都还找过你,但是你都不在家。"

我指了指剥落的墙纸和塌陷的天花板:"你怪我不在家?"

她的脸皱了起来,说道:"对不起,纳赛尼尔。我本来以为,以为你爸会振作起来。"

你以为。嗯,真是完美的抚养方案。

"至少他没有丢下我。"这话有点狠,虽然我不觉得这种每天喝醉躺尸在家的人能强到哪里去,但是说出来还是蛮爽的。

我妈急忙点点头,把手指掰得直响。哦,我都忘了她会这招。虽然听上去不太舒服。

"我知道,我没有资格说什么,也不指望你能原谅我。我在的时候情况也不怎么样,但是我最后服药了,不再焦虑了。这是我能够结束治疗的唯一原因。在俄勒冈有一堆大夫帮我保持清醒。"

"有一堆人？肯定挺好的。"

"我知道自己不配有这么好的待遇。"她低下头，语气显得很卑微。但我却很生气。我敢肯定，她现在做什么都会惹毛我。

我站起来说："恭喜你，不过我现在要出门去了。你待会儿会自己出去的，对吗？除非你还想和爸爸待在一起，估计他十点才会醒过来。"

见鬼，她竟然哭了。

"对不起，纳赛尼尔。你应该找一对更好的爸妈才对。天哪，看看你，简直不敢相信，你变得帅多了。你也比我们更聪明，你一直都是。你应该住在贝维优山庄的大房子里，不用管这些垃圾东西。"

"随你吧，妈。现在我还好，很高兴还能看到你。有空从俄勒冈写点明信片过来。"

"纳赛尼尔，别这样。"她站起来，拉住我的手。她的手感觉比身体其他部位至少老了二十岁。不再是软软的，而且都是皱纹，还有褐色的斑点和伤疤。

"让我做点什么，帮帮你，做什么都行。我住在海湾路的'六号旅馆'，明天和我一起出去吃晚饭好吗？或者你什么时候有空安排都行。"

有空安排一下。靠，她以为自己还在治疗中心吗？

"不知道，你留个电话，我到时候打给你。"

"好。"她又变成了一个只会点头的木偶。我得快点走，不然我马上要发作了。

"纳赛尼尔，刚才我看到的是布朗温吗？"

"嗯。"我的回答让她笑了。

"有什么问题吗？"

"呃，嗯，如果你在和她交往，还是不要讲我和你爸的事比较好。"

"我没有和她交往,他们怀疑我们是犯罪同伙,你忘了?"说完,我摔门而出。真是自作自受,如果太用力摔门把门弄坏了,到时候还是要我亲自修。

一出门我又不知道去哪儿了。我骑上摩托往圣地亚哥市中心去,接着改了主意,就骑着摩托到处兜风,兜了一个小时后停下来加油。我拿出手机看了看,没有消息。我应该给布朗温打个电话,问问她在警察局怎么样的。不过她也不会有事,毕竟请了那么贵的律师,还有一对像贴身保镖的父母,不让任何坏人靠近自家闺女。而且,打电话的话我要怎么开口呢?

我最终还是放下了手机。

我又骑了将近三个小时的摩托,我往野外骑,最后来到了荒郊的公路上。这里到处都是矮树丛,即使到了这个时间点,这里因为靠近莫哈维沙漠①还是很热。我停下车,脱了夹克,然后在约书亚树国家公园②里到处逛。

说起来,我和父母唯一的一次野营就是在这里,那时候我九岁。一路上我都是担惊受怕的,怕我们的破车开一会就抛锚,怕我妈会大吵大闹,怕我爸动不动就装死,我们对他来说是很大的负担。

但是一路都还算正常。他们一直都是吵吵闹闹,不过已经很克制了。我妈表现得也很正常,因为她好像对这些扭曲的矮树有种莫名的情结。

"约书亚树生长到七年的时候,还只有直突突的一根树干,没有

---

① 莫哈维沙漠(Mojave Desert),位于美国西南部,南加利福尼亚州东南部的沙漠。
② 约书亚树国家公园(Joshua Tree),南加利福尼亚州的国家公园,以独特的沙漠景观著名,国家公园的命名是因为公园里遍地都是约书亚树,树名由摩门教拓荒者所取,因其枝丫向上伸长,亦被称为"祈祷之树"。

枝叶。"我们散步的时候我妈说,"然后等上好多年才会开花,树开了花就会停止生长。所以约书亚树有一套自己的生命轮回。"

过去,我常常想起这句话。那么,她到底是死的是活的呢?

回到贝维优的时候已经过了午夜。我本来打算干脆就骑到天亮吧,能骑多远就骑多远,骑到我累了为止。让爸妈有时间可以好好消化他们的再次见面,然后恢复老样子。让贝维优警察想找我的时候来找。

所以最后我还是回了贝维优,查看手机,唯一收到的消息是关于查德·波斯纳家里的派对,我决定去看看。

当我到了他家,没有第一时间见到波斯纳,只好待在厨房里开了瓶啤酒,听两个妹子在讲一个我没看过的电视节目。

无聊。

我脑子里还在想我妈的事,还有布朗温去了警局这件事。

一个妹子突然"咯咯"地笑了。

"我认得你。"她说着戳了戳我,然后笑得更厉害了,用手拍了拍我的腹部说,"你上了《米哈伊尔·帕瓦斯真相调查》,是吗?四个青年嫌犯之一。"

她有些醉了,离我更近了点,站不太稳的那种。她长得一如我在波斯纳派对上见过的很多妹子:好看,但不是会让你难忘的那种好看。

"哦,天哪,马洛里,"她的伙伴说,"你这话说得。"

"认错人了,"我回答,"我只是和他有点像。"

"骗子。"这个叫马洛里的妹子又要用手戳我,我站开了。

"哦,我不觉得是你干的,布朗娜同意我的看法,是吧?"

她的伙伴点点头。

"我们觉得是那个眼镜妹,看着就很虚伪。"

我的手握紧了啤酒瓶,说:"我说了,你们认错人了,别再纠缠了。"

"对……对……对不起。"马洛里支支吾吾,一个劲点头,刘海随着脑袋一点一点地晃动着。

我拿出一次性手机,从人群中挤出身去,等我到了屋子外,手机刚好振动了。一看屏幕,是布朗温的号码。不过能打到这个手机上的应该也只有她。我深深松了口气,这种感觉就好像在你冻坏的时候有人给了你一块毛毯。

"嗨。"我接起电话,布朗温的声音听上去遥远却又令人安心,"我们能聊聊吗?"

布朗温

10月16日，星期二，00:30

让纳特偷偷溜进屋子，我其实还蛮紧张的。我隐瞒博客评论的事已经让爸妈超级生气。尤其是在这样特殊的情况下，还被警方发现了。虽然最后没有人拦着不让我们出警局。

罗宾对警方长话短说："不要浪费我们的时间，不要提出无法证实、没有意义的假设，哪怕你们想提出指控，这些假设也不能作为有力的证据。"

她说的也没错，但是现在我比他们嫌疑大了。

我被我爸妈禁足了，除非我按我妈说的"坦白从宽，休得自毁前程"。

"你之前调查的时候不能黑进西蒙的博客吗？"梅芙上床前，我这样埋怨道。

梅芙也表现得很苦恼："他已经很久没有更新博客了！我以为博客早没了。我又不知道你在下面评论了，他都没有把它发出来。"她对我摇摇头，不知是该生气还是该笑，"你对当年那件事的反应比我还大，布朗温。"

也许她对了。

我躺在自己的房间，关了灯，脑子里还在打架，我在犹豫着到底要不要给纳特打电话。然后我突然意识到，可能我这些年把梅芙想得太脆弱了。

我起身下楼了，现在坐在我家的多媒体房里，纳特给我发消息说他已经到了。我打开了地下室的门，把头探出去。

"在这。"我轻轻喊道，一个黑影从我家防风墙边的拐角过来了，我退回到地下室,留门让纳特跟上来。

纳特穿着一件皮夹克,里面是一条皱皱旧旧的T恤,头发上都是汗,脱下头盔后头发贴在额头上。

我没有说话,一路带着他进了多媒体房,然后关上房门。我爸妈的卧室在三楼,睡得很熟,不过还是谨慎为好,尽管多媒体房有隔音效果。

"好了。"我坐到沙发的一角,膝盖弯曲,双手抱着腿,是一种把自己保护起来的姿势。纳特脱下夹克,随手扔到地上,弯腰坐到了沙发的另一边。我望着他的眼睛,里面装满了忧郁,我差点想放他一马了。

"警察那边怎么样?"他问。

"还好。但是我想谈的不是这个。"

他低下头说:"我知道。"

我们都沉默了。我有好多好多的问题想问,但是说不出口。

"你一定觉得我是一个傻子。"他最后先开口了,眼睛还是看着地上,"一个骗子。"

"你为什么不说实话呢?"我问。

纳特缓缓吐了口气,摇摇头:"我想说实话。我想过,但我不知道该怎么说。你看,对我来说,说谎比坦白更容易,而且我自己都快信了。我以为她再也不会回来了。说出去的话,就像泼出去的水,哪怕谎话也是。如果你说自己骗了人,别人会以为你疯了吧。"

他抬起头,直视着我的眼睛,突然激动起来:"我不是疯子。我也没有骗你别的事,我没有再卖违禁品了,也没有杀害西蒙。如果你不信,我不怪你,但我对天发誓没骗你。"

又是一阵沉默。我试图理清思绪,我也许不能这么轻易地原谅他,也许可以要求他拿出证据证明,即使我不知道会有什么样的证明。也许应该再追问下去，看看他到底在别的方面有没有骗我。

但是，我选择了相信他。不能说经过几个礼拜我就对他知根知底了，但是我明白他的意思，谎言重复千遍即真理。我明白，况且不像纳特，我不需要独自讨生活。

我也觉得他不会动手杀西蒙。

"说说你妈妈吧，这次我要听实话。"我说道，他同意了。我们聊了一个多小时，事实上聊了十五分钟时他就解释完了。我感到有点坐僵了，我把手臂抬过头打算舒展一下。

"累了？"纳特问我，同时将身子挪近了点。

不知道他有没有发现，我对着他的嘴看了十分钟。

"还好。"

他伸出手把我的腿拉到他膝盖上，拇指扣在我的左膝盖。我的两只腿颤抖了，于是我把它们并在一起。他的眼睛飞快地看了我一下，又低下头去。

"我妈以为我们在交往。"他说。

可能我的手要做点什么才能保持这个坐姿。我伸过手去，手指摸进他脖子后面的头发里，他的皮肤暖暖的，头发软软卷卷的。

"啊，"我说，"这难道还用问吗？"

天哪，我就这么说了，万一是我自作多情了呢？

纳特有点心不在焉。

"你想和一个违法分子、杀人嫌犯交往？他还骗你他妈妈死了。"

"改过自新的违法分子，"我纠正道，"我不是想评论什么。"

他抬起头看看我，浅浅一笑，眼神却带着警惕。

"我不知道该怎么做你的男朋友，布朗温。"他一定看到了我的失落，所以马上加了句，"我不是说不想，我只是觉得自己做不好。我以前交往的对象都是，你懂的，很随便。"

我不懂。我把手缩回来，放在膝盖上，看着手腕上跳动的脉搏。

我问："现在呢？还很随便？"

"不，"纳特说，"我是说以前。当你开始和我接触后，我就不乱搞了。"

"好。"有那么几秒钟我以为自己看错了人。也许吧，但是我现在不想回头了。

"我可以试试看，如果你也愿意的话。不是因为我们都卷进了什么杀人案。而是因为我觉得你很不错，真的很好。你很聪明、很有趣，你其实比你自己想的更正直。你挑片子的品位很差，但是我喜欢。你总是表现得很沮丧，但是我喜欢。我还喜欢你养的蜥蜴。我愿意做你的女朋友。即使现在是地下恋情，你知道的，我们还在被警方调查呢。还有，我从你一走进门就想亲你，所以，你还愣着干吗？"

纳特一开始没反应过来，把我吓得以为自己又搞砸了。也许我说得太多了吧。最后他来了一句："你比我强，我还没进门就开始想亲你了。"

他摘下我的眼镜，折好放在沙发边的茶几上。他的手摸到了我的脸，轻轻柔柔地抚摸着。他靠近了，把我的嘴唇拉向他的嘴唇。

最后他看着我，浓密的黑睫毛上上下下地扑闪着。妈呀，他的眼睛，怎么会这么好看。

"我总在想你爸会不会突然出现，"他低声说，"我怕他。"

我叹了口气，他说对了，我其实也有点害怕。哪怕只有百分之五的可能性也够呛。

纳特用食指摸了摸我的嘴，说："你的嘴好红，我们应该歇歇，防止我继续使坏。再说，我也需要，嗯，'冷静'一下。"

他亲了亲我的脸颊，拿起地上的夹克。

我的心沉了一下，有点失望。

"你要走吗?"

"不。"他从夹克里拿出手机,打开网飞,然后把眼镜递给我。

"我们还没看完《午夜凶铃》呢。"

"去,我还以为你忘了呢。"这次我的失望是假的。

"来吧来吧,蛮好看的。"

他在沙发上舒展着身子,我靠过去,头靠在他的肩膀上,他把iPhone架在自己的臂弯上。

"用手机看比较好,屏幕小。这房间墙上投影屏这么大,要是用投影机看你会吓死的。"

说真的,用哪个看都无所谓,只是和他一起就好。我只想这样一直抱着他,一直抱着,打败所有困意,然后忘记整个世界。

库柏
10月16日,星期二,17:45

"库伯斯敦,把牛奶递给我,好吗?"吃晚餐的时候,爸爸对我抬了抬下巴,马上又把目光转向客厅里静音的电视,屏幕下方正滚动着各高校橄榄球赛赛绩。

"所以昨晚你干吗去了?"

他觉得昨天路易斯假扮成我很有意思。

我把牛奶纸盒给他,想象着自己如实回答的样子。

"就是开车兜了兜风。"我的实际回答是这样的。

大概从十一岁开始我尽量不去想那些恋爱事,因为我是个南方来的体育生,目标是进入全美职业棒球大联盟[①],而不该被其他事分心。

人生中的大部分时间我都很合群。我一直和漂亮女生交往,但都没怎么用心,只要没到结婚的地步,我总可以敷衍过去。最近我才明

[①] 美国职业棒球大联盟(Major League Baseball,简称MLB),是北美地区最高水平的职业棒球联赛。1903年由国家联盟和美国联盟共同成立,美国四大职业体育联盟之一。

白,为了面子和女生交往不道德,对我来说是"叛逆"的借口,对女生来说也不是负责任的表现。

我瞒了吉丽好几个月,但是关于克里斯的每句话都是真的。我确实是打棒球认识他的,但是他曾是我的球友,我们都被邀请参加了生日派对。而且克里斯确实是德国人。

我和克里斯只是好朋友,我不知道大家为什么都认为我和他有什么"见不得人"的关系。

如果我爸爸也相信西蒙的推送,我这个十七年"好儿子"的人设会瞬间崩塌。他不会再用同样的眼神看我,就像现在这样,虽然我是杀人嫌犯,虽然我被怀疑服用兴奋剂,但只要我是个直男,只要我仍然优秀,这些都不是什么大事。

"明天要检查。"爸爸提醒我。我现在每周都要尿检一次。同时要继续打球,我的投球速度并没有变慢。因为我没说谎,我确实没有服用兴奋剂。尿检结果和投球表现都可以证明。

这也是爸爸想出来的。他想让我在高一稍微保存点实力,这样到了表演赛季就能进步得更快。所以现在才会有这样的提高,乔西·兰利这样的球探才会注意到我。当然,肯定会有人起疑心。不过还是多亏爸爸了。

至少他现在有点愧疚。

去年春天高三舞会上西蒙喝得很醉,当我和克里斯玩闹的时候,他看到了并说了很多恶心的话。我真的被他说的话恶心到了。那时我很肯定,西蒙,觉得我是个 gay。

我很烦他,就让凡妮莎不要请西蒙去她的派对。凡妮莎很乐意帮忙,她从不会错过任何一个挤兑别人的机会。

西蒙死后我从没再想过这件事,但那是我最后一次和他接触。

纳特

10 月 16 日，星期二，18:00

我到格伦餐馆的时候，已经迟到了半个小时，老远就可以看到我妈的那辆起亚已经停在店门口了。我感觉这车变新了，变得更好了，也许我认错了，如果她没有过来我也不觉得奇怪。

本来我不打算过来的，我想过好几次，但是很难再假装她不存在。我把摩托停在离她车稍远的地方，还没走进餐馆就感到一滴雨水落在了肩上。餐馆老板娘抬起头，脸上带着礼貌而又疑惑的神情。

"找人，麦卡利。"我说。

她点了点头，指了指角落的一个包间说："那边。"

能看出我妈等了有一会儿了。她桌上的苏打水快没了，她把吸管的包装撕成了一条条的。

我坐到她对面，拿起菜单仔细研究，这样可以尽量避免和她对视。

"你点了吗？"我问。

"没，在等你。"可以感受到她并不介意我不来。早知道来都不用来了。

"你想吃汉堡吗？纳赛尼尔，你以前很喜欢这里的汉堡。"

是的，我现在还很喜欢。但是被她这么一说我就不想点了。

"叫我纳特，好吗？"我猛地合上菜单，看向窗外，外面一片灰蒙蒙的，大雨滂沱。

"现在没人叫我纳赛尼尔了。"

"纳特。"她改口了，但是听上去还是怪怪的。就像是一个词如果你说上好几遍就变得很陌生了。

女服务员来了，我点了可乐和三明治，即使我并不想吃三明治。

这时我的一次性手机振动了，拿出来一看是一条消息。

布朗温：希望一切都好。

我突然感到很温暖，没有回复她，而是把手机放了回去。没啥好回复的，不过是和一个"死人"一起吃午餐而已。

"纳特。"我妈清了清嗓子，又喊了我的名字，听起来还是很刺耳，"学校怎么样？你还喜欢科学课吗？"

听听，你还喜欢科学课吗？我九年级就开始进差生辅导班了，她又怎么会知道？成绩报告单寄回家，我就冒充我爸的签名，然后又寄回学校。也没人怀疑过。

"今天你买单吗？"我问，手放在桌边，就像过去五分钟一样咄咄逼人，"我没钱买单，所以你最好在上菜前先说明白。"

她低下头，我突然有一种胜利的快感。

"纳赛……纳特，我再也不会，嗯，你相信我好吗？"

她拿出钱包，把二十块钱放到桌上，我很不爽，但是想到被我扔掉的欠款账单，我还是忍住了。现在我没有经济收入了，我爸的残疾人保障金只够付房贷、水电费和他的酒。

"你在治疗中心怎么赚钱？"

女服务员上了一杯可乐，等她走了我妈才回答："松谷，也就是我去的那个机构，有个大夫帮我联系了一家医疗公司，工作地点不固定，但收入稳定。"

她伸手要触碰我的手，我赶忙挪开自己的手。

"我能帮你和你爸，纳特，我会帮你。我想问，你要不要请个律师。我们可以想想办法。"

不知怎么，我忍住没笑。她确实有钱，但请个律师还不够。

"不需要，我很好。"

她一直在问我，学校怎么样，西蒙怎么样，缓刑怎么样，我爸怎么样。我都——回答了,她和我原本想的不一样。她变得冷静了,也没了脾气。

直到最后,她问:"布朗温怎么样?"

别。每次一想到布朗温,我的身体反应就会回到她家多媒体房的沙发上。心跳加速、血流加快、皮肤发烫。和布朗温的回忆是这段时间里少有的好事,我可不想用来和我妈尬聊。这同时意味着我和她没什么话题可聊了。

谢天谢地三明治总算来了,我们总算不用再假装过去三年不存在了。虽然三明治真够难吃的,可能也就比土好吃一点点。

但是我妈似乎还想聊下去。她讲起自己在俄勒冈的生活,还有治疗她的医生们,最后说到了《米哈伊尔·帕瓦斯真相调查》。我差点呛到,扯了扯T恤的后领子,想要喘过气,但是不行。我不能再待在这里听她承诺来承诺去,希望一切都好。既然她现在不赌博了,有工作了,脑子也灵清了,好好保持下去就好。

"我得走了。"我突然说,盘子里的三明治才吃了一半。我站起来,膝盖一下子撞到了桌子边,我疼得缩了一下,径自走了出去,没有再看她。我知道她不会追上来,因为不符合她的风格。

一出餐馆,我还愣了一下,我的摩托去哪儿了?后来才发现两辆新来的路虎车停在了我摩托两边。我正要把摩托倒出来,突然一个男人站到了我的面前。他衣服的品位看上去不像是格伦餐馆的顾客,他朝着我露出一个闪瞎眼的笑容。我马上就认出了对方,但是假装没看到他。

"纳特·麦卡利先生吗?你好,我是米哈伊尔·帕瓦斯。真是好不容易才找到你这个大忙人,知道吗,很高兴认识你。我们还在跟踪报道西蒙·凯尔纳一案,想问问你的意见。能不能请你喝个咖啡,然后我们聊聊?"

我爬上摩托,戴好头盔,装作没有听见。我刚要发动,两个节目制作人就挡住了我的去路。

"你能不能让你的人让个路?"

米哈伊尔笑得更夸张了。

"纳特,我不是来害你的。舆论在这种案子里很重要,你不如说说看,我们考虑是否让大家支持你。"

我妈也到停车场了,当她注意到我身边是谁的时候,嘴巴张得老大。我慢慢地倒退着摩托,挡路的人只好让开,最后我终于可以走了。

如果我妈真想帮我,不如想想办法帮我拖着米哈伊尔。

布朗温
10月17日，星期三，12:25

周三午餐的时候，我和阿蒂聊起了美甲，她在这方面总是走在前沿。

"像你这种短指甲，要用淡色、裸色。"她用一种专业的眼光检查着我的手，"比如亮面的。"

"我不怎么涂指甲油。"我回答。

"哦，你最近想变好看点，是吧？不管是为了什么。"她对我挑挑眉毛，我让她小声点。

梅芙看到我脸红了也笑了起来："也许你可以试试看嘛。"

和昨天的午餐时间比起来今天聊天的内容比较日常、无伤大雅。昨天我讲了警局和纳特妈妈的事，事实上阿蒂也被叫了过去，又被问起丢失的肾上腺素笔。昨天我们是杀人嫌犯，各自有着复杂的私生活。今天我们变回了普通的小女生。

隔着几张桌子，一个尖锐的声音传来，打断了我们的对话。

"像我和他们说的那样，"凡妮莎·梅里曼说，"到底谁的丑闻是真的？到底谁在西蒙死后崩溃了？是那位杀人凶手！"

"她又在叨叨什么？"阿蒂含糊道，像只小松鼠一样啃起了她的大面包。

简娜坐在我们边上，一如往常的沉默寡言，她突然看了阿蒂一眼，说："你没听说？米哈伊尔·帕瓦斯的团队再次出动，很多学生都被采访了。"

我的胃里一阵翻滚。阿蒂把餐盘推到一边。

"哦，真好。我就等着这个呢，凡妮莎可以在电视上公开数落我的罪行。"

"没人真的觉得是你干的。"简娜安慰她，然后朝我点点头，"还有你，还有……"

她望了望库伯，库伯正往凡妮莎那桌走去，手上端着个餐盘。库伯看到了我们，然后改变路线坐到了我们这儿。有时候他会这样，一开始先陪阿蒂坐几分钟，表明自己没有像其他人那样抛弃她，然后又坐回到他们的小团体中去，以免杰克生气。我不知道他到底是贴心还是懦弱。

"大家怎么样？"库伯问，开始剥起手上的橘子。他穿着一件灰绿色衬衫，很衬他褐色的眼睛。因为常年日晒，他脸上的古铜色比其他地方更深，不仅不突兀，反而凸显出他的男孩子气。

我以前觉得库伯是全校最帅的，他现在应该还是校草，但是最近发生的一些事让我觉得他像肯[①]一样，帅得有点油腻、有点不真实。可能是我口味变了。

"米哈伊尔·帕瓦斯采访你了吗？"我开玩笑道。

在他回答之前，一个声音在我背后响起。

[①] 肯（Ken），芭比娃娃的男朋友，一款经典的帅哥玩具，也常被用来指特别帅的男孩子。

"当然要采访。加油干,努力加入'杀人团伙',你们是大家的英雄。替天行道有什么错?"莉亚·杰克逊在隔壁桌叫嚣着。莉亚没有注意到简娜的反应,简娜脸红了,僵坐在位置上。

"你好,莉亚。"库伯耐心地打招呼。他之前就见识了莉亚的言论,我想,是在西蒙的追悼会上。

莉亚看了看他,最后把目光落在我身上。

"你要承认自己作弊吗?"她的语气很温和,表情也很友好,但我还是呆住了。

"莉亚,你真虚伪。"我没想到梅芙说话了。

只见梅芙盯着莉亚的眼睛说:"你一边说西蒙传谣言,一边自己也传。"

莉亚向梅芙做了个敬礼:"说得好,小罗哈斯。"

不过梅芙才开了个头而已。

"每天聊这个话题真是烦死人。为什么大家不去抨击一下'关乎'APP?"梅芙直直瞪着莉亚,充满挑衅,"你怎么不说说?因为你知道它表面看上去没毛病,但实际上你知道这个 APP 有多损。"

莉亚畏缩道:"我可没拿 APP 说事。"

"为什么不说?"梅芙逼问,我从没见过这样的梅芙,她眼睛里充满着狠劲儿。

"你什么也没有做错,西蒙是错的那个。他干了这么多坏事,还有人把他当成英雄?这难道正常吗?"

莉亚回瞪了一眼,我看不懂她的表情,好像是,得意的意思?

"当然不正常。"

"别只说不做。"梅芙说。

莉亚突然站起来,用手往后撩了撩头发,从袖子里露出一截手腕,可以看见上面有月牙形的伤疤。

"我会做的。"说完,她大摇大摆地走出了餐厅。

库伯对着莉亚的身影眨眨眼。

"啊哈,梅芙,如果我哪里惹到你了,请一定要告诉我。"

梅芙皱了皱眉毛,我想起她还没有解开关于库伯的那份加密文件。

"莉亚没有惹我。"梅芙小声说,愤愤地在手机上打着什么。

我有点害怕:"你要干吗?"

"把西蒙在4chan论坛的帖子发给米哈伊尔节目组。"她说,"他们是记者,对吧?应该看看这个。"

"什么?"简娜大叫道,"你在干什么?"

"西蒙在论坛上参与的一些帖子讨论,都是一些反社会分子,喜欢校园枪击之类的。"梅芙说,"我花了几天时间读帖子。西蒙只是跟帖,但是也说了很多恶心话。他都不觉得橘郡①的枪杀案有问题。"

梅芙继续打字,简娜的手一下子抓住她的手腕,似乎是想阻止。

"你怎么知道的?"她激动起来,回过神来发现自己说漏嘴了。

"放开她。"可是简娜不听我的。我伸手去掰她的手指,她的手指冰凉冰凉的。简娜猛地一后退,椅子发出响亮的摩擦声。然后她放开梅芙,挣脱我的手,站了起来。

"你们根本不了解西蒙。"她说着感觉要哭起来了,最后和莉亚一样跺着脚出去了。希望她别去找米哈伊尔·帕瓦斯说理。我和梅芙交换了个眼神。我用手指敲打着桌子,真是搞不懂简娜。这么多天,我都不知她为什么要和我们坐在一起,我们怎么会不说西蒙呢?

听到我们这样说西蒙,难道很奇怪吗?

---

①橘郡(Orange County),美国加利福尼亚州南部一个富有的郡,枪击案发生频率非常高,包括校园枪击案。

"我也要走了。"库伯突然来了句,再不走就来不及陪杰克坐坐了。他拿起几乎都没怎么动过的餐盘,缓缓地向他的小团体那桌走去。

我们这一桌又只剩下几个女生了,大家继续吃完剩下的午餐。另外一个愿意和我们坐一起的男生从来不会来餐厅吃饭。但后来我在走廊上碰到了纳特,脑子里的西蒙、莉亚、简娜通通闪到一边去了,因为纳特朝我笑了一下,只是一下。

天哪,他笑起来好帅啊。

阿蒂

10月19日，星期五，11:12

这个点跑道上很热，我不应该这么拼命跑。这只是体育课活动而已。但是我的胳膊和腿有使不完的劲儿，我的肺部随着我的动作一呼一吸，好像骑车让我比以前更有活力了。汗水从我的额头淌下来，T恤也汗湿了。

当我超过路易斯和欧利维亚时，一股自豪感油然而生。超过路易斯看上去不怎么吃力，而欧利维亚是田径队的。

杰克跑在我前面，我想追上去，又觉得太傻了，因为他跑得明显比我快很多，他还比我壮、比我高。要超过他，除了拼命跑，没有别的办法。他不再是一个远远的点了，我慢慢靠近着，在转弯的时候用尽全力，咬住速度，也许，干脆就——

我的身体从地面飞了出去，嘴里都是血的味道，我咬到了自己的嘴唇，手掌狠狠地压到了地上。地上的小石子划破了我的手掌，嵌进肉里，留下好多小伤口。我的膝盖疼得要死，我这才发现膝盖受伤的地方在地上留下两大块红色。

"哦，天哪！"凡妮莎假装关心地说，"可怜啊，这下腿残了。"

不，我的腿还能跑。我看着杰克的时候，某人的脚故意绊到我的脚踝，我摔倒了。我很清楚是谁的脚，但是说不出话，只顾着用力呼吸。

"阿蒂，你没事吧？"凡妮莎还在装模作样，她蹲到我身边，然后凑到我的耳朵边轻声说，"活该，你这垃圾。"

我倒是想回敬一句，但是连呼吸都困难。

体育老师来了，凡妮莎往后退。等我缓过来想骂她的时候，她已经跑了。体育老师看了看我的膝盖，转了转我的手，最后建议道："你需要去一趟医务室,把伤口清理干净,用点抗生素。"

学生都往我这边靠拢,老师在人群中扫了一眼,呼唤道:"简娜,送她去医务室。"

还好不是凡妮莎或者杰克。话说回来,自从布朗温的妹妹把简娜气走后,我已经好几天没见到简娜了。去教学楼的路上我一瘸一拐地走着,简娜一直没有看我,直到我们走进门口。

"怎么了?"她帮我推开门。

"凡妮莎版的'荡妇羞辱'①。"现在我可有力气说笑了。我没有往教学楼右边走,而是朝左边去了更衣室。

"你应该去医务室。"简娜说。我朝她摆摆手,过去的几个星期我都没敢靠近医务室。再说我这只是轻微的擦伤,冲洗一下应该就没事了。我跛着脚到了柜子边,脱下衣服跑到淋浴喷头下打开热水,看着红色棕色混合的水打着转流进排水口。我站在那儿冲洗着,直到水不再红了才走出来,拿了一块毛巾裹着,看到简娜拿来了一包创可贴。

"我帮你拿的,你的膝盖最好弄一下。"

"谢谢。"我弯下腰坐到板凳上,把肉色的创可贴贴到膝盖上,这下肯定不会再出血了。我的手掌也擦伤了,又红又肿,但是没地方可以贴创可贴,贴了也没什么用。

简娜也坐到板凳上,尽量和我保持着距离。我最后在左膝盖上贴了三块,右膝盖贴了两块。

"凡妮莎很恶心。"她平静地说。

"说得好。"我站起来,试着走了几步。感觉好多了,我走到柜子边拿出衣服。

---

① 荡妇羞辱(slut shaming),指责女性穿着暴露、生活方式开放等方面,从而贬低或者嘲笑女性的现象,常见于美国高中的校园暴力中。

"但是我活该,不是吗?大家都这么想的。我想西蒙就想要这种效果,把一切秘密都找出来,让所有人来评判对错。"

"西蒙……"简娜又开始呜咽起来,"他没有,没有大家说的那么坏。我是说,他在'关乎'APP上是过分了,写了很多坏话。但是过去的几年西蒙也不好受。他多么想合群,但是大家都排挤他。我不觉得……"她改了措辞,"西蒙不是故意要这样整你的。"

她听起来确实很难过,但是我现在没办法说服自己同情西蒙。我穿好衣服,关好柜子。体育课还有二十分钟才下课,但是我不想再回去见凡妮莎和她的狗腿子们。

"谢谢你的创可贴。和他们说我还在医务室,好吗?我一会儿就去图书馆。"

"好。"简娜重重地坐回了板凳,看上去憔悴又心累。我走到门口的时候,她突然喊道:"下午能和你谈谈吗?"

我转向她,有点意外。我想我们的关系没有好到可以"谈心"的地步……吧。怎么说呢,我们也还算不上闺蜜。

"嗯,好。"

"我妈在家里组织了读书会,所以,我去你家好吗?"

"行啊。"不知道我妈看到简娜会有什么反应,她应该习惯了花枝招展的吉丽和欧利维亚。不如说简娜是放学顺路来我家坐坐。

我本来想请布朗温也过来,突然想到她好像被禁足了,而且她还得上钢琴课。学霸是没有时间玩耍的。

放学到家,我刚把自行车停到树荫下,简娜就到了,拽着她的大书包,看起来像是来讨论功课的。我们和我妈随便闲扯了几句,我妈从上到下打量着简娜,从她的耳钉、唇钉到她磨破的长靴子。我连忙把简娜带上楼看电视。

"你喜欢看网飞的新剧吗?超级英雄那个。"我拿了电视机的遥控器问她,然后整个人栽倒在床上,这样简娜就可以坐到我的扶手椅上。

简娜小心翼翼地坐下,就好像那块粉色的沙发布会吃了她一样。

"我都行。"她把背包放到身边,同时注意到了墙上的照片框。"你很喜欢花?"

"也没有很喜欢。我姐买了个新相机,我就拿着到处瞎玩,嗯,我把很多旧照片都换掉了。"

旧照片现在静静地躺在我的鞋盒里,那里面充满着我和杰克的回忆,整整三年,还有和其他朋友拍的。有一张我很犹豫要不要,那是去年夏天我和吉丽、欧利维亚还有凡妮莎在沙滩上拍的,戴着大大的遮阳帽,笑得很开心,背后是蓝蓝的天。那是一次难得"只属于妹子们"的出游。但是现在想来,幸好自己做了个正确的决定——让凡妮莎的傻笑在橱柜里永不见天日。

简娜摆弄着背包的带子。

"你一定很想回到过去。"她的声音很轻。

我琢磨着她的话,眼睛还是看着电视屏幕。

"也想,也不想。只是我觉得以前在学校里多轻松啊。但是现在我才知道那些朋友什么的,真正关心我的很少。对吧,也许一切早就变了。"我在床上翻来滚去,最后加了一句,"我不会再自称了解你的感受——你失去西蒙的那种感受。"

简娜的脸红了,没有回答。我有点后悔自己提了西蒙。我还是不太会和简娜交流。我们算朋友吗?还是被迫抱团取暖呢?我们看着电视,保持着沉默。

最后是简娜先清了清嗓子,问:"有喝的吗?"

"我去拿。"能够摆脱尴尬的沉默实在太好了。我在厨房里碰到了我妈,稍微讲了一下(也就十分钟)简娜的情况。等我拿着两杯柠檬水上楼,却看到简娜拿着背包出来了。

"我身体有点不舒服。"她含糊地说。

好极了,就连她都不想和我抱团取暖了。

我有点郁闷地给布朗温发了消息,没想到她会马上回我,我以为她可能在弹奏肖邦的《夜曲》之类的。但是我错了,她回复的消息让我有点吃惊。

布朗温:你要小心,我不太相信她。

库伯
10月21日,星期日,17:25

快吃完晚餐的时候,爸爸的电话响了。他看了一眼打过来的号码,然后马上接了起来,嘴角绷紧着说:"我是凯文,嗯,什么,今天晚上?一定要去吗?"

他听完对方的回答,又说:"好吧,我们在那里和你碰头。"

接着他挂了电话,懊恼地叹了口气:"还有一个半小时,我们去警察局见你的律师。张警官要和你再谈谈。"

我张口要问,他伸手示意道:"别问我,我也不知道为了什么。"

我咽了口口水,警方已经很久没有来找我了,我一直还盼着这事能有个完结。我想给阿蒂发个消息,看看是不是也叫她过去了。但现在我被管得死死的,被告诫说最好不要留下有关案子的任何书面记录。打电话给她也不行,所以我只能吃完饭,乖乖地和爸爸开车去警察局。

我们进去的时候,我的律师玛丽正在和张警官谈话。张警官领着我们到了审讯室。审讯室和电视里看到的那种不太一样,没有大块的玻璃窗和双面镜子。就是一个浅褐色的小房间,有一张会议桌和几把折叠椅子。

"你好，库伯，克莱先生，感谢你们抽空过来。"我正要从张警官身边过去，他用手拍了拍我的手臂，说，"确定要让你爸爸在场吗？"

有什么是我爸不方便听的吗？

我正要问他，爸爸先骂骂咧咧起来，在我受到询问时，没有不让他在场的道理。他把这个观点说了又说，就好像上了发条一样，你只得等他讲完。

"当然，"张警官倒是很有礼貌，"主要是我考虑到库伯的隐私问题。"

"隐私问题"四个字让我有点紧张，我只好转向玛丽。

"凯文，我和库伯在这里应该没问题。"她说，"如果有需要，我会再叫你进来。"

玛丽蛮有一套的，她五十多岁了，但是说话思路很清晰，能够对付警察和我爸。所以最后我和她还有张警官三个人留在了屋子里。

我的心跳还是很快，只见张警官拿出了一台笔记本电脑。

"库伯，你之前一直有提到，西蒙说的兴奋剂不是真的。而且你最近的训练成绩确实没有下滑。听说西蒙的 APP 报道的消息一直没有出错过，这里显然有点问题。"

我试图保持淡定，虽然我和他想的一样。张警官第一次给我看西蒙的推送时，我其实一点也不生气，甚至还松了一口气，因为一个谎言总好过某个事实。但是为什么西蒙只在我的推送上作了假？

"所以我们深挖了一下。结果发现我们在一开始分析西蒙后台存档时有了遗漏。实际上存在一个原文件，加了密，被兴奋剂的内容覆盖了。我们花了一点时间才解开原文件，你看。"

说着他把电脑屏幕转向我和玛丽。我们凑上前读了起来。

人人都在比赛争夺贝维优的左投手 CC，结果某人也确实赢得了他。CC 迷上了美型的 KS，一个惹火的德国内衣男模特。直男可不会这样，是吧？只不过他比较喜欢三角裤和平角裤，对美女没啥兴趣。对不起，CC，你分明就站错了队伍，我们要取消你的参赛资格！

我身体的每个部位都冻住了，只有眼睛一个劲地眨着。我害怕了几个星期的事情，终于还是来了。

"库伯，"玛丽的声音很平静，"你别这样。张警官，你有什么问题吗？"

"有。西蒙准备发的这条推送，是真的吗，库伯？"

我刚准备反驳，玛丽抢在我前面回答："这和犯罪没有关系，库伯不需要回答你的问题。"

"玛丽，你应该明白我不是这个意思。现在的情况很有趣：四个学生，各有一个秘密不想让人知道。而其中的某个被删了，还用一个假消息覆盖了。知道这意味着什么吗？"

"说明这种栽赃手法很下流？"玛丽问。

"意味着，有人能够接触到西蒙的后台，修改推送的内容。可以确定的是，西蒙自己是不会做这种事的。"

"给我们几分钟，我要陪着我的客户。"玛丽说。

"当然可以。不过，你应该知道，我们可以申请对克莱家的搜查令，调查库伯的电脑和手机记录。鉴于目前的新发现，我们会比以前更留意他。"

玛丽一只手按在我的胳膊上，示意我不要说话。她其实多操心了，即使我想说也说不出。

公开他人的性取向侵犯了对方的隐私权，连宪法上都写得清清楚楚。玛丽是这样告诉我的，她还威胁说如果警方把西蒙关于我的推送公布出来,她会向美国公民自由联盟①寻求帮助。可是闹到这一步也未免太离谱了。

张警官没有正面回答,他说没有要侵犯我隐私的意思,但调查还是要继续。如果我和他们老实交代,会对调查比较有利。

我感觉我们现在是在鸡同鸭讲。他希望我坦白自己杀了人,删了原先的记录,用假的消息打掩饰。

荒唐到了极点。我为什么删了原文件还要弄个假消息?而且还是一个会毁掉自己前途的假消息?我完全可以编一个无足轻重的,比如背着吉丽去撩别的妹子。这才叫作一石二鸟。

"没什么大不了的。"玛丽坚持道,"你没有任何真正的证据,可以证明是库伯修改了西蒙的管理后台。而且,你也不能借调查的名义,来公布西蒙敏感信息的后果。"

没什么大不了的,意思就是,暴露就暴露了呗。反正这个案子从一开始就是"人人暴露点隐私"才行。但是我不能在这里叽里呱啦聊了一个多小时,然后出去和我爸说西蒙未发表的推送中说我和克里斯是一对儿,但我们只是朋友,然后尴尬地解释他们已经谈论很久的我和吉丽的分手原因。我宁愿什么都不说,因为西蒙的消息从来没有人怀疑过。大家都觉得他推送的消息一定是真的。

张警官走之前还说,在接下来几天他们会更深入地调查我。他们想要克里斯的手机号码,玛丽说我没有必要给他们。张警官则提醒玛丽,他们可以自行调查我的通话记录。他们也要和吉丽好好谈谈。玛

---

①美国公民自由联盟((The American Civil Liberties Union,简称ACLU),一直致力于维护美国公民的言论自由、宗教自由以及隐私权等基本权利的组织。ACLU律师们的努力还影响了美国宪法的诠释,每年该组织会处理大约6000起诉讼案件。

丽继续用民权同盟压他们，张警官还是不紧不慢地告诉她，在发现杀人证据前，他们需要掌握我几个星期的一举一动。

不过，我们都知道目前的情况。在摆脱他们施加的压力之前，我的生活就会被搞得一团糟。

张警官走了，我和玛丽坐在审讯室里，我一下子把头埋在手臂里，幸好这里没有双向镜子。

一切都完了，完了。

很快，大家看我的眼光都会变了。

"库伯，"玛丽拍拍我的肩，"你爸爸会好奇我们为什么还待在这儿，你得自己和他说清楚。"

"不行。"我机械地回答。我办不到。

"你爸爸会理解你的，他爱你。"她小声说。

我差点笑出来。他爱的是"库伯斯敦"，不是我，他只爱那个在球场上投球的我，那个得到球探密切关注的我，那个名字出现在体育新闻滚动条里的我。不是现在这个谣言中的我。

他都不了解真正的我。

我还没反应过来，一阵敲门声响了起来。爸爸把头探了进来，打了个响指。

"结束了吗？我想回去了。"

"好了。"我回答。

"该死的，到底是什么事？"他问玛丽。

"你和库伯聊吧。"玛丽说。爸爸一听，绷紧了下巴，心里肯定在想：我们花钱请你干吗？我都可以从他脸上读出这句话。

"然后我们再讨论之后的行动。"玛丽补充了一句。

"那好。"爸爸喃喃道。

我站起来，缩紧着身体，好不容易从桌子和墙之间的空隙走出去，绕过玛丽来到走廊上。我们没有说话,一个接着一个地走着,一直到了警局玻璃双开门前,玛丽才道了一句"再见"。

"晚安。"爸爸回应道,径直带着我走向停车场另一边,到了我家车前。

我坐进吉普车,坐到他的身边,脑子里有无数的想法在打架。我怎么开口?我要说什么?我是现在告诉他,还是等我们回家再说?这样妈妈和奶奶都在,天哪,我忘了还有卢卡斯。

"到底是什么事,"爸爸问,"你们谈了这么久?"

"有新证据了。"我突然开口。

"嗯?什么证据?"

不行,我办不到。至少不能在我们两人独处的时候。

"等回家了再说吧。"

"要紧吗,库伯?"爸爸瞥了瞥我,同时超了一辆慢悠悠的大众车,"你有麻烦吗?"

我手心出汗了。

"一会儿再说。"我重复道。

我要告诉克里斯发生了什么,但是我不敢给他发消息说他被牵扯到谣言中了。我应该去他的公寓当面讲清楚。又会是一次很磨人的对话。克里斯初中就辍学了,他爸妈都是艺术家,所以他爱怎么样都没有关系。艺术家嘛,你也知道的。

我望向窗外,用手指敲打着车门,就这样一路到了家里。爸爸把车倒进停车道,我看到我家的屋子就在眼前。坚实的房子,熟悉的感觉,却是我此时最不想去的地方。

我们进了家门,爸爸把钥匙串扔到玄关的桌台上,看到了客厅里的妈妈。她和奶奶正挨着坐在沙发上,仿佛已经等我们很久了。

"卢卡斯呢?"我问,跟着爸爸进了客厅。

"在楼上玩Xbox游戏。"妈妈把电视调成静音。奶奶把头转向我,眼睛看着我。

"一切都好吗?"她问。

"库伯神神秘秘的。"爸爸瞟了我一眼,半带着精明,半带着不屑。面对我明显的情绪波动,他不知道是否应该当回事儿。

"告诉我们,库伯斯敦,到底是什么事?这次他们真的掌握了证据?"

"他们自己是这样想的。"我清清嗓子,手压在卡其裤上,"我是说,对。他们有了新的发现。"

大家都没有说话,试图消化这句话。最后他们发现我没有急着往下讲的意思。

"什么新发现?"妈妈追问。

"警方在进入西蒙APP管理后台之前,里面就有一个加密的文件。我猜应该是他原本打算推送出来对付我的。不是兴奋剂的事。"我的口音又跑出来了。

因为爸爸自己就有口音,所以他没有注意到我的变化。

"我知道了!"他表现得好像获得了胜利,"他们证明你是清白的,对吗?"

我没说话,脑子里一片空白。奶奶凑上前来,手抓着骷髅拐杖。

她问:"库伯,西蒙原本要推送什么?关于你的什么?"

"呃,"简简单单几个字,却可以彻底将我的人生划成前后两个不同阶段。我感到呼吸困难,不敢看妈妈,当然更不敢看爸爸。所以我只好望着奶奶。

"西蒙,不知怎么,认为,"天哪,还差几个字了,奶奶用拐杖敲了敲地板,示意我继续说,"认为,我喜欢男的。"

爸爸笑了。真的笑了,就是那种如释重负的大笑,猛地拍了一下我的肩膀。

"我的老天,库伯,真好笑,哈哈,说真的,到底是什么事?"

"凯文,"奶奶一个字一个字地说,"听库伯说。"

"怎么可能?"爸爸的脸上还在笑。我看着他,很确定这是他最后一次这样看我了。

"对吧?"我们对视着,他的眼神里充满着怀疑。

"对吧,库伯?"

"他错了。"我告诉他。

阿蒂
10月22日，星期一，8:45

贝维优高中的校门口又停满了警车。库伯磕磕绊绊地走过学校大堂，就好像几天没睡觉似的。我没把这两件事联系起来，直到第一节课上课铃响前，库伯把我拉到一边说："能聊聊吗？"

我凑近了一些，仔细打量他，肚子里涌起一阵不舒服的感觉。我从没有见过他的眼睛像这样布满血丝。

"当然可以。"我说。

我以为他是指在走廊上聊聊，没想到他带着我穿过后楼梯间，来到停车场上。

我们靠在门边的墙上，这下我可能来不及去指导教室了。不过我的出勤记录反正都这么差了，多一次缺席也不会怎么样。

"怎么了？"

库伯用手捋了捋黄棕色的头发，头发被弄得竖了起来，我从来没想过他的头发还可以这样。

"我觉得警察是为我来的，要找人问我的情况。我就是想找个人解释一下原因，趁一切都还没有玩完。"

"好。"我伸手抓住他的小胳膊，他竟然在颤抖。

"库伯，出了什么事？"

"是这样的……"他停住了，费力地哽咽了一下。

看起来他要坦白什么秘密。有那么一会儿，西蒙闪过我的脑海。禁闭室里，他突然倒下，呼吸困难，大口喘气，满脸通红。我不由得退缩了一下，接着我注意到了库伯的眼睛，泪水汪汪的，但还是那么善良。我立刻打消了先前的念头。

"到底怎么了，库伯？没事的，请你告诉我。"

库伯看着我，把我瞧了个遍。我没有心思好好地打理造型，任由头发乱糟糟地缠在一起。因为压力整个人暴瘦，身上还穿着一件褪色的 T 恤衫，印着阿舍顿过去喜欢的某个乐队，这件衣服不知道洗了多少次了。

接着我听见库伯说："西蒙的推送里说我喜欢男的，但我并不这样。你相信吗？"

"哦，"一开始我还没有反应过来，"啊。"

突然，我想到了库伯对吉丽为什么不上心。我觉得应该再说点什么。

"很好。"

这算什么鬼回答啊？但我可是认真的。我一直觉得库伯很好很棒，除了有点"不食人间烟火"，我并不相信。

"西蒙看到我和某人见面，是一个男生，以为我和他是一对。他本来打算把这事和你们几个的一起曝光，后来又删了，还改成了兴奋剂的假消息。"他连忙加了一句，"但是警方认为是我干的。所以他们正在彻查我，也就是说，很快整个学校都会知道。我想，我得亲自找个人说说。"

"库伯，谁会在乎——"我还没说完，库伯摇摇头。

"谁都在乎，你知道的。"他说。

我低下头，发现自己没法反驳。

"这些日子来，我一直都畏畏缩缩，"他继续说，声音嘶哑，"盼着他们找不到证据，只好当作意外处理。可是现在，我开始琢磨梅芙那天说的话——西蒙身边确实有很多怪事，你觉得呢？"

"布朗温也这么觉得。"我说，"她希望我们四个人能站到一起，合作起来。她说纳特同意了。"

库伯心不在焉地点点头，我又想到他大部分时间还在杰克的圈子里，所以很多事情应该来不及知道。

"对了，你知道纳特的妈妈么？她竟然没有死。"

库伯的脸色苍白得吓人，但是他保持了镇定。

"什么？"

"说起来可复杂了，不过，嗯，事实上她是去了治疗中心治疗，现在又回来了。我想应该是治好了。哦，布朗温也被叫去警局了，因为高二那年西蒙写了一篇文章恶心她的妹妹。布朗温在文章的评论里骂他'去死'。所以，嗯，你懂的。现在情况有点糟糕。"

"这都是什么鬼？"看着他困惑的表情，我成功帮他转移掉了他的注意力，使他没那么关注自己的问题。铃响了。

"我们走吧。还有，嗯，如果你们打算一起合作，加我一个。"

贝维优警方又在学校里设了一个临时会议室，开始一个个地找学生问话。一开始没有走漏风声，我还想着库伯可能多虑了。但是到了星期二的上午，一些闲言闲语开始传开了。

我不知道是来自警方的问题，还是因为被采访的同学，或者只是老一套的"以讹传讹"。

但是在午饭前，我正站在我的储物柜前，我的闺蜜欧利维亚（哦，只能算"前闺蜜"，自从杰克打了特里之后，她再也没有和我说话）

跑到我边上,一把抓住我的胳膊,看上去很激动。

"哦,天哪,你听说了吗,库伯的事情?"她的眼睛兴奋地瞪着,声音低得像是在说悄悄话,"大家都说他是 gay。"

我挣开她的手。如果她觉得我很感谢她分享了这个八卦,那就大错特错了。

"所以呢?"我平静地说。

"嗯,吉丽反应可大了。"欧利维亚"咯咯"地笑道,甩了甩头发。"怪不得他们两个一直别扭扭的!你这是要去吃午餐吗?"

"对,和布朗温一起,再见。"我狠狠地甩上柜门,扭头就走,以免她又开始叽叽歪歪。

到了餐厅,我盛好菜,走到一直坐的那张桌子。布朗温长发披肩,穿着无袖套头毛衣,搭配了一双靴子,看上去蛮不错的。我注意到她的脸颊微微泛红,差点以为她化了妆。要说是真的,这妆也太自然了点。布朗温的眼睛一直看着餐厅的门。

"在等某人?"我问。

她的脸更红了,说:"应该吧。"

我当然知道这个"某人"应该不是指库伯,尽管整个餐厅的人都在等库伯出现。当库伯走进门的时候,餐厅里突然安静了片刻,接着大家都小声议论起来。

"库伯·克莱是个 gay!"有人怪叫一声。库伯在门口站住没动,刚想说点什么,有什么东西从空中飞了过去,击中了他的胸口。

"嗨,你的男朋友呢?"有人起哄道,屋里响起一阵笑声。有出于恶趣味的,但更多的人是震惊和紧张。大部分人看上去无所适从。我没有说话,也没有笑,库伯此时的表情可吓人了,我从没见过,也不希望看到。事情怎么会这样呢?

"哦,都给我闭嘴。"

纳特走进了餐厅的门，和库伯站在一起，我很惊讶，他可是餐厅的稀客。餐厅里剩下的人同样很惊讶。纳特环顾了一圈眼前，大声喊道，盖过了所有的小声议论，声音中充满不屑。

"你们这群傻冒，来真的？做个人好吗？"

一个女生高喊一声："这是他男朋友吧！"说完还假装咳嗽了一声。

凡妮莎一个劲地傻笑，她周围的人都哄笑成一团。这种笑声过去围绕着我半个月，我半带着愧疚，半带着庆幸地想着：幸好这事没发生在我身上。

只有吉丽没有笑，她咬着嘴唇，眼睛盯着地上。路易斯半站起身，小胳膊撑在桌子上。

一个盛饭的大妈走到厨房和餐厅的走廊间，似乎在犹豫，到底是继续吃瓜看戏，还是叫个老师过来处理。

纳特冷眼对着凡妮莎的笑脸，看上去没有一点不好意思。

"真的吗？还有什么想说的？上次我们在派对上见过吧？我都不认识你，你就想勾搭我。"

餐厅里笑得更起劲了，但这次不是笑库伯。

"哦，对了，要我说，如果我们学校能找出一个没被你这样勾搭过的，我可以请他吃饭。"

凡妮莎吓得张大嘴巴。这时候餐厅里有人举起手。

"我没有被勾搭过。"一个坐在"宅男餐桌"的男生说道。他的宅男朋友们都紧张地笑了起来，整个餐厅的目光都转向了他们。就像无线电波从一个目标射向另一个目标。

纳特对那个男生竖起拇指，目光又转向凡妮莎。

他说："所以呢，拜托给我做个人，闭好你的臭嘴。"说完，纳特走向我们这一桌，把背包挨着布朗温放好。

布朗温站起来，双手环住纳特的脖子，旁若无人地吻了他。整个餐厅都沸腾了,有人倒吸气,有人在怪叫。我和所有人一样瞪大眼睛看着他们。

好吧,我承认自己的表情有点夸张,但几乎所有人都和我一样的表情。

我不确定布朗温是有意要把所有人的注意转向自己,还是情不自禁。也许两者都有。但起码没有人再顾得上库伯了。他一脸茫然地站在门口,我赶紧过去拉住他。

"过来坐,我们这群'杀人犯'坐一桌,他们想看就让他们看个够好了。"

库伯一路跟着我,什么吃的都没有拿。我们坐下后,陷入了尴尬的沉默,直到某人走了过来。是路易斯,他拿着他的餐盘,弯下身子坐到了我们这桌最后一个空位上。

"一群傻冒。"他生气地说,我这才发现库伯面前什么也没有。

"你不吃吗?"我问。

"我不饿。"库伯的回答很简短。

"你该吃点的。"路易斯把餐盘里剩下没碰的食物给了库伯。

库伯虽然有些憔悴,但还是朝路易斯笑了一下。

在这种时候,你才会发现谁是你的真朋友。结果表明我并没有,但是很高兴库伯有一个。

纳特
10月25日，星期四，12:20

我缓缓把摩托开进贝维优地产街尽头的死胡同，关掉引擎，静静地待上一分钟，确保附近没有别人。周围很安静，于是我爬下车，伸手扶布朗温下车。

这里的社区才建了一半，还未完工，路灯还没有装，我和布朗温在一片漆黑中走到了五号房。走到房门口，我试了试门把手，门上了锁。我们只好绕到房子后面，我推了每一扇窗户，终于找到一扇没关好的，窗户离地不高，我一下子就翻了进去。

"你回前门去，我给你开门。"我轻声对布朗温说。

"我觉得我也能爬进去。"布朗温说完，试着自己进来，但是她臂力不行，我只好上前帮忙。窗户的大小不够两个人活动，当我拉她起来后，又往后退了几步给她腾空间。剩下的全靠她自己爬，最后她"砰"的一声跳到了地板上。

"漂亮。"在我夸她时，她站了起来，拍拍牛仔裤。

"住嘴。"她小声说，往四周看了看，"要去把前门打开吗？这样阿蒂和库伯比较好进来。"

现在是午夜时间,我们在一间空荡荡的还没有装修好的屋子里,等着开一场"贝维优四人组"的会议。听上去有点像间谍烂片的情节,但是我们没有可以聚在一起,又不会招来别人注意的地方。

米哈伊尔·帕瓦斯的团队整天在我们街上晃悠,就连我那个"事不关己高高挂起"的邻居都和我扯到了一起。

而且,布朗温还在禁足期间。

"嗯。"我表示同意,于是我们经过建了一半的厨房,进了一间有大落地窗的客厅。月光把房间照亮,我拧开了门闩。

"你和他们说是几点?"我问。

"十二点半。"她说着然后按了一下她的苹果手表。

"现在几点了?"

"十二点二十五。"

"好极了,我们还有五分钟。"我伸出手抚摸她的脸颊,把她推到墙上,凑过去找到她的嘴唇轻吻起来。她的身体贴着我,双手环住我的脖子,张开嘴发出一声温柔的叹息。

"纳特。"几分钟后她轻轻呼唤我,"和我讲讲,你和你妈怎么样了。"

好吧,大概是要讲讲的。我今天下午又见了我妈一面,整体感觉还行。她到得很准时,表现得也很正常。她没有再乱问问题,给了我还欠款的钱。只不过,我一直在和自己打赌,这样的情况能持续多久。目前来看大概是两个星期。

我还没有回答布朗温,房门"嘎吱"一下开了,独处时间到此结束。一个矮小的身影溜了进来,并随手关上了身后的门。月光很亮,我能够看清阿蒂,发现她头发颜色变深了。

"哦,幸好,我不是第一个来的。"她小声说,双手撑在屁股后,同时打量我和布朗温,"你们两个真在一起了啊,当真的吗?"

"你染头发了?"布朗温松开我,问阿蒂,"染什么颜色了?"

布朗温伸出一只手,摸了摸阿蒂的刘海:"这是紫色吗?干吗要换颜色?"

"短发不好打理,"阿蒂咕哝道,把手里的头盔放到地上,"颜色染深了就看不出乱了。"

说完她不忘用手指了指我,补充道:"对了,如果不同意,请不要发表意见。"

我举起双手:"没有意见,阿蒂。"

"你终于记得我叫什么了啊。"她面无表情。

我笑了一下。

"你可算有点个性了,自从没了那头长发,哦,还有小男友。"

她翻了个白眼,问:"我们在哪里开会,客厅吗?"

"对,不过是在后边,不要靠近窗户。"布朗温说,带头绕过满地的装修设备,坐到了石壁炉前面,跷起二郎腿。我挨着她坐下,等着阿蒂就座。但她还站在门口那儿。

"我好像听到了什么声音。"她说完往门上的猫眼看了看。接着她打开门,让库伯进了屋。阿蒂带他到了壁炉边,结果自己差点被电线绊得飞出去。

"哦!该死,声音有点大,抱歉。"

最后她坐到了布朗温身边,库伯坐在她旁边。

"怎么样?"布朗温问库伯。

他用手擦了擦脸,说:"哦,你懂的,就像做了一场噩梦。我说的话没人相信。我爸还不想和我说话,我在网上的人设崩塌了,没有球队、没有球探,没人给鲁法洛教练回电话。除了这些外,倒是还可以。"

"抱歉。"布朗温说,阿蒂握住库伯的手,双手握着。

他叹了一声,一动不动。最后说:"大概只能这样了。让我们回到正事上,好吗?"

布朗温清清喉咙说:"嗯,主要是大家交换一下意见。以利说我们要看到事情的动机,找出彼此的联系。我觉得挺对的。我想,也许我们可以把自己知道的部分交流出来,嗯,或者讲一讲自己的困惑。"

她皱了皱眉,掰起手指:"西蒙要爆料我们四个人的事。有人利用假手机把我们和西蒙弄进一间屋子。西蒙当着我们的面被毒死了。除了我们四个外还有一大堆人想对付西蒙。他在4chan论坛上还惹了麻烦,谁知道他都招惹了些什么人。"

"简娜说,西蒙这个人,讨厌自己不合群,一直因为没追到吉丽耿耿于怀。"

阿蒂说着,看向库伯。

"你记得吗?西蒙在高三舞会就开始追她。之后几个星期的派对上,吉丽有点喝醉,和他勾搭了,也就五分钟左右吧。但是他当真了。"

库伯耸耸肩,好像想起了某件不愿想起的事。

"没错,嗯。这算是一个动机,或者是某种联系,就像你说的。我是说,我和纳特。"

"什么?"我没明白过来。

他看着我的眼睛。

"我和吉丽分手的时候,她告诉我,她和你在一起,是为了在派对上摆脱西蒙。然后几个星期后我就和她约会了。"

"你和吉丽好过?"阿蒂瞪着我,"她从没讲过!"

"就那么一阵子。"说实话,我自己都快忘了。

"你和吉丽是好朋友。或者说,曾经是好朋友。"布朗温对阿蒂说。她似乎没有为我和吉丽的事吃醋,我很佩服她的理智。

/255/

"但是我和她没有联系。所以,我不知道,不过这确实算某种联系吧?"

"我还是不太明白,"库伯说,"除了西蒙自己,没人在乎他和吉丽怎么样。"

"吉丽也许在乎。"布朗温指出。

库伯忍住不笑:"不是吧,你觉得吉丽和西蒙的死有关系?"

"反正就是畅所欲言嘛。"布朗温说,朝前靠了靠,双手托着脸颊,"她是你们之间的共同联系。"

"对,但是她根本没有动机啊。我们不应该谈论一下恨西蒙的人选吗?除了你。"库伯加了句,布朗温顿时显得有点僵硬。

"我是说,他写你妹妹的那个博客文章。阿蒂和我讲了。西蒙真的很卑鄙,真的。之前我还真没见过这篇文章,否则我会站出来说几句的。"

"嗯,我不会为了这种人赔上自己的。"布朗温认真地回答。

"我没那个意思——"库伯没说完,阿蒂就插嘴了。

"我们还是回归正题吧。莉亚有嫌疑吗?还有艾登·吴。他们肯定都快恨死西蒙了吧?"

布朗温咽了口口水,眼睛朝下看。

"我也怀疑莉亚,她,好吧,其实我和她有关系,我之前没和你们说过。她以前是我在模联比赛的搭档,我们当时不巧和西蒙说错了报名截止时间,导致他没资格参赛了。从那以后,西蒙就开始在'关乎'APP上疯狂地对付莉亚。"

实际上布朗温之前和我说过一次,这事困扰了她很久。但是库伯和阿蒂并不知道。

阿蒂开始挠头:"所以莉亚有理由恨你和西蒙。"接着阿蒂又皱起眉,"可是我们剩下的人呢?为什么要把我们扯进来?"

我耸耸肩："也许只是碰巧西蒙有我们几个人的把柄，我们被连累了。"

布朗温叹了口气，说："我不知道。莉亚是个暴脾气，但不像是那种卑鄙小人。我倒是觉得简娜更有问题。"布朗温转向阿蒂，"很奇怪的是，汤博乐上的文章在很多细节上都说对了。甚至是一些只有我们四个人才知道的细节，或者起码是和我们很亲近的人。你不觉得很可疑吗？我们被指控杀了她最好的朋友西蒙，她还整天和我们待在一起？"

"哦，老实说，是我邀请她的。她最近特别难受。而且你们没注意到吗？在西蒙死前的那段时间，他们俩都不怎么一起玩了。我在想，他们之间一定出了什么问题。"阿蒂往后一靠，咬着嘴唇，"但要是说有哪个人比较清楚西蒙要曝光谁的秘密，又要如何利用这些秘密，那只有可能是简娜。我只是，好吧，我也不知道。我不确定简娜会是做出这种事情的人。"

"也许西蒙拒绝了她的告白，她就杀了他？"库伯显得很疑惑，似乎没有把握说下去，"可是她怎么能办到呢？西蒙死的时候她又不在场。"

轮到布朗温耸肩了，她说："我们还不清楚作案手法。我和以利谈过，他说凶手可以故意设计一场车祸，从而引开我们的注意力，偷偷溜进教室。考虑到这种情况，所有人都可以办到。"

布朗温第一次提出这个想法的时候，我还当成是玩笑。但现在，我倒有点困惑了。我希望当时自己能多记得一些细节，现在就可以有把握说"这不可能"。可是有关那天的记忆变得模糊起来。

"当时出车祸的两辆车，一辆是红色的科迈罗。"库伯回忆道，"看上去很旧了。我之前都没有在停车场见过这辆车，之后也没有。现在想想，确实有点奇怪。"

"哦，拜托，"阿蒂嘲笑道，"你这太夸张了，听上去好像律师在做辩护一样。也许碰巧那天某人临时来接学生而已。"

"也不是说没有这种可能，我只是猜测嘛。路易斯的哥哥在市中心的修车厂工作，我可以问问他有没有见过这样一辆车，或者他可以帮我问问其他的店。"库伯举起手的同时，阿蒂挑了挑眉。

"嗨，你现在可是警方密切注意的对象，这样抛头露面真的好吗？我看悬。"

再聊下去也没有什么结论了。但我听着他们聊，脑子里闪过两个想法。第一，我觉得他们比我想象的还要可爱，当然布朗温更不用说了，情人眼里出西施。但是我以前觉得阿蒂很矫情，库伯也很虚伪。第二，我觉得我们四个都不会是凶手。

布朗温

10月26日，星期五，20:00

周五晚上，我们一家人准时坐在一起观看《米哈伊尔·帕瓦斯真相调查》。我比以前更担心了。既担心我在西蒙博客上的评论会增加自己的嫌疑，也担心我和纳特的事情会被报道。我不应该在学校里当众亲他的，尽管我有理由争辩一下：他替库伯出头的样子真的太帅了，帅得不像话。

不过其实我们一家都很紧张。梅芙在我身边蜷作一团，这时节目的主题曲响起，贝维优的照片在屏幕上一闪而过。

一起谋杀引发的"人肉搜索"。当警方查案涉及个人隐私泄露，却还以收集证据为由，这样的调查还能走多远？

等会儿，这是啥？

镜头聚焦在米哈伊尔身上，他看上去很生气。我坐直了身子，他盯着镜头说："这周，在加州贝维优发生了丑陋的一幕，一位涉案学生在警方持续调查下被迫公布性取向，立刻引发媒体轰动，牵动着每一位美国人——每一位呼吁保护个人隐私权的美国人。"

突然间，贝维优警方成了大反派。他们没有证据，随意干涉我们的私生活，还侵犯了宪法赋予库伯的隐私权。警方当然辩解了，发言人声称在进行案件调查的时候，他们很小心不让私密信息流出部门。但是现在全美公民自由联盟想要介入其中。来自"无证无罪"组织的以利·克莱恩菲特再次表明了看法，认为警方一开始的调查方向就有问题，一味要让我们四个做替罪羊，却不去考虑有其他嫌疑人的可能性。

"当时教室里还有一位老师,难道你们忘了?"以利这样问道,在堆满文件的桌后探了探身子,"他是在场唯一被当作证人、没有受到怀疑的人,他作案的机会比四个学生还要大。我们不能忽视这一点。"

梅芙把脑袋歪向我,小声说了一句:"布朗温,你应该去'无证无罪'工作。"

米哈伊尔讲到了下个部分:被害人西蒙·凯尔纳究竟是个怎么样的人?

西蒙的班级合照闪过屏幕,接受采访的人开始回忆他,回忆他的优异成绩,回忆他的美满家庭,回忆他参加过的各个社团活动。

接着莉亚·杰克逊出现在了屏幕上,站在贝维优高中校门口的草坪上。我瞪大眼睛,转向梅芙,她也同样吃惊。

"她真的做了,"梅芙喃喃道,"她真的去做了。"

莉亚的采访后面跟着的其他几个学生,也都是被西蒙谣言伤害过的人,艾登·吴,还有那个爆出早恋而被父母赶出家门的女生。在米哈伊尔扔出最后一个"炸弹"的时候,梅芙的手抓住了我的手,是西蒙关于橘郡校园枪击案最丧心病狂的言论,还用高亮划了出来:

看,在理论上我赞成校园暴力。但是这孩子的做法太没新意了,我是说,只能算还行,至少有点作用,可是没啥大意思。这种类似的枪击案我们是不是见过几百次了?学生在学校里开枪,最后把自己也打死,类似的新闻报道太多太多了。老天啊,能不能动点脑子,想点新玩法出来?

手榴弹?武士刀?或者来一次自杀式袭击,让我惊讶一下,好不好?我就这么点要求。

我回想起那天简娜在午餐时对梅芙表示不满的场景，梅芙说要发消息的时候。

"所以你真的把链接发给节目组了。"我低声说。

"真的，"她小声回答，"我不知道节目组有没有采用，因为没有人给我回消息。"

节目结束后，贝维优警方真的成了大坏人，而西蒙成了第二坏的人，阿蒂、纳特和我成了被卷入战火的无辜者，库伯则变成了圣人。整个事件的舆论导向发生了惊人逆转。

我不确定这还算不算纪实报道，但是《米哈伊尔·帕瓦斯真相调查》的报道在接下来的几天产生了巨大的影响。有人发起了停止警方调查的请愿书，已经有两千人联名签字了。美国职业棒球大联盟和地方学院球队也在同性恋球员问题上被公众关注。

媒体的风向转变了，更多人指责警方对案子处理不当。等我周一回到学校的时候，大家又愿意和我讲话了。就连先前一直假装和我们都不认识的埃文·内曼，也在下课后走到我身边，问我要不要去参加数学竞赛培训。

也许我的生活还是无法完全回到从前，但是到了这周周末我只求别再被当作"杀人犯"了。

周五晚上我和纳特日常煲电话粥，我把汤博乐上最新出的文章念给他听，作者的语气读起来好像已经放弃挣扎了：

被指控的杀人犯一下子成了伟大的"牺牲品"。嗯，当然，电视报道一向这么有意思。让我感到兴奋的是，我设置的烟幕弹还在起作用，到现在还没有人知道谁是真正的杀人凶手。

我刚读完第一段，纳特就打断了我。

"抱歉,还有更要紧的事情呢。老实回答我,如果我不再是杀人嫌犯了,你还会喜欢我吗?"

"你还在服缓刑啊,"我指出,"还是很迷人的哈哈。"

"到了十二月我的缓刑期也结束了,"纳特回答,"明年我就可以做个模范公民了。你爸妈也许会同意我们真正约会一次。前提是你得愿意。"

我得愿意。

"纳特,我从五年级就想和你约会了。"我告诉他说。

他在想着如果摆脱眼下的麻烦,我们的未来会怎么样。我很高兴,可能是因为,考虑未来的事就意味着我们还有未来。

他和我讲了最近一次见他妈妈的情况,他妈妈貌似还在试图修复两人的关系。然后我们一起看了一部电影,不幸的是,片子是他选的。看的时候他全程在吐槽这片摄影技术有多烂,我听得想睡觉了。等我醒来,已经是周六早上,我发现手机只剩五分钟的通话时间了。我应该再问他要一个,这应该是我的第四个一次性手机了。

可能不久之后我们就可以用自己的手机联系了。

我一如往常赖了一会儿床,直到快到我和梅芙约好的"图书馆跑步锻炼"的规定时间才动身。我在卧室里穿好球鞋,在抽屉里找我的MP3,突然一阵急促的敲门声响起。

"进来。"我应道,从一堆发带里找出一个小小的蓝色设备。

"梅芙,我MP3只有百分之十的电,是因为你吗?"

我转身,只见我妹妹脸色惨白,身子颤抖。我吓得MP3都差点掉了。每次梅芙表现得很虚弱时,我就非常恐慌,害怕她旧病复发。

"你感觉还好吗?"我急切地问。

"我没事。"这几个字说完,梅芙倒吸了口气,"但有件事你要过来看看,下楼来好吗?"

"怎么了?"

"快,过来。"梅芙的声音听上去怪怪的,我的心痛苦地跳动着。下楼的时候她一直紧抓着楼梯栏杆。她带我走进客厅,我刚要问是不是爸爸妈妈出了什么事,她指指电视上静音的画面。

——纳特戴着手铐,从家门口被带走的画面。

还有几个字在屏幕下方滚动着:*涉嫌西蒙·凯尔纳谋杀案被捕*。

布朗温

11月3日，星期六，10:17

这次我手上的 MP3 真的掉了。

它从我的手里滑落，一下子砸到我家柔软的地毯上。我看着电视，电视里一个警员正帮纳特打开车门，接着把他推上车后座，动作不太客气。镜头切到一位站在车边的记者身上，风吹起她深色的头发。

"贝维优警方拒绝做出任何评论，更没有提出任何逮捕纳特·麦卡利的新证据。纳特·麦卡利是'贝维优四人组'唯一有犯罪前科的人，现在他又多了一项新记录。我们会持续为你跟踪事件的后续发展。我是莉兹·罗斯，七频道新闻报道。"

梅芙站到我边上，手上拿着遥控器。我扯扯她的袖子。

"你能回放一下吗？"

她回放了，在重复播放的片段里，我一直在观察纳特的脸。他看上去很茫然，有些厌烦，就好像参加了一个不喜欢的派对。

这个表情我太熟悉了，就和我当时第一次对他提起"无证无罪"时一样。他没有说话，对外界拉起了警戒。不是我在电话里认识的那个纳特，或者是骑摩托带我回家的他，或者在多媒体房里的他。

我记得还有一次,那还是在小学的时候,他的校服领带歪在一边,衬衫也塞得乱糟糟的,带着他神经兮兮的妈妈走去走廊。当时他脸上的表情很可怕,我们所有人都不敢笑一下。

可我依然相信纳特不是真凶。不管警察怎么想,有什么证据,都不会改变这一点。

我爸妈都不在家。我拿起手机给罗宾律师打电话,但是没人接。我给她留了一条长长的、语无伦次的语音消息,最后导致她的语音信箱都满了。我挂了电话,感到深深的无助。罗宾是唯一能帮我得到消息的人,但是她不会把纳特当回事。这是纳特未来律师的事,不是她的业务。

想到这里,我越发害怕起来。一个工作超量的公辩律师①,过去从来没见过纳特,能为他做什么辩护呢?我的眼睛在屋里扫视着,最后看到梅芙露出同样困扰的眼神。

"你觉得他会——"

"不,"我斩钉截铁道,"拜托,梅芙,你也知道他们的调查有多么不合理。他们之前还以为我是凶手呢,但是又错了。我确定这次他们还是弄错了。"

"不知道他们到底找到了什么证据。"梅芙说,"想想,这一周他们受到了这么大的舆论压力,应该要谨慎行事才对啊。"

我没有回答。我人生中第一次体会到什么是"无所适从"。我的脑袋里一片空白,除了焦虑在不断地堆积。七频道不再假装有什么内幕,只是重新放了一个小短片,把关于案件调查的进展按时间线梳理了一遍。还有一些片段是从《米哈伊尔·帕瓦斯真相调查》里截取出

---

①公共辩护律师(public defender),是受政府雇用,为犯罪嫌疑人提供辩护的律师。美国法律的公共辩护律师制度是为那些因贫困而请不起私人律师的犯罪嫌疑人和被告人设立的。

来的：一头短发的阿蒂对着镜头竖中指，然后是贝维优警方代表发言，还有以利·克莱恩菲特。

对，我差点忘了他。

我拿起手机，在通讯录里翻找以利的名字。上次见面的时候他给了我手机号，告诉我什么时候都可以打给他。我希望他说的不是客套话。

电话"嘟"了一声，他接了起来。

"我是以利·克莱恩菲特。"

"以利，我是布朗温·罗哈斯，我——"

"哦，嗨，布朗温。我想你应该在看新闻吧？有什么想法？"

"他们抓错人了。"我瞪着电视屏幕，梅芙瞪着我。恐惧就像一根藤蔓迅速生长，从脚到头爬到了我身上，挤压着我的心脏和肺，我快喘不上气了。

"以利，纳特需要一个更好的律师，而不是随随便便找一个公辩律师，他们会逼他认罪的。他需要真正的帮助，谁知道警方到底在搞什么鬼。我想，呃，我觉得你可以帮助他，你可以考虑接一下这个案子吗？"

以利没有马上回答，可以听出他很慎重。

"布朗温，你知道我对这个案子有兴趣，我也特别同情你们几个。你们没有得到公正的对待，我想这次逮捕也是其中之一。但是我手上还有别的工作，你看——"

"求求你。"我打断了他，接着就停不下来了。我和以利说了纳特的父母，讲了他是怎么从五年级一个人苦撑到现在的。我把纳特所有的不容易、不如意都说了，不管是纳特自己说的，还是我亲眼看到的或是猜到的。纳特一定很讨厌我这样，但是我对自己的决定不后悔，纳特真的需要以利才有办法洗脱罪名。

"好的，好的，"以利最后松口了，"我懂了，真的。他父母愿意出面谈一下吗？我可以找时间交流一下，给他们提供一些参考意见。我只能做这么多。"

这还不够,但总算有点希望。

"好!"我厚着脸皮说。纳特两天前和他妈妈聊过,关系还不错。但是我不清楚今天的新闻会不会让她转变看法。

"我先和纳特的妈妈聊聊,我们什么时候见面?"

"我的办公室,明天早上十点。"

我挂了电话,梅芙还在瞪着我。

"布朗温,你要干吗?"

我从厨房台上一把抓起沃尔沃的车钥匙。

"我要去找麦卡利太太。"

梅芙咬着嘴巴,说:"布朗温,你不能——"

不能像在学生会工作一样?她说得对,我需要帮手。

"你也一起来吧?"我说。

她犹豫了片刻,琥珀色的眼睛坚定地看着我。

"行。"她说。

我们一路走向车,我的手心都是汗,手机差点掉了。在我给以利打电话的时候有一堆短信向我疯狂地轰炸——爸妈的、朋友的,还有一堆我也不认识的号码,估计是记者的。阿蒂给我发了四条,都是"你看到了吗""这是什么鬼"之类的。

我把车倒出停车道,梅芙问我:"要和爸妈说吗?"

"说什么?说纳特被抓了?"

"我想,这件事他们有知情权,关于你这个法律援助。"

"你不同意吗?"我问。

"也不是。但是你还不知道警方发现了什么证据,就这样匆忙行动真的好吗?万一是无法推翻的铁证呢?我知道你很喜欢纳特,但是,你想过他真的是凶手吗?"

"没有，"我毫不犹豫道，"你说得对，我还是要告诉爸妈。我又不是在干坏事，就是在帮一个朋友而已。"我的声音在最后一个字上顿住了，接着我们谁也没说话，一直开到了纳特妈妈住的那家汽车旅馆。

听到旅馆前台说麦卡利太太没有退房时，我立刻松了口气。但是打她房间的电话没人接。可能是个好兆头。希望她现在陪在纳特身边。

我给前台留了信，包括我的手机号码，并且尽量客观地讲了一遍情况。回家的路上，梅芙负责开车，我给阿蒂打电话。

"怎么会这样！"阿蒂接起电话，马上来了句。语气听上去她也不相信是纳特干的，一直压在我胸口的大石落地了。

"一开始他们觉得是我们四个人一起干的，然后挨个怀疑我们，就像击鼓传花，现在轮到纳特头上了。"

"有什么新消息吗？"我问，"我是一个半小时前看的新闻。"

没有消息。

警方对于发现的新证据守口如瓶。阿蒂的律师也不清楚他们找到了什么。

"今晚能出来吗？"阿蒂问我，"你一定要疯了吧？我妈和她的小男友出去玩了，我和我姐自己做比萨吃。你带梅芙过来，咱们四姐妹凑一桌。"

"应该可以，不过现在说不准。"我真的很感谢阿蒂。

梅芙开车拐入我家的那条街道上。好几辆白色的新闻车停在我家门口，我心里顿时一沉。我看见有两个我爸讨厌的网络电视台也来凑热闹了，我爸肯定要气得发疯了。他绝不允许他们报道他的公司，而现在他们就在这里。

我们把车停到我爸妈的车后面，就在我打开门的一瞬间，好几只话筒已经戳到我脸上。我推开话筒，和梅芙在车前会合，我抓着她的手，对着照相机和闪光灯摆手。大部分记者只问一个同样的问题："布朗温，你觉得纳特杀了西蒙吗？"

有一个不同的："布朗温，你真的和纳特在交往吗？"

我希望我爸妈可不要问这个问题。

我和梅芙进了屋，重重关上身后的门，猫着腰经过窗户到了厨房。我妈正坐在厨房吧台边，双手捧着一杯咖啡，脸上挂满了忧郁。爸爸的办公房门紧闭着，里面传出他激动的声音。

"布朗温，我们需要谈谈。"妈妈说，梅芙识趣地转身上楼去了。

我坐到我妈妈的对面，看着她的眼睛，疲惫又苦闷。都是我的错。

"你看了新闻吧，"她说，"你爸爸正在和罗宾律师谈话，确保现在的情况对你还有利。与此同时，在试图解决问题前，我们也有一堆疑问要问。是关于你和纳特的。"

我可以听出来，她在试图保持着平静。

"我们知道，以前让你和我们讲男生的事，其实让你难堪了，因为从我和你爸的角度来看，确保安全的唯一办法就是不找男朋友。所以你可能并不信任我们，也不愿和我们坦白。可是，这次不一样，纳特被捕了，我需要你老老实实和我说。有什么我能知道的吗？"

一开始我想的是，如何尽量少透露一些我和纳特的情况，同时能够让她理解我想帮助他。可是，我妈听着听着，就伸出手抓着我，搞得我一下子愧疚得不行，我在化学考试作弊以前，从来不瞒她任何事。可看看现在。

所以我能讲的几乎都讲了，除了把纳特带进家，还有和他在贝维优地产的事。因为我知道说了之后情况会很糟。但是我坦白了半夜打电话、坐摩托逃出学校，嗯，还有接吻的事。

"所以，你对他是……认真的？"我妈措辞很小心。

她一定不想听实话。这时候我想到罗宾律师教的一招应该管用——如果你要逃避一个问题，就要提出一个新问题。

"妈，我知道这听上去有点难以理解，我也不是真的很了解纳特。但是，我相信他不是凶手，而现在没人帮他说话。他要请一个好的律师，我就想帮他想想办法。"

我的手机这时振动起来，是一个我不认识的号码。然后我皱了一下眉，万一是纳特妈妈打过来的呢？

"你好，我是布朗温。"

"布朗温，太好了，你终于接电话了！我是丽萨·雅各比，是洛杉矶时代——"

我迅速挂了电话，再次面向我妈："对不起，因为你之前的态度，我没有和你坦白我和纳特的事。不过能让我联系麦卡利太太和以利吗？"

我妈揉揉太阳穴。

"布朗温，我不懂，你哪里来的正义感？你到底懂不懂自己是在引火烧身，你没听罗宾的话？幸运的是，至少目前这火还没烧到你身上，不过这是迟早的事。但是，我不会阻止你和纳特妈妈沟通，案子已经乱成一团，每一个牵扯进来的人都需要得到体面的帮助。"

我张开双臂上前抱住她，天哪，这一分钟感觉很棒。

她叹了一口气，松开我说："让我劝劝你爸。我看让你们父女两个谈可不是好主意。"

我太同意了。于是我赶紧上楼，这时候我的手机响了。我的心猛地跳了一下，因为来电显示的是504区号。接起电话的时候，我无法克制自己的期待。

"你好，我是布朗温。"

"布朗温，你好。"声音听起来低沉、紧张，但是很清醒，"我是艾伦·麦卡利，纳特的妈妈，你在旅馆给我留了信。"

哦，谢天谢地，谢天谢地。她没有忍着赌瘾逃回俄勒冈州。

"是的，是的，我留了。"

库伯

11月3日，星期六，15:15

表演赛对我来说很难再提起劲了，但是总的来说这次还不错。我的快球得了九十四分，两次将对手三振出局，看台上只有少数几个人对我发表抗议。

这些抗议的人穿着芭蕾舞短裙，戴着棒球帽，比一般的反同性恋团体者看上去显眼一点，最后保安把他们"请"了出去。

几个大学球队的球探也来了，加州州立大学的球探还特地跑来和我聊了下。鲁法洛教练也收到了很多球队的消息，我很震惊，他们表现得更像是在维护公关，而不是真的对我的实力感兴趣。这么多学校里，只有加州州立大学给我保留了奖学金。虽然我现在比赛表现得更好了。

——可能这就是前杀人嫌犯的待遇吧。

爸爸不再等在更衣室外，而是在我换好衣服、发动引擎后，他才上车，这样我们不用怎么说话。

记者则截然相反，他们发了疯地想找我说话。我离开更衣室的时候，勉强在闪光灯前打起精神，等着避开拿话筒的女记者问一堆我听过无数次的问题。不过这次有点意外。

"库伯，你怎么看纳特·麦卡利被捕的事？"

"哈？"我停顿了下，惊讶得来不及避开她，身后的路易斯差点撞上我。

"你没听说？"记者那张笑脸，就好像我给她递了一张中了头奖的彩票，"纳特·麦卡利涉嫌杀害西蒙·凯尔纳被抓了。贝维优警方已经承认你是清白的了。你能谈谈此时的心情吗？"

"呃,"不,我做不到,也不会谈,不行。"对不起。"

"又怎么了?"我们绕过闪光灯后,路易斯马上问了句。他拿出手机,迅速刷了起来。这时我刚找到我爸的车。

"该死,她说得没错,伙计。"路易斯看着我瞪大了眼睛,"你现在清白了。"

奇怪。路易斯把这句话讲出来时,我才发现这有多奇怪。

我们顺路送路易斯回家,很好,这样我就不用一路和我爸独处着。我和路易斯把背包扔在后座,爸爸打开收音机,试图找点新消息。

"他们抓了那个麦卡利家的孩子,"可以听出爸爸话里的暗自满意,"我和你说,等这事结束了,肯定有一堆人要投诉他们,我要做第一个告这群警察的。"

我坐到副驾驶座上,他的眼睛瞥向我的左边。这是他的新习惯:只看我旁边。自从他知道关于我的爆料后,他再也没有看过我的眼睛。

"哦,想来想去,也只有可能是纳特。"路易斯冷静地说。一脚把纳特踢开了,就好像他上星期没有和纳特坐在一起吃饭一样。

我没有头绪。换作是以前,如果让我伸手指出一个凶手,我肯定会说是纳特。即便我亲眼看过他在帮西蒙找肾上腺素笔的时候,表现得有多么着急。但我对他了解得最少,他还在缓刑期,所以,这么想也难怪。

但是在学校餐厅里,当时我真的像是被突然扔进了一群土狗之间被撕咬,纳特是唯一一个站出来帮我说话的。我没有好好谢谢他。当时我想过,如果他没有出手相救,情况就会像滚雪球那样,我可能也在学校待不下去了。

我的手机里有各种消息,我唯一关心的是有没有克里斯的消息。我只找过他一次,还是匆匆跑去他家,让他小心警察的调查,并为即将到来的网络暴力先道歉。除此之外,我们几个星期没有见面了。

我：哦，天哪，看新闻。

克里斯：一切都好吗？

克里斯：有空联系我。

我一边回他的消息，一边心不在焉地听着爸爸和路易斯聊天。等路易斯下了车，我和爸爸陷入了沉默，就像隔了层浓雾。

最后我先开了口："所以我该怎么办？"

"保持正常，假装没事。"如此简短的回答，最近一直如此。

我又试了下，我说："今天我和加州州立大学的球探聊过了。"

他哼了一声："加州州立。不是全国前十。"

"那倒是。"我承认道。

车子驶进我家的街道，半路上我们看到了几辆新闻车。

"该死，"爸爸小声骂着，"又来了。你看看你干的好事。"

他绕开一辆新闻车，停好车，把车钥匙拔下来。

一股怒气涌上我的心头。不仅是他的话，还有他说话的语气，甚至看都不看我一眼。

"那都是谣言。"我说，爸爸打开车门，车外的嘈杂声一下子盖过了这句话。

记者不比平时多，我猜是因为大部分都去布朗温家了。我跟着爸爸进了屋子，他一进门就走进客厅，打开电视机。我现在应该做一些赛后的总结才对，不过我爸已经很久没有指挥我、安排我了。

奶奶在厨房里做黄油吐司，吐司上还放了黄糖。

"宝贝，比赛怎么样？"她关心地问道。

"很不错。"我疲惫地说，一屁股坐到椅子上。我拿起一个餐盘，在厨房的桌子上旋转起来，看着它模糊成一片银色。

"我投得很好，但是没人在乎。"

"哎，你这孩子。"奶奶拿着吐司，坐到我的对面，递给我一片，但是我表示不想吃。

"耐心点。还记得我在医院和你说的吗?"

我摇摇头。

"事情先变坏,然后才会有好转。嗯,没错,现在确实挺糟的,没法再糟下去了,就会有转机的。"她咬了一口面包,我还在转盘子。

直到她吃完,又说:"你应该找个时间,带那个男孩子来家里吃个饭,库伯,是时候让我们见见他,把一切说清楚了。"

我试图设想了一下,爸爸要和克里斯一起吃砂锅鸡,我们还要极力证明我们之间的关系,这画面简直美得不敢想象。

"爸爸不会让他来的。"

"他早晚会相信的,你说对吧?"

我还没回答,我的电话就振了一下,是一条短信,来自我不认识的号码:

我是布朗温,我从阿蒂那里要到了你的电话,我能给你打电话吗?

我:当然可以。

几秒后我的电话响了。

"嗨,库伯,你听说纳特的事了吗?"

"嗯。"我本来还想安慰她几句,但是布朗温没给我机会。

"我正打算和纳特妈妈还有以利·克莱恩菲特开个会,以利就是那个'无证无罪'组织的律师,我希望他能接手纳特的案子。我在想,你有没有时间问一下路易斯的哥哥,那辆红色科迈罗车。那天停车场发生的车祸,还记得吧?"

"路易斯上星期给他哥打电话了,他说会仔细看看,不过我还没有得到回复。"

"能麻烦你去找他一趟吗?"布朗温问。

我犹豫了。虽然我现在不是警方调查的重点对象了，可我还有点后怕。因为就在昨天我还是头号嫌疑人，今天又不是了。如果说自己一点也不怕是不可能的。

但是现在纳特有难。尽管我们不算是朋友。可能吧，但我不能对他袖手旁观。

"行，没问题。"我对布朗温说。

布朗温
11月4日,星期天,10:00

星期天早上"无证无罪"办公室里的组合很特别:我、麦卡利太太,还有我妈,她同意我来了,但又不能放任不管。

这个装修简单的小空间显得很拥挤,每张桌子至少坐了两个人。每个人不是忙着打电话,就是在飞速敲打着电脑键盘,有时候甚至是左右开弓。

"你们星期天真忙。"我这样说道。

以利带着我们走进一间摆着小桌子和几把小椅子的小房间,比起之前上《米哈伊尔·帕瓦斯真相调查》节目的时候,以利的头发又长了一点,而且都是竖着长的。他用一只手把"科学家式"的疯狂卷发弄得更高。

"已经是星期天了?"他问。

房间里椅子不够,我坐在了地上。

"不好意思,"以利说,"我们可以长话短说。首先,麦卡利太太,很抱歉你儿子被捕了。不过好消息是,他被押回少年管教所候审,而没有被送去普通监狱。就像我和布朗温说的,因为我手头工作太多了,所以我帮不上很多忙。但要是你愿意和我分享一些情况,我会尽可能提供一些建议,也许还能给你们推荐律师。"

麦卡利太太看上去很疲惫,但还是花时间稍微梳妆了一下。她穿着一条蓝色牛仔裤,一件宽松的灰色无领毛衣。我妈则穿着长筒丝袜,高帮靴子还有毛衣夹克,再加一条样式精致的围巾,一如既往地在追求时尚的道路上南辕北辙。她们看上去完全不同,麦卡利太太用手拉扯着毛衣下摆,尽管她知道已经磨损了。

"嗯,我知道的,"她回答,"学校接到了一个电话,说纳特的储物柜里有毒品。"

"谁打的电话?"以利问道,同时在一个黄色的笔记板上记录着。

"他们没说,应该是匿名电话吧。但是校方星期五的时候已经行动了,弄开了储物柜,不过没有找到违禁品,只找到了一个装有西蒙水壶和肾上腺素笔的包。西蒙出事那天,医务室里丢的所有肾上腺素笔也都在里面。"

我的手指在面料粗糙的地毯上滑动。阿蒂被警方怀疑偷了这些笔,库伯也是。这件事困扰了我们几个星期了。即使纳特真的是凶手,也绝不可能蠢到还把笔放在储物柜里。

"哎。"以利的声音听上去像是在叹息,头还是埋在笔记本上。

"所以警察马上介入了,昨天早上他们拿来了一张搜查令,开始搜查我们家房子,"麦卡利太太继续说,"然后他们在纳特的衣柜里找到了电脑,还有日志,他们是这样告诉我的,包括西蒙死后那些发表在汤博乐上的文章,每一篇都有。"

我抬起头,发现我妈正瞪着我,脸上带着一种遗憾的表情,我真受不了,但我还是不相信。

以利又"哎"了一声。不过这次他抬起头,表情依旧镇定自若。

"电脑上有指纹吗?"他问。

"没有。"麦卡利太太说,我立刻松了口气。

"纳特自己怎么说?"以利问。

"他说不清楚这些东西是哪儿来的,不管是储物柜里的,还是家里的。"麦卡利太太回答。

"懂了,"以利说,"之前警方没有搜过纳特的储物柜吗?"

"不知道。"麦卡利太太说。以利这时看向我。

"搜过,"我回忆道,"纳特说警方第一次到学校调查的时候就调查了他。不仅搜了储物柜,也搜了他家里。警方带着狗和设备,到处找违禁品。但是一无所获。"

说完我快速瞥了眼我妈,然后目光转回到以利身上,又加了一句:"没有任何西蒙的东西,也没有什么电脑。"

"你家的门平时上锁吗?"以利问麦卡利太太。

"从来不上锁,"她答道,"我甚至都觉得锁早就坏了。"

"哈。"以利回了一声,又记录了一下。

"还有,"麦卡利太太说着声音颤抖了,"地方检察官要求把纳特转去普通监狱,说他是个危险分子,不能继续待在少管所。"

我猛地一怔,以利坐直了身子。这是他第一次放下律师的架子,有了情感反应。他脸上恐惧的神色吓到了我。

"哦,不……不……不行。那就全完了!抱歉,他的律师怎么做的,阻止了吗?"

"我们还没见过律师。"麦卡利太太开始慌了,"预约上了,但是联系不上。"

以利放下笔,不满地嘀咕了一声。

"发现西蒙的东西很不利,对纳特很不利,已经足够给他定罪了。但是证据出现的时间和地点实在太诡异了。匿名电话,还有原本不存在又突然出现的这些证据,就像是特意放进去的。而且任何人都可以放进去，这不难，学校储物柜的锁很容易可以弄开。如果地方检察官坚持把纳特送进联邦监狱，别忘了，他现在才十七岁。任何有点脑子的律师都不能见死不救。"他用手搓搓脸，怒视着我，"该死的，布朗温，都是你的错。"

以利说的每一句话都在加重我的不安，除了这句。这下我被搞糊涂了。

"我怎么错了？"我抗议道。

"你把这个案子带给了我，现在我不接也不行了。我没有空，但是管他呢，麦卡利太太，我们现在开始讨论，可以吧？"

谢天谢地。我如释重负，差点当场跳了起来，都有点晕乎乎的了。麦卡利太太用力点点头，以利则叹息了一声。

"我能帮你们，"我马上说，"我们正在调查——"

我正要告诉以利红色科迈罗的事，但是他伸出手让我打住。

"不要说了，布朗温。如果我做了纳特的辩护律师，我不能和其他证人事先沟通。否则我会失去辩护资格，你会有串供的嫌疑。其实我现在需要你和你妈妈马上离开，这样我才能和麦卡利太太做进一步讨论。"

"但是……"我不知所措地看着我妈，她点点头，站了起来，把手提包背到肩上，表示要走人的意思。

"他说得对，布朗温。你现在必须要让克莱恩菲特先生和麦卡利太太单独谈。"

她和麦卡利太太四目相对后，表情缓和了一点。

"祝你们好运，一切都好。"

"谢谢，"麦卡利太太说，"谢谢你，布朗温。"

我应该感到高兴，我的任务完成了。但是我没有。因为以利还不知道我们的调查计划，我要告诉他吗？

阿蒂

11月5日，星期一，18:30

到了星期一，一切恢复正常。嗯，也不算是过去的那种"正常"，是一种新的"正常"？哎，我的意思是说，我总算能坐下来好好和妈妈、阿舍顿一起吃个晚餐，家门口的停车道上没有一辆新闻车，我的律师也没再给我打电话。

我妈把一堆加过热的有机食物分给我和阿舍顿，然后坐到我们之间，手上端着一个玻璃瓶，里面装着浑浊的黄棕色液体。

"我不吃了，"她宣布道，我们根本没有兴趣问她，她接着说，"我要排毒。"

阿舍顿皱了皱眉。

"呃，妈妈，这不是那个加了枫糖浆和辣椒粉的柠檬汁吧？真可怕。"

"但是你不能否认，它的效果确实不错。"妈妈说着喝了一大口。然后她拿起一张纸巾，擦了擦自己做过丰唇手术的肥唇。

我看了看她的打扮：直直的金发、闪亮的红指甲，还有"星期一特供"的紧身裙。我二十五年以后也会这样吗？一想到这里，我原本不怎么样的胃口更差了。

阿舍顿打开电视看新闻，里面在放纳特被捕的片段，还包括以利·克莱恩菲特的一段采访。

"小帅哥。"纳特的正脸照出现在屏幕上时，妈妈这样评价道，"当杀人犯太可惜了。"

我把吃了一半的饭晾在一边，说什么"警方抓错了"没什么用，妈妈只庆幸不用再付钱给律师了。

门铃响了，阿舍顿把纸巾放到餐盘边，说："我去看看是谁。"

片刻后，我就听到阿舍顿在喊我名字，妈妈惊讶地看着我。过去的几个星期，除了想采访的记者（都被我姐赶走了），根本没有人来我家找我。妈妈跟着我走进客厅，只见阿舍顿开门让特里进来了。

"嗨，"我意外地朝他眨眨眼，"你来干吗？"

"上次地理课你把历史书落在我书包里了，是你的吧？"特里递给我一本厚厚的灰色封面书。从第一次完成分石头作业后，我和特里每节地理课都搭档做实验，算是我这段黑暗时间的一点亮光。

"哦，是的，谢谢。你其实可以明天给我。"

"明天有历史考试。"

"哦，对。"没必要告诉他，其实我对这个学期的成绩已经"放弃治疗"了。

妈妈上下打量着特里，就好像特里是她的小点心一样。特里则望着她，露出友好的微笑。

"你好，我是特里·福利斯特。阿蒂的同学。"

妈妈一脸傻笑，和他握握手，眼睛没有离开过他的酒窝和橄榄球夹克。特里皮肤黑黑的，可以说是低配版的杰克。我没怎么和妈妈提过他，阿舍顿在身后舒了口气。

我得让特里离开这里，否则妈妈就要问东问西了。

"好，谢谢了。那我去复习了，明天见。"

"想和我一起复习吗？"特里问。

我犹豫了。我挺喜欢特里的，但是下了课还处在一起，我还没准备好进入这一步。

"抱歉，我还有点别的事。"

说完我把他送出了家门，等我回来的时候，妈妈脸上混合着惋惜和不满。

"你怎么回事?"她抗议道,"对一个小帅哥这么粗鲁!再这样几次,就没男人来找你了!"她又看了一眼我的紫头发,"看看你现在的样子,整天放飞自我。有男生能喜欢你,你应该感到走运!"

"妈——"阿舍顿刚要劝妈妈,但我打断了她。

"我不需要新男友,妈。"

妈妈看着我的样子,就像我长出了翅膀,或者在讲外国话。

"为什么不需要?你和杰克分手都快有一个世纪了!"

"我和杰克在一起三年多了,是时候给自己点自由时间了。"我这么说只是为了反驳,可一出口我才发现说了大实话。我妈和我一样,也是十四岁开始恋爱的,接着一个又一个地换男友。即使其中有些只是毛头小子,都不敢把她带回家见父母。

我可不能像她这样,这么害怕空窗期。

"别傻了,你不需要什么自由时间,和特里这样的男生约几次会,即便你不喜欢他。但学校里其他男生也会对你有点兴趣。阿德莱德,你不想吊死在一棵树上对吧?有些女生从没有恋爱,一直就和你现在这群怪朋友待在一起,多可悲多可怜!如果你把头发染回来,养长一点,再稍微打扮下,会比现在好太多。"

"妈,我不是只有男朋友才会快乐。"

"难道不是吗?"她厉声道,"你看看,这个月你的生活,完全是悲惨世界!"

"是因为我被当成了犯罪嫌疑人,"我提醒道,"不是因为我单身!"

虽然这话不是百分之百真实,因为我大部分的痛苦都来源于杰克。当时,我只想和他在一起,宁缺毋滥。

妈妈摇摇头。

"这只是你自己骗自己,阿德莱德。你不是读书的料,现在找个好男人,有个好未来,愿意迁就你的——"

"妈,她才十七岁,"阿舍顿插嘴,"这种事你可以等十年再说,或者干脆永远别说了。我们两个在男人方面难道成功到可以给阿蒂提意见?"

"阿舍顿,只有你失败!"妈妈马上"补刀","我和贾斯汀恩爱得很!"

阿舍顿刚张嘴想再回一句,我的手机响了,一看是布朗温的电话我接了起来。

"嗨,有什么事?"

"嗨,"她声音听上去含含糊糊的,好像在哭,"我,我在想纳特的案子,你能不能帮帮我?今天晚上能过来一下吗?我也叫了库伯过来。"

正好不用再受我妈的嫌弃。

"当然,把你地址发给我。"

我很快吃完剩下一半的晚餐,去车库拿上头盔,出门前和阿舍顿告别。

这是一个完美的深秋夜晚,我骑车穿过街道的时候,迎面吹来了微微的晚风,路两旁的树也轻轻拂动。布朗温的家离我家就一英里的路,但却是完全不同的住宅小区。

这里的房子没有随处可见的俗气装修。我靠近布朗温家的车道,望见那栋灰色的维多利亚风格大屋子,望见鲜艳的花丛,望见气派的门廊,心里好羡慕。不过话说回来,这地方虽然很美,但却不像个"家"。

等我按响了门铃,布朗温给我开门,做了个"嗨"的口型。她眼神低垂,有些疲惫,马尾辫也耷拉着。我突然想到,我们谁都没有逃过这种心碎滋味:当时被杰克甩了,在学校"众叛亲离"的时候,我也是这样;库伯被排挤、被嘲笑、被警察追来追去;布朗温呢,喜欢上了一个因为杀人罪名被关进监狱的男人。

即使到现在她都没有亲口说喜欢纳特,可实在是太明显了。

"进来吧,"布朗温说着把门拉开,"库伯也在。我们上楼说。"

她带我走进一间大大的屋子,里面有一个软软的沙发,墙上还有一个大大的电视屏幕。库伯瘫坐在一张扶手椅上,梅芙则坐在另一张椅子上,交叉双腿,笔记本电脑架在椅子扶手上。布朗温和我坐进沙发。

"纳特呢,你没有见到他?"我问。

呃,我又问错问题了。布朗温哽咽了一下,然后试图打起精神。

"他不想见面,他妈妈说他情况还行。你想,在少管所虽然很惨,但总好过在监狱。"

也对。我们都知道以利为了让他留在少管所,有一场硬仗要打。

"怎么说呢,我很感谢你们今天能过来,就是我……"布朗温眼睛里噙着泪水,库伯和我交换了一个担心的表情。

布朗温眨眨眼忍住泪,说:"你们知道的,我很高兴我们终于聚到了一起,可以好好讨论一下。我一个人真的不好受。现在我可能需要你们帮助,我想接着上次的话题继续聊。大家一起来想,看有没有什么办法。"

库伯说:"路易斯还没回复我汽车的事。"

"我现在没有考虑这个,但请你一定要帮我继续查下去,好吗?我更希望我们能重新检查一遍汤博乐上发表的那几篇文章。不得不说,我一开始选择忽视它们,是因为这些文章快把我逼疯了。但是现在警方说纳特是文章的作者,我想应该从头读一遍文章,标出特别的地方,或是和我们记忆有出入的细节,或者只是读起来感觉有点奇怪的地方。"她说着,散开马尾,头发披下来,然后打开了笔记本电脑。

"可以吗?"

"现在开始吗?"库伯问。

梅芙侧过电脑,这样库伯也可以看见屏幕。

"我们越快越好。"

布朗温坐在我边上,我们从最早的一篇开始看起。我觉得"通过看《日界线》来获取杀人灵感"就有问题,纳特看上去就不像是喜欢看新闻节目的人。但是我怀疑布朗温所说的"奇怪"应该不是指这种。

我们没有说话,继续读下去。慢慢地,我有点无聊起来,但又怕自己看漏了,于是又重新一个字一个字地检查。

"哈哈哈,我很聪明,没人知道我是凶手,警方没有线索。"

——都是诸如此类的疯话。

"等等,这是假的。"库伯看得比我认真,"你们看到这句了吗?十月二十号发的那篇,写到了惠勒警官和甜甜圈。"

我抬起头,就像一只猫听到远处的声音一样竖起耳朵。

"啊,"布朗温叫了一声,眼睛扫过屏幕,"没错,有点奇怪,不是吗?我们没有一起去警局吧。嗯,在西蒙葬礼之后,我们没有见面,也没有说过话。但是凶手既然能写出这样的细节,那就表明肯定不是编出来的。"

"到底在哪,我怎么没看到?"我问。

布朗温放大页面,指了指屏幕:"在这里,倒数第二行。"

——调查进展顺利,我们四个人甚至看到了惠勒警官在审讯室里吃了好几个甜甜圈。

这行字进入我脑海,深深地扎在了里面,占据了全部区域,我的身体立刻涌起一阵寒意。库伯和布朗温说得对:这是假的。

这是我骗杰克说的。

布朗温
11月6日，星期二，19:30

我现在不能和以利讲话了。昨天晚上我给麦卡利太太发了一个汤博乐链接，就是那篇我和阿蒂、库伯一起读的文章，并且告诉她这篇文章的奇怪之处。然后就是等待，经过漫长而艰难的等待，放学后我终于收到了回信。

麦卡利太太：谢谢你，我转告以利了，但他劝你不要再擅自调查了。

就这样而已。我现在待在自己的房间里，想就地把手机扔了。我认了，昨天一晚上我还在幻想阿蒂提供的线索立马可以帮纳特洗脱嫌疑。而现在我觉得自己天真得要命。可是，我们做了这么多，不应该只得到这样敷衍的反馈。

我的心态不能垮，也不能就此放弃这条线索。可是杰克·莱尔顿呢？

如果让我随便选几个嫌疑人选，杰克都不会列入其中。如果事情真和他脱不了干系，他扮演的又是什么角色？他是汤博乐上文章的作者,还是只负责上传而已?是他陷害了纳特吗?是他杀了西蒙吗?

星期一那天晚上,库伯一听阿蒂的话,马上就否决道:"不可能是他。西蒙死的那天,阿蒂后来打电话给他,他还在参加橄榄球训练呢。"

"他可以中途离开。"我坚持认为他的不在场证明并不充分。

所以库伯还给路易斯打了电话确认。路易斯否认了这种可能,因为杰克那天一直在带头训练。

我还是不甘心,因为我觉得路易斯的记性不太可靠。这个男孩子过去几年少了不少脑细胞,不然库伯突然打电话问他杰克的事,他怎么可能没有起疑心?

现在我和梅芙还有阿蒂三个人在我房间里,把一堆五颜六色的便利贴贴到墙上,汇总了我们目前知道的所有线索。这简直像是《法律与秩序》①的场景,除了一点不同:我们啥也想不出来。

某人将手机放进我们四个人包里

西蒙在留堂的时候被毒死了

现场只有五个人:布朗温、纳特、库伯、阿蒂还有艾福里老师

车祸转移了我们注意力

杰克至少写了一篇汤博乐的文章

杰克和西蒙曾经是朋友

莉亚讨厌西蒙

艾登·吴讨厌西蒙

西蒙喜欢过吉丽

西蒙在网上有暴力倾向的危险言论

---

①《法律与秩序(Law and Order)》,美国著名法律题材电视连续剧。

西蒙有抑郁症

简娜好像有抑郁症

简娜和西蒙绝交了吗?

"布朗温,库伯来了。"我妈的声音从楼下传来。

我妈很喜欢库伯,所以不再反对我们一起玩,甚至无视了罗宾让我们保持距离的提议。

"嗨,"库伯一口气跑上楼梯一点也没喘,"我不能待很久,但我有个好消息。路易斯好像找到那辆车了。他哥哥在修车厂和东加州那边打了电话,他们有一辆红色科迈罗要修理,说是不小心撞上了篱笆。就在西蒙出事的几天后。我帮你们要到了车牌号和车主电话。"

他在背包里摸索了一下,递给我一个拆开的信封,背后写着一些数字。"我想你把这件事和以利说了吧。也许这里面真有什么猫腻呢。"

"多谢了。"我感谢道。

库伯的视线转移到墙上:"这有用吗?"

阿蒂直了直腰,懊恼地叫了一声:"没啥大用处。就是把事实随机拼凑了一下。西蒙怎么怎么简娜又怎么怎么,莉亚怎么怎么杰克又怎么怎么的……"

库伯皱起眉毛,交叉双手,身子前倾,以便更好地看清便利贴上的字。

"我还是不懂杰克这部分,真的。我不相信他真的会写出那篇该死的文章。我觉得,他只是不小心把你的话又转告给了别人。"说完,库伯又用手指敲了敲我们四个人名字的便利贴。

"我还是在想,为什么偏偏是我们四个?为什么要陷害我们?我们只是被连累受害,就像纳特上次说的?还是存在某种特殊的理由,非我们四个不可?"

我对他点点头，好奇地问："比如呢？"

库伯耸耸肩："我也不知道，比如就像你和莉亚那种情况。某件很小很小的事，但是引发了多米诺骨牌效应？或者我和……"他的目光扫视墙上，最后落在了一张便利贴上，"我和艾登·吴的共同点：他喜欢穿女装，而西蒙认为我是个 gay。"

"可是你那一条推送后来被改了。"我提醒他。

"我知道，很奇怪，对不对？既然得到了一个猛料，而且他认定是真的，为什么又要用一个消息换掉？我总觉得这里面有某种个人恩怨，你们明白吗？还有汤博乐上的那些文章，不断让大家把目光聚集到我们身上。到底是为什么？真希望能想明白。"

阿蒂拉了拉耳钉，她的手在发抖。她开口说话了，声音也在颤抖。

"我和杰克之间确实算个人恩怨，大概吧。也许他很嫉妒你，库伯。至于布朗温和纳特，他有什么理由要害他们吗？"

连累受害。

我们或多或少都被伤害了，但纳特是最惨的一个。如果杰克是凶手，这显然讲不通。话说回来，我们的假设都有说不通的地方。

"我要走了，"库伯说，"我和路易斯约好了。"

我坏笑了一下。"不是克里斯吗？"

库伯回笑了一下，有点不自然："我们最近还在考虑以后怎么澄清这件事。对了，如果车的事情帮上忙了，告诉我一声。"

他走了以后，梅芙站了起来，走到我床边，就是库伯刚才站的地方。她摘下便利贴，把其中四张排列成方形：

杰克至少写了一篇汤博乐的文章
莉亚讨厌西蒙
艾登·吴讨厌西蒙

西蒙有抑郁症

"这几个是最有关联的人。他们要么恨西蒙,要么就是已经确定的相关人员。他不太可能。"她敲了敲艾登的名字,"这两个有很大的嫌疑。"她又指了指杰克和简娜。

"但没有确切的证据。我们有漏掉什么吗?"

我们都看着墙上的便利贴,没有说话。

只要掌握了车牌号和联系方式,你就能了解到车主的很多个人信息。比如他的住址、名字还有他在哪里上过学。要是你愿意,你甚至可以去他学校的停车场,等着他的红色科迈罗开过来。

理论上来说可行,实际操作也可以。

我本打算把库伯给我的号码转发给麦卡利太太,她可以转交给以利调查。但是我一直想着她当时的简讯:"我转告以利了,但他劝你不要再擅自调查了。"

以利会认真对待我提供的线索吗?他是第一个怀疑车祸的,但现在正忙着阻止纳特转去普通监狱。他应该会觉得,转去调查其他线索并非当务之急。

总之,最后只能靠我自己了。当我进入东加州高中的停车场时,我就是这样鼓励自己的。他们的上课时间比我们早四十分钟,所以我在上课前还能赶回去。停车场里到处都是车,我把自己的车停进空位,放低前排座位的车窗,然后熄了火。

现在的情况是,我要做点什么。如果什么都不做,我满脑子都会是纳特。他在哪儿?他还好吗?还有他一直都不见我。

我理解他被警方限制交流了。但现在显然不是了,因为我问过麦卡利太太能不能去见他,她告诉我纳特只是不想见我。

我听了当然很难受啊。但是麦卡利太太觉得纳特是为了不连累我。他过去习惯被人抛弃,也许他现在要改变被动地位,先从抛弃我开始。

一抹红色闪过,我的眼睛一下子捕捉到了:那辆旧旧的科迈罗,有一块细细的挡泥板,就停在离我不远的地方。

一个矮个子、深发色的男孩从车里出来,从副驾驶座拿起背包,把一边背带撂到肩膀上。

我还没想好要说什么。但是他走过我车窗时,朝我看了一眼。

我想也不想就喊出了声:"嗨。"

他站住了,棕色的眼睛好奇地看着我。

"啊,我认识你。你是贝维优案件调查里的那个妹子。布朗特,是吧?"

"布朗温。"既然开了口,那只好走一步算一步了。

"你在这里干吗呢?"他的穿着打扮,好像在等九十年代复古风重新流行,法兰绒衬衣,里面一件珍珠果酱乐队①的T恤衫。

"呃,"我的眼睛瞥向他的车。我应该开门见山,对吗?这不就是我过来的原因吗?但是现在我正儿八经聊起来,又觉得自己有点荒谬。我要说什么?

——嗨,你是不是开着这奇怪的老爷车跑去其他学校,还出了车祸呢?

"等人。"我说。

他皱起眉毛看着我,问:"你在这里有认识的人?"

"嗯。"怎么说,我知道你的车最近修过了。

"几乎每个人都在讨论你们四个。奇怪的案子,哈?死的那个家

---

① 珍珠果酱乐队(Pearl Jam),20世纪90年代组建的美国著名摇滚乐队。

伙,很奇怪,对吧?我的意思是,谁会去搞这么一个损人APP呢?还有《米哈伊尔·帕瓦斯》节目的报道,就和闹着玩儿似的。"

他似乎很紧张。我的大脑里有个声音在不断重复:问啊,问啊,问啊。

但是我的嘴巴却不听话。

"那好,回见咯。"他说完要走。

"等一下!"我喝住了他,"能和你聊会儿吗?"

"刚不是聊了吗?"

"对,但……我其实有问题要问你。你看,我不是说我在等人吗?说的就是你。"

"在等我?为什么?你都不认识我。"他肯定是在紧张。

"因为你的车。"我回答,"那天我看到你的车在停车场出了事。就是西蒙死的那天。"

他的脸一下子白了,对我眨眨眼。

"你是怎么……为什么你知道是我的车?"

"我记住了你的车牌。"我说了谎,没有必要把路易斯的哥哥扯进来,"你出现的时间,巧得吓人,你知道吗?现在有人因为某事被抓了,可我知道他是无辜的。我想,你那天有没有注意到什么奇怪的事或者人?应该会有帮助。"

我哽咽了,眼泪从眼眶涌了出来。我眨眨眼,想把眼泪憋回去,试图不去想纳特。

"无论什么都行,只有你能够帮我。"

他犹豫了,往后退了几步,看了看身边的同学,他们正往教室走去。我以为他要退进大部队里离开。但是他没有,而是走到我的车的另一边,打开副驾驶座的车门,坐了上来。我按了关窗键,车窗往上。我转向他。

"所以,"他一只手顺顺头发,"确实很奇怪。对了,我叫山姆,山姆·巴伦。"

"布朗温·罗哈斯。我猜你已经知道了。"

"是的。我看了新闻,想着是不是应该站出来,说点什么。但是我真的不明白到底是怎么回事。现在还是不明白。"他很快地用余光瞥了我一眼,就像在确认某种警报,"就我目前知道的来说,我们做的不是坏事,更谈不上犯罪了。"

我坐直身子,脊椎一阵酸疼。

"'我们'是谁?"

"我和我的朋友,我们是故意搞出车祸的。有人付了我们一人一千块钱,让我们制造一场假车祸,说只是为了恶作剧。换作是你,你会拒绝吗?修挡泥板最多也就花个五百块,还能净赚五百呢。"

"有人……"因为关了窗,车里有点闷热。我的手抓着方向盘,出了汗又湿又滑。我很想开空调,但是可以先放一放。

"你说的是谁?你知道他的名字吗?"

"我当时不知道,但是——"

我脱口而出:"他头发是不是棕色的?眼睛是不是蓝色的?"

"没错。"是杰克。

他当时在橄榄球训练的时候,一定设法离开了路易斯的视线。

"那么他,等一下,我有他的照片。"我在背包里翻找自己的手机。我记得,九月开学舞会上我有拍照片。

"不用给我看照片,"山姆说,"我现在知道他是谁了。"

"真的?你知道他叫什么?"我的心跳加快,快得都能看到胸口在动,"你确定是真名?"

"他自己没有告诉我。但是我看新闻的时候看到了。"

我还记得最初的几次新闻报道,阿蒂的班级合影里,杰克就站在阿蒂身边。很多人觉得曝光他的名字不合适。现在看来这还是件好事。这时候我已经把开学舞会照片翻出来了,我把手机递给山姆。

他看着我的手机眨眨眼,接着摇头,然后把手机还给我。

"不,不是他。是一个和案件关系更大的人。"

我的心脏要爆炸了。如果不是杰克,那么既是深色头发又是蓝眼睛的男生,还要和案子关系更大,而不是更小。符合这个条件的男生只有一个,那就是纳特。

不……不……千万不要。我的天,不要。

"谁?"我的声音低得不能再低了。

山姆长叹一声,头靠在座位的头枕上。他沉默了几秒钟,这是我人生中最漫长的几秒钟。

最后他说:"是西蒙·凯尔纳啊。"

库伯
11月7日，星期三，19:40

我们的"杀人嫌犯"俱乐部现在定期聚会。不过名称得改一改了。

这次聚会的地点是在圣地亚哥市中心的一家咖啡店，勉强挤在一张桌子上，因为今天来的人数多了。我和克里斯，阿蒂带着阿舍顿，布朗温带来了所有的便利贴，都夹进了一个个文件夹里，包括最新的线索：西蒙付钱给两个学生，让他们制造一场假车祸。

布朗温说山姆·巴伦保证会打电话给以利，告诉他事实真相。这能帮到纳特多少，我心里也没个底。

"布朗温，你为何选择在这里见面？"阿蒂问，"和你本人风格不符啊。"

布朗温清清嗓子，好好整理了一下手上的便利贴。

"我随便选的，先不讲这个了。"她表现得好像在生意谈判，"感谢各位今天能过来。我和梅芙一直在研究这些线索，但还是没什么头绪，于是我们就想到了集思广益。"

梅芙和阿舍顿从柜台回来，一人端着一个可回收餐盘，上面放着我们点的东西。她们帮忙分好饮料，我看着克里斯有条不紊地打开五块方糖,全放进了他的拿铁里。

"怎么了?"他注意到了我的表情。今天他穿着绿色 polo 衫,很衬他的眼睛。

"你喜欢加糖,嗯?"这话听上去有点傻。其实我想说,我真不知道你喝咖啡有这个习惯,因为这是我们在传闻后第一次在公开场合见面。

"加糖,没毛病。"阿蒂说着和克里斯碰了一下杯。我看到她杯子里的咖啡颜色变得奶白,这难道还算咖啡?

布朗温好像点了热茶,很烫,一下子喝不了。她把杯子放到一边,把一个文件夹靠在墙上。

"我们掌握西蒙的所有信息:他要推送我们四个人的八卦,他让两个男生导演了一场假车祸,他有抑郁症,他在网上有过偏激言论,他和简娜好像闹僵了,他喜欢过吉丽,他以前和杰克是朋友。还有什么没想到的吗?"

"他删除了原本关于我的那条推送。"我说。

"这个不算,"布朗温纠正,"到底是谁删了那条推送,还有待商榷。"

有点道理。

"这里是杰克的信息,"布朗温继续说,"他至少写了一篇汤博乐上的文章,或者说帮某人写的。西蒙出意外的时候,他不在教学楼里,这是路易斯说的,他——"

"他是个控制狂,十足的控制狂。"阿舍顿插话。阿蒂张开嘴要辩解,但是阿舍顿抢了话头,"阿蒂,你就承认吧。过去三年,他控制了你生活的方方面面。只要你一点不合他意,他马上就发作。"

布朗温在一张便利贴上写了"杰克是个控制狂",并递给阿蒂一个同情的眼神。

"这可以算一条线索，"布朗温评价道，"现在，如果——"

咖啡店门开了，布朗温脸红了。

"真巧。"

我顺着她的目光，看到一个头发蓬乱、胡子拉碴的年轻人走进了咖啡店。他看上去有点眼熟，但是我想不起来了。他一眼认出了布朗温，表情夸张。当他又注意到我和阿蒂时，显得有点戒备。

他举起一只手挡住脸。

"就当我没看到你们。"然后他看到阿舍顿，惊讶地多看了眼，差点被绊倒，"哇，你……你一定是阿蒂的姐姐。"

阿舍顿眨眨眼，有点困惑，看看布朗温，又看看他。

"我们认识吗？"她问。

"这位是以利·克莱恩菲特。"布朗温介绍，"'无证无罪'组织的。他们办公室就在这边楼上。他是，嗯，现在是纳特的辩护律师。"

"所以现在不方便和你们讲话。"以利对我们说，好像才想起来似的。他的眼神又在阿舍顿身上停留一会儿，最后不舍地扭头去柜台点单。阿舍顿耸耸肩，喝起了咖啡。看来她对于自己的吸引力习以为常了。

阿蒂看着以利走开，眼睛瞪直了。

"天哪，布朗温，你竟然跟踪纳特的律师。"

布朗温看上去有点尴尬，她的确应该尴尬。接着她从背包里拿出了信封，就是我之前给她记号码的那个。

"我想看看山姆·巴伦到底有没有联系以利。如果他没有，我来告诉以利。可是如果随随便便地跑去找以利，他可能会理我，也可能不会。"她满怀期待地看了看阿舍顿，"不过如果你去，他肯定会理你。"

阿蒂的双手插在腰上，气呼呼地张大嘴巴。

"你不能利用我姐去出卖美色！"

阿舍顿无奈地笑笑，伸手去接信封："只要理由正当，区区美色何足挂齿。我要怎么说？"

"告诉他，他之前说的是对的，那天学校里发生的车祸是故意安排的，西蒙付钱让两个男生制造了车祸，这个信封上有其中一个男生的联系方式。"

阿舍顿走去柜台。我们剩下的人各自喝着饮料，一言不发。一分钟后，阿舍顿回来了，信封还在手上。

"山姆给他打过电话了，"她确认道，"他说会调查下去的，还有谢谢你提供了消息。让你管好自己的事。"

布朗温松了口气，被骂了也不生气。

"谢谢，这是个好消息。我们刚刚谈到哪儿了？"

"西蒙和杰克。"梅芙说，一只手撑着下巴，望着两个文件夹，"他们是有关系的，什么关系？"

"我插一句。"克里斯温吞吞地说，所有人转向他，仿佛这才想起他来。可能的确如此，他从进来到现在一直很安静。

梅芙出于补偿似的，微笑着，鼓励他继续说下去。

"嗯？"

"我想，"克里斯的英语没有什么德语口音，非常标准，就是用词太刻板了，还是会暴露自己是个外国人。

"我们总是给当时在场的人很多关注。这也就是为什么，警方一开始会注意你们四个。因为对于禁闭室外的人来说，要进入屋子，还要设法杀掉西蒙，显然比较困难，对吧？"

"没错。"

"因此，"克里斯从文件夹上取下两张便利贴，"如果凶手不是库伯、布朗温、阿蒂、纳特，也没人觉得会和那个老师有什么关系。剩下的还有谁？"

他把两张便利贴叠在一起,贴到隔间的墙上,然后坐回到自己的位置上,一脸友好地看着我们。

西蒙在留堂的时候被毒死了
西蒙有抑郁症

我们都愣了好一会儿,最后布朗温喘了口气。
"我代表上帝视角。"她说。
"什么?"阿蒂问。
"这是西蒙在死前说的话,我当时还反驳他,说青春电影里没有这种角色,他说现实生活中有。然后他喝了一大口水。"
布朗温转身,喊道:"以利!"
但是纳特的律师已经走出了咖啡店。
"所以意思是说,"阿舍顿打量了一圈我们几人,最后望向克里斯,"你认为,西蒙是自杀的?"
克里斯点点头。
"可是为什么?他为什么要这样做?"
"让我们回顾一下目前的线索。"布朗温说。她的声音很冷静,脸却很红。
"有这么一类人,他们希望自己是一切的中心,实际上却被人冷落。西蒙就是这类人。他最喜欢在学校里搞一些大事情、一些恐怖的事情。他在 4chan 论坛设想过,他理想中的'校园枪击'是怎么样的。把自己杀了,然后拖一群同学下水,不过是用一种意想不到的方法。比如,陷害他们,让他们成为杀人嫌犯。"说着,她转向她妹妹,"还记得西蒙在 4chan 论坛说过的吗,梅芙?——'想点新玩法出来,或者来一次自杀式袭击,让我惊讶一下'。"

梅芙点头:"你记得一字不差。"

我还记得西蒙是怎么死的——抓着喉咙,充满恐惧,呼吸困难。如果他真的是想自杀,我现在更后悔了,要是当时找到肾上腺素笔就好了。

"我想他最后一定后悔了。"我说的这几个字,重重地砸在自己的心上,"他看上去需要帮助。如果没有找到药,及时打电话急救一定能救他,这样也许他还能改过自新。"

布朗温和阿蒂又惊讶又害怕,仿佛回到了那天,回到了那间教室。她们知道,我说得没错。大家都沉默了,我以为话题到此结束了。这时梅芙琢磨着墙上的便利贴,双手托着脸。

"那么杰克是怎么搅和进去的?"她问。

克里斯犹豫了一下,清清喉咙,好像在等我们的同意。见没人反对,他才开了口。

"如果杰克没有杀害西蒙,那么他一定是西蒙的同谋。西蒙死后必须有人料理后续的事。"

他看着布朗温的眼睛,两人流露出一种相互理解的神情。他们的脑子都很好使,我们其他人只能试着跟上他们的思路。

"西蒙发现了阿蒂和特里的事,"布朗温推测道,"可能他就是通过这个先接近杰克,然后让他帮忙。杰克肯定要报仇,因为他——"

我身边的椅子"嘎吱"响了一声,只见阿蒂往后退了一下。

"别说了,"她快说不出话来,她紫色的斜刘海挡在了眼睛前。

"杰克不会,他不可能……"

"今天晚上差不多到这儿吧。"阿舍顿坚持道,说着站了起来,"你们继续,我们先回家吧。"

"阿蒂,抱歉,"布朗温很为难,"我说得太过了。"

阿蒂挥挥手说:"没事,"她也离开了座位,"只是,我还不太能接受。"

阿舍顿一直搀着阿蒂的胳膊,一路走到门边。接着她帮阿蒂开门,让阿蒂先走。

梅芙看着她们,手还撑着下巴。

"我理解她。听上去太难以置信了,对吧?即使我们推理正确,可还是没有证据。"

她期待地看向克里斯,似乎等着他再露一手。

克里斯耸耸肩,在最近的一张便利贴上敲敲手指,说:"也许还有一个人可能知道点什么。"

简娜好像有抑郁症。

布朗温和梅芙大约九点的时候离开了。我和克里斯又待了一小会。最后我们收拾了桌上的残局,全扔到了靠近店门的垃圾箱里。

纳特

11月7日，星期三，23:30

如果你被关进来了，你要做的是：闭紧嘴巴，不要告诉别人你过去怎么样，或者你为什么会到这里。没有人在乎，除非他们要利用这些对付你。

也不要相信任何人的话，一句也别信。少管所不是儿童乐园，如果你是个软柿子，人人都会想捏你一把。

可以交朋友。我对"朋友"这个词没什么讲究。试着在这里找到几个还算正常的，和他们保持交情。成群结队在这里不是坏事。

不要坏了规矩。但是有时候要学会随机应变。

保持健身的习惯，看看电视，多看。

尽量待在警卫能看到的地方。

不要抱怨时间过得多慢多慢。当你四个月前还在过十七岁生日，现在却因为重罪被抓进来，时间过得慢才是一种恩赐。

换着法子回答你律师的问题，一堆又一堆的问题。

——"没错，我有时候不锁储物柜的门。不，西蒙没有去过我家。是的，我们有时候在校外见面。上一次是什么时候？大概是我卖东西给他吧。抱歉，我们不应该说这个，对吧？"

不要去想墙外发生了什么，或者墙外的她怎么样了。尤其是，她没有了你会过得更好。

阿蒂

11月8日，星期四，19:00

我反复读着汤博乐上的那篇文章，希望改变事实。但是什么也没有改变。阿舍顿的话在我脑海中来来回回：杰克是个控制狂。

她说得没错。但是，杰克真的是西蒙的同谋吗？也许杰克把我的谎话告诉了某人，然后某人原封不动地写进了文章里。或者只是一个巧合而已。

可是，我回想起一件小事，就发生在西蒙出事的那天早上，似乎无关紧要，现在却浮现在我眼前：当时我们一起在走廊上走，杰克从我肩膀上取下我的背包，脸上还微微一笑。

他说："这包太重了，宝贝，我来拿吧。"

他以前从来没有主动帮我拿过背包，但是我也没有奇怪。男朋友帮女朋友拿包有什么奇怪的呢？

就在几个小时之后，我的背包里就出现了一个不属于我的手机。

可能杰克是案件的同谋，可能是我逼他协助了西蒙，可能他花了几个星期精心策划了一切。我不知道哪一种情况才是最坏的。

"个人选择而已，阿蒂。"阿舍顿提醒我，"很多人都遭到了感情背叛，但是有几个这样疯狂的？就拿我举例好了，虽然我朝查理的头上扔了个花瓶，但还是放过他了。这才是正常人该有的反应。不管他做了什么事，都不是你的错。"

阿舍顿说得对，可我就是过不了这道坎。

所以我应该和简娜聊聊，她一个星期没有去学校上课了。放学后我给她发了几条消息，吃完晚餐后又发了，但是她一直没回。最后，我在学校通讯录上找到她的地址，打算就这样找上门。我把这个想法告诉布朗温，她说要一起来。而我觉得还是我一个人去最好，布朗温一直对简娜不怎么亲热。

库伯坚持要开车送我过去，我让他只能待在车里等。如果库伯在场，简娜绝不会和我坦白任何事。

"没关系。"库伯说着，把车停在了简娜家对面，她家是一栋仿都铎式的建筑。

"如果有情况，给我发消息。"他说。

"好的。"我说完，给他打了个手势，关上车门，穿过街道。简娜家的车道上没有汽车，但是房子的灯亮着。我摁了四下门铃，但是没人来应门，我向库伯那边回望了一下，无奈地耸耸肩。

刚要放弃，门突然开了，简娜那双带着烟熏妆的眼睛望了出来，看着我问："你怎么在这儿？"

"看看你怎么样了。最近你又不来学校，又不回我消息。一切都好吗？"

"好。"眼见简娜准备关门，我一脚挡住了门。

"我能进去吗？"我问。

她犹豫了一下，最后松开门，往后退，让我能够推门进去。当我仔细打量简娜后，不由得吸了口气。她比以前更消瘦了，脸和脖子上有很多红印子，一定是不自觉挠出来的。

"怎么了，我最近身体不太舒服，你应该看得出来。"她说。

我看了一眼走廊，问她："家里还有人吗？"

"没有，我爸妈出去吃晚餐了。嗯，无意冒犯，但是你有什么特殊理由才来找我的吧？"

布朗温教过我怎么说。我应该先从一些细微的小问题入手，先了解简娜这周去哪儿了，她感觉怎么样。然后再带入西蒙抑郁症的话题，引导简娜多说一点。最后我才有可能讲到纳特现在的情况，地方检察官要把他送去真正的监狱了。

我没有照布朗温说的做，只是走上去，抱住了简娜，安抚瘦弱不堪的她，就好像照顾一个需要爱的小孩子。她抱起来轻飘飘的，就好像只有骨头，手脚脆弱得能折断。她先是挺了一下身子，然后倒在我怀里，开始放声大哭。

"哦，天啊，"她的声音含糊不清、显得焦躁，"受不了，我真的受不了了。"

"没事的。"我带她到了客厅的沙发上，我们一坐下她哭得更厉害了。她的头一个劲往我肩上靠，也顾不上难看不难看了，我轻拍着她的头发。因为染了太多次，她的头发摸上去硬硬的，棕色的发根和蓝黑色的发丝混在一起，形成鲜明的对比。

"西蒙是自杀的，对吗？"我小心翼翼地问道。她退了回去，头不停摇晃着，埋进了双手中。

"你怎么知道的？"她哽咽。

天，这是真的。我之前还不信。

我不能告诉她事情的全部经过，实际上不应该告诉她任何事。但是我说了。我认为，要想继续挖下去，只有这种办法了。听我讲完，她站起身，一言不发地上了楼。我等了几分钟，一只手抱着膝盖，一只手拉扯耳钉。她是去给谁通风报信了？还是要拿把枪崩了我？或是打算割腕自杀去找西蒙?

我打算上楼看看,这时简娜冲下楼梯,把手上一沓厚厚的纸递给我。

"西蒙的自白书,"她说着,嘴唇痛苦地扭曲着,"本来计划要一年后寄给警方的。在你们四个人生活彻底毁了以后,人们才会知道一切都是他设计的。"

我读着读着,拿着纸的手颤抖起来:

首先,你要明白:我恨自己活着,我恨身边的一切。

所以我决定一了百了,但不能就这样静悄悄地去死。

我想过很多办法。我可以去买把枪,我们美国不是有很多这种傻子?某天早上锁上教室门,对着一群同学狂扫一通,射光所有子弹,最后留一颗给自己。

我也确实买了很多子弹。

但是子弹只能杀人,却不能致命。

我不能这么没创意,我要想一个与众不同的计划。我要让自己的死被大家记住,谈论上好几年。让后来者崇拜我,模仿我的所作所为。但是他们不会像我这样成功,这个计划要付出的代价难以想象。你们这些痛苦、愤怒的废物,尽管一心寻死,却远远无法承受这样的代价。

这封信已经藏了一年。如果你们现在看到了,我希望,你们还是不明白我是怎么做到的。

我抬起头。

"为什么?"我问道,愤怒快要冲出我的喉咙,"为什么西蒙要做到这一步?"

"他得抑郁症有段时间了。"简娜说,两只手搅着黑色短裙下摆的一角，手腕戴的几个首镯随着手的动作发出"咯咯"的碰撞声。

"西蒙总觉得自己应该得到更多的尊重，更多的注意，你明白吗？但是今年他真的不好过。他开始整天整天地在网上发可怕的话，幻想着向每一个让他变成这样的人复仇。我都觉得他已经分不清现实了。只要有坏事发生，他就幸灾乐祸。"她没有要停下来的意思。

"他开始考虑怎么自杀，怎么把别人拖下水，但是是用一种更有'创意'的方法。他迷上了用APP去陷害讨厌的人。他知道布朗温考试作弊的时候快气疯了。虽然他在学习上本身就不是布朗温的对手，但是这样一来要超过布朗温就更难了。他认为布朗温是故意把他踢出模联比赛的。他也不喜欢纳特，因为纳特和吉丽交往过。西蒙以为自己和吉丽有可能，而纳特一下子让他的幻想破灭了，纳特抢走了吉丽，甚至还不费吹灰之力，对他丝毫不屑。"

我的心咯噔一下。可怜的纳特。就因为这个理由进了监狱，多么愚蠢，多么不值！

"那么库伯呢？也是因为吉丽吗？"

简娜苦笑了一声："那位好好先生吗？库伯是在高三舞会后被西蒙列入黑名单的，因为他让凡妮莎不要邀请西蒙去她的派对，虽然西蒙已经是高三舞会的'人气王'。按西蒙自己的意思说，库伯不是不想'邀请'他，而是想孤立他。因为凡妮莎给所有人都发了邀请，除了西蒙。"

"库伯会做这种事？"我眨眨眼，我还真没听过这事。库伯没有提过，我甚至都没有注意到凡妮莎派对上西蒙没来。

这大概就是问题的原因之一吧。

简娜迅速点点头："嗯，我也不知道为什么，但是库伯确实做了。这三个是西蒙的陷害对象，他收集了关于他们的丑闻。虽然那会儿我觉得还没有到不可收拾的地步，觉得这只是西蒙发泄情绪的一种方式。也许他做了,我就可以阻止他,不让他再上网,再沉迷于这些可怕的东西。可是,后来杰克发现了西蒙的秘密,西蒙不想让别人知道的秘密,成为压倒西蒙的最后一根稻草。"

哦,不对。刚才简娜没有谈到杰克,我还侥幸地以为他是无辜的。

"什么意思?"我更用力地拉扯耳钉,简直要把耳朵给拽伤了。

简娜不安地剥起伤痕累累的指甲,一些灰色的碎片掉到了裙子上。

"西蒙买了水军在高三舞会上给他投票,所以他才成了舞会的'人气王'。"

我停住了扯耳钉,睁大眼睛。

简娜发出挖苦的轻笑:"很傻,是吧?我知道,可是西蒙就是这么一个怪人。虽然他嘲笑别人没脑子,但自己还是和他们一样爱出风头。他想要别人看得起他。所以他做了,上个暑假一直很得意,还说买人投票太简单了,开学舞会上他还能再当一次'人气王'。这些话被杰克偷听到了。"

我立马猜到了杰克的反应,所以简娜接下来的话一点也不意外。

"杰克当时笑得半死。西蒙要抓狂了。一想到杰克会告诉别人,西蒙就受不了了,这样全校的人都会知道西蒙多么可悲。你想,西蒙花了这么多年曝光别人的秘密,这回却轮到自己被评头论足,西蒙感觉自己被羞辱了。"她缓缓说,"你能想象吗?'关乎'的创始人竟然也是个渴望被人关注的傻瓜。这下西蒙彻底被惹毛了。"

"惹毛了?"我重复道。

"对。西蒙不再提自己疯狂的计划,而是要动真格了。他本来就知道你和特里的事,但是他没说,是在等一个爆料的好时机。所以他把这事告诉了杰克,威胁他保密,还把他拉进了计划里。因为西蒙需要有人在他死后,继续让事态发酵。而我不会帮他的。"

我不知道该不该相信。

"你没有帮他?"

"嗯,我没有。"简娜没有看我的眼睛,"不是因为你。我不关心你们几个是死是活。我是因为西蒙,不想他再错下去了。可是他不听我的,也不再需要我了。他了解杰克,杰克知道了你和特里的事一定会发疯的。所以西蒙和杰克说,杰克可以把所有的证据都推到你身上,这样你的嫌疑最大,就会被送进监狱。杰克马上同意帮他了,那天他甚至故意让你去医务室帮他拿泰诺,这样你就更可疑了。"

我脑袋里"嗡"了一声。

"来自完美男友的完美复仇",我不知道自己有没有把这几个字说出来,但我看到简娜点了点头。

"没错,而且没人会怀疑西蒙和杰克是一伙的,因为他们早就断交了。而且对西蒙来说,即使计划败露,杰克自己被抓了,他也没损失。甚至他希望杰克最后被抓,他恨杰克很多年了。"

简娜的声音抬高了,要为接下来的话做准备,可能是她和西蒙经常讨论的恶毒话题。

"杰克从高一开始冷落西蒙,转而和库伯玩在一起,就好像他们才是最好的朋友,而当西蒙是空气人一样,一点也不重要。"

唾液从我嗓子底部涌了起来,我快要吐了。不,快要晕过去了,也许两者都有。无论哪个都好过这样干坐着。

西蒙死后,杰克一直在安慰我,送我和特里去海边玩,好像什么事都没有发生,还和我继续交往。可是他知道,他什么都知道,他知道我劈腿,但他就是什么也不说。等着惩罚我。

可能,最让人害怕的,是他一直装得那么正常。

不知怎么,我的声音又回来了。

"但是……但是现在被抓的是纳特。杰克改变主意了?"

伤人的是，我多想听到她肯定的回答。

简娜没有马上回答，除了她断断续续的呼吸，房间里没有别的声音。

"没有，"最后她说，"事实是，情况的发展超出了西蒙的预期。那天上午，他和杰克把手机放到你们包里，艾福里先生发现了手机，罚你们留堂，这些都在西蒙的预料之中。他故意让 APP 的管理后台保持开放状态，以便于警方能够进入调查。他给汤博乐上要发的文章写了一个大纲，然后让杰克在公共电脑上持续更新，加入一些真实发生的细节。设想一下，就像是在看某个场面失控的真人秀节目，你还一直以为节目制作人会出面阻止，但是你错了。这就是我当时的感受，我感到恶心。我不停地劝杰克收手，趁一切还来得及。"

我也一阵反胃。

"杰克没有听你的？"

简娜嗤之以鼻道："没有。西蒙死了后，杰克完全陷进去了。他感觉自己拥有了绝对的力量，看着你们在警局被来回审问，看着学校混乱不断，看着人人对汤博乐上的文章抓狂，只有他能够掌控一切。"她停顿了下，看了看我，"我想你应该深有体会。"

没错，我想是的。但是不用提醒我也知道。

"你本来可以阻止他的，"我的声音大了起来，愤怒取代了震惊，"你应该告诉别人，到底发生了什么。"

"我做不到，"简娜说着耸耸肩，"有一次我们和西蒙碰面的时候，杰克把碰面的对话全程录音了。我试图说服西蒙，但是杰克把录音做了剪辑处理，让整个计划听上去像是我的主意。如果我不乖乖合作，杰克就会把录音寄给警察，把所有责任推到我身上。"

她深深吸了口气，显得很恐惧。

"他本来要我把证据栽赃到你身上。你还记得我那天去你家吗？

其实那台电脑就在我包里。可是我做不到。之后杰克就一直骚扰我、恐吓我，我好害怕。只好把所有东西都放到纳特那里。"她哭着哭着，呛住了，"栽赃他是最容易的，因为他从来不锁储物柜，家里也没有锁。是我给学校打了匿名电话，举报了他，没有举报你。"

"为什么？"我的声音很轻，但是双手剧烈颤动，弄得手里的自白书"哗哗"直响。

"为什么没有按照原计划走？"

简娜左右摇晃着，她说："你对我好。这个破学校里有几百个人，可是没有一个人关心我，除了你，你问我是不是想西蒙了。我确实好想他。我知道他是个大混蛋，但是，他也是我唯一的朋友。"

她又哭了起来，瘦弱的肩膀不停地颤抖。

"直到你站到我身边。虽然不知道我们算不算真朋友，也许现在你很讨厌我吧，但是，让我害你，我做不到。"

我不知道该做什么反应。如果继续想杰克的事，我会崩溃的。接受了这么巨大的信息量，我突然想到了一个没有弄清楚的地方。

"库伯的推送是怎么回事？为什么西蒙一开始写的是真事，后面又用假消息换掉了？"

"是杰克的意思，"简娜用手擦眼泪，"他让西蒙换掉的。他说不想害库伯，但是，我觉得更像是，他不想让别人知道最好的朋友是gay。而且他挺嫉妒库伯会打棒球。"

我的头犯晕了。我应该再多问些问题，但我只能想到一个。

"现在怎么办？你，我是说，你不能就这样让纳特顶罪，简娜。你要说出来，对不对，你要告诉大家。"

简娜一只手捂在脸上。

"我知道，这个星期我一直都不好受。问题是，我除了这份自白书，没有其他任何证据了。西蒙还有一份自白录像，放在他自己的硬盘里,硬盘现在在杰克手上。硬盘里还有全部的证据,能够证明几个月的事都是他策划的。"

我挥舞着西蒙的自白书,就像是在挥舞盾牌。

"有这个就够了,再加上你的证词。"

"我会怎么样?"简娜喃喃低语道,"我……我也算是帮凶吧?或者是妨碍公务?我会被送进监狱的。而且杰克的录音还在,他对我肯定很生气,所以我都不敢去学校了。他经常会上门来找我,还有……"

门铃突然响了,她吓得一动不动。这时我的手机响了,传来一条消息。

"哦,阿蒂,可能是他来了。他每次经过,看到我爸妈的车没在停车道上,就会上门来看看。"

我手机的消息是库伯发的:杰克来了,到底怎么回事?

我抓住简娜的胳膊说:"听着,现在轮到我们反击了。和他讲清楚,我们来录音。你带了手机吗?"

简娜从口袋里拿出手机,门铃又响了。

"没用的。每次我们谈话前他都逼我把手机交出来。"

"好,那就用我的手机录。"我张望了一下,看到不远处饭厅暗暗的。

"我躲在那儿,你和他谈话。"

"我做不到,真的。"简娜低声说,我用力摇了一下她的胳膊。

"必须做到。简娜,弥补你的错误。趁一切还来得及。"我的手也在颤抖,但我还是给库伯发了个简讯:没事,你先等着。

接着我站起身,拉起简娜,把她推到门口。

"和他说。"

我手忙脚乱地溜进饭厅,弯下膝盖,打开手机的录音APP,点了开始键。我尽可能把手机放到饭厅和客厅间的过道里。然后快速退回瓷器柜的墙边。

一开始,我只能感觉到自己的血液涌向耳边。杰克的声音一响起,我的血就开始倒流。

"……你怎么不去上课?"

"我身体不舒服。"简娜回答。

"是啊。"杰克的语气带着轻蔑,"我也不太舒服。但我还是坚持去上学了,你也要乖乖去学校。保持镇定不要慌,听到了吗?"

要很仔细听,才能听清简娜的声音。

"你不觉得,现在有点过火了吗,杰克?我是说,纳特被关进去了。我知道计划是计划,可是现在出了问题,计划乱套了。"

我不确定手机能不能把她的声音录进去,但是我也没什么能做的,又不能在饭厅现场指挥。

"我知道你很不好受,"杰克的声音倒是听得很清楚,"但是我们没有后路,简娜。我们在一条船上。再说,选择栽赃纳特的人是你,不是我。本来要进监狱的是阿蒂,对了,这也是我过来的目的。你搞砸了,得想办法再整整她。我给你点建议。"

简娜态度强硬了一点:"杰克,西蒙疯了。把自杀伪造成他杀来陷害别人,太疯狂了。我想退出了。我不会把你的事告诉任何人,但是我想,我们要寄一个匿名信,告诉大家这一切都是骗局。我们必须收手了。"

杰克没好气地说,"简娜,这可由不得你。别忘了我手上有你的录音。我可以把所有证据扔到你身上,然后全身而退,没人会找到我头上。"

错,你这个混蛋。我暗想。

我的手机响起了蕾哈娜的《独一无二》。

库伯：你还好吗？

时间再次静止了。

我忘了用手机作"间谍设备"关键的一步：先把手机静音。

"什么鬼？阿蒂在这里？"杰克咆哮道。我来不及思考，迅速从饭厅跑进了厨房。谢天谢地，她们家厨房有一扇后门，我可以赶紧离开。重重的脚步声从后面追上来了，现在没时间跑到库伯的车边了，我只好跑进简娜家后头的树林里。我飞快地冲进矮木丛，害怕极了，迎面而来的树丛让我躲闪不及，最后我的脚勾到了什么东西，我面朝下摔了个狗啃泥。就好像是体育课"跑步事件"的重演。我的膝盖摔破了，呼吸困难，手掌被划开了。唯一不同的是——这次我的脚踝也遭殃了。

我听到身后的树枝一阵响动，距离比我想的要远，但是笔直地冲我而来。我试图站起来，忍住疼痛，试着想清楚眼前的情况。

有一点是肯定的，在我偷听了客厅里的对话后，杰克不会轻易放过我的，他一定要在树林中抓到我为止。要藏好不被发现很难。我很清楚我的脚完全跑不动了。我深呼吸了一下，放声尖叫："救命！"

我用最大的力气呼救，然后又呼救了一次。与此同时，我试着绕着走，绕开杰克可能会走的路线。我一点点靠近简娜的屋子，但，天哪，我的脚踝疼得要死。我不能再拖着脚走下去了，就在这时一个声音从后面响起，越来越大声，直到一只手抓住我的胳膊往回猛拉。最后我又叫了一声"救命"，随后杰克就用另一只手捂住了我的嘴。

"你这个烂人，"他恶狠狠地说，"知道吗，这是你自己找上门的。"

我用牙咬了他的手，他痛得大叫一声，像动物般野蛮，手松开又抬起，冲着我的脸就是一巴掌。

我一个趔趄，脸火辣辣地疼，但是最后稳住了脚，弯下身子，用膝盖抵住他的肚子，用指甲去抓他的眼睛。我成功了，杰克怒吼一声，转眼把我绊倒在地，我顿感眼前天旋地转。他压住我的脚踝，用手控住我的胳膊，力气大得就像虎头钳。他把我拉过去，死死卡住我的肩膀。

有那么一刻，我有个奇怪的想法：我以为他要亲我。

当然不是，他把我推到地上，膝盖着地，按着我的头撞向一块石头。我头骨疼得要炸了，眼睛里混进了红色的液体，然后视线变黑。有什么东西掐着我的脖子，我简直无法呼吸。我什么也看不见了，但是我听到他在说话。

"你应该替纳特进监狱，阿蒂。"他咆哮着，我拼命抓挠他的手，"但是这样也不错。"

"杰克，快住手！放开她！"是一个女生的声音，充满恐惧。

脖子上的力量松开了，我终于喘上了气。我听到杰克在说什么，声音低沉、愤怒，接着变得激动起来，变得暴躁起来。

我应该站起来，就趁现在！

我伸出双手，手指摸到了草和泥土。我拼命摸索着，想找一个支撑点。我想要从地上站起来。眼前的晕眩渐渐退去，一点一点来，不要慌。

那双手再次掐住了我的脖子，死命掐着。我使劲抬腿，想象自己是在骑车，但是却使不上劲。我眨眼，眨眼，不停地眨眼，直到视觉终于恢复正常。不过，我倒是希望自己没有看到杰克的那双眼睛——在月光下闪烁着凶光，冷漠又愤怒。我怎么从来没有发现？

我无法挣开他的手，不论怎么用力，都不行。

杰克迅速后退，松开手，我又能呼吸了。我还在暗自疑惑，他怎么松手了，为什么要突然松手？我从侧面爬起身子，贪婪地呼吸着空气，又能听见周围的声音了。我实在不清楚，到底是过了一秒钟，还是过了一分钟，然后有一只手放在我肩上，我眨眨眼，看到了一双完全不同的眼睛：善良，充满关心。还有，和我一样吓得够呛。

"库伯。"我声音嘶哑地说。他拉我找了个地方坐下，我把头埋进他的胸口，感到他的心在我脸颊上跳动着，就像警笛的悲号远远地传来，由远及近。

纳特

11月9日,星期五,15:40

感觉有什么东西变了。狱警叫我名字时,看我的眼神不一样了。不再是那种嫌弃的样子。

"带好你的东西。"他说。

我没什么东西好带的,但还是慢慢把所有物品放进塑料袋里,然后跟着他经过灰色的长廊,来到监狱长办公室。

以利在办公室门口徘徊,双手插着裤袋,一如往常紧紧盯着我。

"欢迎回归正常的生活,纳特。"

我没有任何表示,他又加了句:"你被释放了,你自由了。整件事都是骗局,现在大家都知道了。所以快把这身烂衣服脱了,换上自己的衣服,让我们赶紧离开这鬼地方。"

这时的我已经很会服从命令了,所以我照以利说的做了。没有什么事值得惊讶的,就连以利告诉我杰克被抓,我的内心也毫无波动。直到他说起阿蒂因为脑震荡和骨折住院。

"好消息是,只伤到了额骨,没有伤到脑部,很快就会恢复了。"

阿蒂,绣花枕头、舞会公主,化身帅气逼人的间谍忍者,现在躺在医院里挂了彩，仅仅是为了帮我洗脱罪名。她能够活下来，全靠简娜和库伯，简娜为了拖住杰克下巴脱了臼，而库伯在关键时刻就像超级英雄出场，就凭这点媒体一直吹到了现在。如果不是经历了这么多恶心事，我真替他高兴。

明明你什么也没犯，出狱前还要填这么多东西。

《法律与秩序》从来没讲过，原来重回社会还有这么多麻烦手续。最后我走出少管所时，眼睛都睁不开了，不是因为阳光刺眼，而是快被大批大批的相机晃瞎了，像是宣告了新生活的到来。当然，就像一场没完没了的电影，我一下子成了反派，一下子又成了英雄，就在短短的几个小时里。实际上我一直被关在这里，什么忙也没帮上。

我妈在门外等我，她现在应该又意外又高兴。我再也不用做好心理准备，随时担心她会突然消失。至于布朗温，即使我确切地说不想在这里看到她，大概也没有人会相信吧。我还没反应过来，布朗温的胳膊已经抱住了我，我的脸埋进了她的头发里，还是熟悉的苹果香味。

天，这个妹子简直有"毒"。我抱着她，就几秒钟，一切不开心都没了。

尽管还有很多问题要解决。

"纳特，重获自由的感觉怎么样？对杰克你有什么想说的吗？下一步有什么打算？"

以利替我挡住所有的提问和麦克风，我一路跟着走到他车边。他是个大忙人，按小时收费的，但是我还没机会见识一下他的真本事呢。律师费用少收了很多，因为布朗温解开了线索，追查到了证人，因为库伯的朋友赶在所有人之前连接了疑点，因为阿蒂差点把命也搭了进去，也因为库伯及时出手阻止了惨案再次发生。

我是咱这"杀人嫌犯俱乐部"唯一一个没做贡献的，就负责了担当"蒙冤入狱"的角色。

以利开车绕开了所有的新闻车，开到了高速路上，身后的少管所慢慢地消失在视野中。他开始讲个不停，说接下来还有事要做：他要和洛佩兹警官一起帮我摆脱贩卖违禁物品的控告。如果我想做公开说明的话可以找《米哈伊尔·帕瓦斯》节目，我需要重新适应学校的生活。

我呢，只是看着窗外，手一直紧紧握着布朗温的手。当最后听到以利问还有没有问题，我才发现他大概把自己的话重复了好几遍。

"有人照顾斯坦吗？"我问。我爸？不可能的。

"我。"布朗温回答，我愣了一下，她掐掐我的手问，"纳特，你没事吧？"

她试图和我对视，但是我做不到。她想让我开心一点，但是我做不到。我的肚子像是挨了一拳，现在才发觉，布朗温离我如此遥远。她的世界，充满着阳光、正面、条条框框。而我完全不是。

她是在我面前披荆斩棘的女孩，就像小时候玩"寻宝游戏"一样，躲在后面的我真是一点用也没有。她亮闪闪的头发把我迷得不要不要的，我都快忘了自己的懦弱。

"我想回家，好好睡上一觉。"我还是没有看她，但是余光可以看到她的表情，有点倔强，还有点失望。我的话不是她想要的答案，却不难理解其中的意思。

库伯

11月17日，星期六，9:40

感觉真是魔幻。星期六，我下楼吃早餐，就看到奶奶在看最新一期的《人物》杂志，封面人物是我。

我没有特地摆pose拍照，这是一张抓拍，是我和克里斯录完口供、离开警察局时拍的。克里斯看上去很帅，我则一副宿醉没醒的样子。一眼就能看出我们俩谁才是职业模特。

意外出名这种事有够奇妙的。一开始人们支持我，因为我被指控比赛作弊和谋杀。然后他们讨厌我，是因为我被爆料不喜欢女生。现在他们又重新爱上我了，因为我出现在正确的时间、正确的地点，给了杰克压倒性的一拳，"正中红心"。

大概是因为和克里斯在一起，沾了他的光吧。以利把最大的功劳给了克里斯，因为是他推理出了整个案件的来龙去脉，所以克里斯现在是这起事件的大明星。他越想避开媒体，媒体只会越喜欢骚扰他。

卢卡斯坐在奶奶的对面，一勺勺往嘴里送可可麦片，眼睛浏览着iPad。

"你的脸书主页有十万的点赞。"他一边报告，一边掀开遮在眼前的一撮头发，就像在赶一只讨人厌的虫子。这对他来说是个好消息，自从我洗清嫌疑，大部分所谓的"粉丝"都取关了，他一直不太开心。

奶奶哼了一声，把杂志扔到餐桌上。

"真没节操。一个孩子死了，另一个孩子这辈子毁了，剩下你们几个也受了牵连，这些人还当作电视节目来看热闹。不过谢天谢地，这种热度很快就过去了。总会有新的事跑出来，然后你们就能恢复正常生活了。"

怎么样都无所谓了。

杰克被抓已经是上星期的事了。目前为止，他被指控犯故意伤害罪、妨碍公务罪、伪造证据罪，还有一些我不太懂的术语。他也请了律师，现在就在纳特待过的少管所里。这是他应得的惩罚，但我还是有点缓不过来。要杀害阿蒂却被我阻止的恶魔，和我是从九年级就相识的铁哥们，我实在无法将这两个形象联系起来。

他的律师将辩诉的重点放在西蒙的教唆上，可能会说得通吧。或者阿舍顿说的是对的，杰克就是一个不折不扣的控制狂。

简娜和警方合作，供出了一切，似乎得到了从轻处置。她和阿蒂现在真成了形影不离的闺蜜。我倒是对她有很复杂的感情，如果她早点坦白，事情也不会发展到这一步了。但是话说回来，我也不是没有责任的。

当阿蒂打了止痛药，在病床上昏迷不醒的时候，简娜和我讲了所有情况，包括我做的傻事，在开学舞会上轻视西蒙，才把自己牵扯进来。

我必须寻找新的生活态度，如果执着于别人的错误，生活永远也不会向前。

"你今天要和克里斯见面吗？"奶奶问。

"是的。"

卢卡斯专心致志地吃麦片。

我今天也要和吉丽见一面，在和克里斯碰头之前。一方面我觉得欠她一个道歉，另一方面她也算是事件的相关人，警方从西蒙的自白信和录像里不断听到她的名字。不仅是校外，学校里的人都猜到了。

这星期早些时候我给她发了消息，想关心一下她。她倒是和我道歉，在我和克里斯被曝光后没有第一时间相信我支持我。她真的很大度，毕竟我过去骗了她这么久。

在此之后我们偶尔会碰到，她断绝了很多社交，变得没那么令人瞩目了，尽管她自己不知道是怎么回事，但我是少数几个能够理解她的人。

也许我们以后还能做朋友，我希望如此。

爸爸拿着笔记本电脑走进厨房，轻轻晃动电脑，好像里面装了宝贝。

"查看了邮件吗？"

"今天早上还没有。"

"乔西·兰利在打听你。他想知道你考虑得怎么样了。加州大学洛杉矶分校给你发了录取邀请。不过路易斯安那州立大学那边还没消息。"

爸爸当然还不满意，除非棒球全国五强的大学全部提供奖学金才行。现在只有路易斯安那还没有消息，爸爸有点不开心，因为他们球队可是全国第一。

"对了，乔西下星期想和你聊聊，有时间吗？"

"好的。"我回答，虽然我基本放弃直接进职业球队了。一说起自己的棒球事业规划，我就更想先进入大学球队。这辈子打棒球的时间还很长，但是上大学的机会却只有几年。

我的第一志愿是加州大学。因为在我跌入谷底的时候，唯独他们没有将我拒之门外。

但是和乔西·兰利谈一下能够让爸爸开心。自从棒球和大学的好消息接连而来，我们又恢复了过去的父子关系。

阿蒂

11月17日，星期六，14:15

感觉还不错。因为脑震荡和脚踝扭伤，我不能自己骑车去定期检查，所以阿舍顿开车送我过去。但病情按预期慢慢地好转，虽然有时头动得太厉害还是会疼。

感情的伤口愈合得更慢一些。一半的时间里我害怕杰克死了，另一半的时间里我又恨不得亲手杀了他。我承认，关于我和杰克的畸形关系，阿舍顿和特里都没有说错。他掌控一切，我任他摆布。可是我从来没想到他会那样，那天树林里发生的事，我怎么也想不到是他会做出来的。

杰克伤了我的脑袋，也伤了我的心。我的心就好像被一把钝刀子生生地割成了两半。

我不知道对西蒙是什么感觉。有时候我真的觉得他很可怜，他计划了这么多，就是为了毁掉四个人。因为他自认为我们夺走了他的一切，所有人都想要得到的一切：成功、友情、爱情、受人关注。

但大部分时候我还是更希望自己不认识他。

纳特来医院看了我。出院后我们也见过几次。我挺担心他的。他不是那种很外向的人，但是他说的话，足够让我感受到他的沮丧，因为他自责没有帮上忙。我试图安慰他，可好像没什么效果。我希望他听进去了，因为没有人比我更了解，当你觉得自己很没用时，你的生活会变得多么糟糕。

在我出院后，特里给我发过几次消息。他一直在委婉地约我出去。但是我最后不得不诚实地拒绝他。都是因为和他的事，我才陷入一连串麻烦里，现在怎么能回头再和他一起呢？有点可惜，因为我们之间还是有点化学反应的。但是我现在开始明白,生活中总要有点遗憾,不管你的初衷是好是坏。

所以就这样吧。我不同意妈妈的话,不觉得这辈子只剩下特里这么一个优选,我也不能用特里来排解寂寞。寂寞是不成熟的表现。妈妈自认为是感情专家,其实自己的感情生活也是一笔糊涂账。

我倒更愿意听听阿舍顿的想法,她刚刚拒绝了以利突如其来的感情攻势。纳特的案子一结束,以利就开始追她,约她出去。但阿舍顿明确地告诉他,自己还没有准备开始下一段感情,所以以利只好从忙碌的工作中抽空,偶尔关心一下阿舍顿,尽量表现得不那么明显。不管怎么说,阿舍顿还挺享受的。

"我不确定咱俩能不能成,说真的,"定期检查后,我一瘸一拐地爬上车座位,阿舍顿这样说,"你看看他的头发。"

"我喜欢他的头发,我觉得很有个性。再说,看上去软软的,像一朵云。"

阿舍顿被逗笑了,伸手梳了梳我的头发。

"我喜欢你的头发,留长一点,我们可以扮演双胞胎。"

这是我的秘密计划。我羡慕阿舍顿的波波头很久了。

"我有事要说。"她一边开车离开医院,一边故作神秘道,"是好消息。"

"真的?什么好消息?"我快记不得好消息是什么样的了。

阿舍顿摇摇头,微笑:"你看了就知道了,先保密。"

她把车停在一栋崭新的公寓楼前,算是贝维优高档小区之一了吧。阿舍顿配合着我的步子,我们一起慢慢走进明亮的中庭,她带我坐到大厅的长椅上。

"在这里等着。"说完,她把我的拐杖靠在长椅边上,然后自己消失在了转角处。十分钟后她回来了,带我乘电梯到了三楼。

阿舍顿把钥匙插进302室的门锁里,推开门,只见一个宽敞的公寓,有一个高高的阁楼天花板,到处都是镜子、裸露的砖墙,地上是光亮的木地板。我一下子爱上了这间公寓。

"你觉得如何?"她问。

我把拐杖放到墙上,蹦跳着进了半开放式厨房,我喜欢马赛克装饰的后挡板。谁知道贝维优还有这种高档货?

"很漂亮,你,呃,想租下这里?"我尽量让自己的声音听上去自然一点,真不想让阿舍顿扔下我一个人和妈妈住。阿舍顿结婚后一段时间没住家里,但是现在我习惯了她在我身边。

"我已经租下来了。"她笑了起来,站在实木地板上转了转,"你还在医院的时候,我和查理申请到了这套单身公寓。虽然还没装修完,一旦弄好了,可以好好利用起来。他同意拿出所有学费贷款作为离婚补偿。我的设计师工作还没啥起色,但是有地方住,就够缓冲一段时间了。贝维优的房价比圣地亚哥合理多了,那里市中心的房子租金是这里的两倍。"

"很好!"我希望自己表现得足够高兴。不过我确实应该替她高兴。我会很想她的。

"你最好留个房间给我。"

"的确给你留了一间。"阿舍顿说,"但是我不欢迎你有空来看看。"

我瞪着她,是我听错了吗?我以为我们过去几个月处得不错呢。

她看着我惊讶的样子,大笑起来:"因为我想让你一直住在这里,不要走了,傻瓜。你和我一样,不想再住在妈妈家了吧。妈妈也同意了。她现在和贾斯汀有点淡,想要更多的两人世界来重燃爱火。再说,你还有几个月就要成年了,不再需要监护人了。"

她还没说完,我一把抱住她。她有点不好意思,几秒钟后挣脱开,我们还没习惯太亲密的姐妹关系,一不小心就有点尴尬了。

"去吧,去看看你的房间。就在那边。"

我蹦跳着进了一间敞亮的房间,有大大的窗户,可以看到公寓后面的自行车道,墙上有一排排装饰书架,天花板上亮闪闪的,漂亮的灯架上装着各种大小、各种形状的灯泡。我喜欢这里的一切。

阿舍顿靠在门边,冲我微笑。

"这是一个新的开始。是你的,也是我的,嗯?"

终于,我才确认了,自己真的不是在做梦。

布朗温

11月18日，星期天，10:45

感觉很糟。

在纳特释放回家那天，我接受了唯一一次媒体采访。并不是自愿的。米哈伊尔·帕瓦斯就在我家附近守着，这是我第一次见他大展魅力，果然是无法阻挡。

"布朗温·罗哈斯。总算见到本人了。"他身穿一件海军蓝西装，系着花纹精细的领带。他伸出手的时候，金色的袖口和脸上的微笑同样闪亮。我险些没注意到他身后还有摄像机。

"最近几周我一直想采访你。你没有放弃过帮助朋友，对吧？我很欣赏这种精神，还有你调查案子的勇气。"

"谢谢。"我轻描淡写道，他说的不过是恭维我的话而已，虽然我很受用。

"我喜欢你做事的态度。你有时间和我们讲讲，你经历了怎么样的困难，现在一切结束了，感觉如何？"

我应该拒绝的。今天早上罗宾和我们家开了最后一次律师会议，其中的一项建议就是保持低调。就和之前一样，她的判断没有错。可现在我想借此机会说明一件事，之前爸妈一直不让我说。

"只说一点。"我看着摄像机，米哈伊尔微笑着，鼓励我说下去。

"我在化学考试上作弊了，抱歉。不仅因为一次糊涂陷入了大麻烦，还因为作弊本身就是不对的。我父母从小教育我要诚实，要努力，就像他们一样。可是我让他们失望了。这对他们不公平，对老师不公平，对那些我想申请的学校不公平。对西蒙也不公平。"

说着说着，我的声音颤抖起来，眼泪怎么也忍不住了。

"如果我知道,如果我当时想……我永远都不会原谅自己。我再也不会做这种错事了。就说这么多。"

我怀疑米哈伊尔很失望。不过他还是把这段采访放在了报道的结尾。有传言说,他想靠这一系列报道拿艾美奖[①]。

爸妈劝我不要太自责,西蒙的事责任不在我,就像我也这样劝库伯和阿蒂一样,还有纳特,如果他还愿意理我的话。可自从他出了少管所以后,我都没怎么听到他的消息。他和阿蒂说话的机会比我还多。

——我是说,他确实和阿蒂比较聊得来。阿蒂简直像个摇滚明星了。但我还是很难受。

最后他同意我去他家聊聊。但我一摁响门铃,才发现自己不再像以前那么兴奋、那么期待了。从他被抓以后,有些东西变了。我几乎不抱希望他会在家。但是他打开了门,退到一边让我进屋。

比起我上次来喂斯坦,纳特家变得好多了。他妈妈住下了,给房子添置了很多新东西:窗帘、靠枕、带框的画等等。在他回家之后,我们仅联系过一次。他告诉我,他妈说服他爸去戒酒所治疗了。纳特对他爸没什么指望,但能暂时让他爸离开一阵子也不是坏事。

纳特一屁股坐进客厅的扶手椅,我则走到爬虫箱,看看箱子里的斯坦,假装漫不经心的样子。斯坦朝我抬了抬前脚,我又惊讶又想笑。

"斯坦是在和我招手?"我问他。

"是吧。他一年才招一次手。而且他只会这个动作。"纳特看着我的眼睛,笑了笑,有那么一刻仿佛我们之间恢复了正常。接着他的笑容消失了,低下了头。

"呃,我最近忙得很。洛佩兹警官想让我参加周末兼职,在东加

[①] 艾美奖(Emmy Awards),美国电视界的最高奖项。

州东部的某个建筑公司。我二十分钟后就要到那儿。"

"蛮好的。"我咽了一口唾沫,为什么和他说话变得这么困难了?几个星期前这还是世界上最简单的事。

"我就……我想说……呃……我知道你经历了什么,如果你不想说,我可以理解。你想找人聊聊,可以找我。你看……我还……在乎你呢。就和以前一样在乎。所以,呃,我想说的差不多就这些吧。"

真是尴尬的开场白,弄巧成拙。这下可好,我在自顾着想博得同情,他却看也不看我。等我说完,他终于看了,可是眼神平静。

"我一直想和你说清楚。首先,真的很谢谢你为我做的。说真的,我欠你的,可能这辈子也还不完了。但是现在是时候回归各自的生活了,对吧?在正常生活里,我们不属于彼此。"

他又一次移开了眼睛,我简直想死。如果他再多看我十秒,就十秒,我就当他在骗我。

"是的,你说得对。"我也被自己坚定的语气吓到了,"但是我不在意这个,我觉得你也不用在意。我对你的感觉没变,纳特。和以前一样,我想和你在一起。"我从来没有这么直接地展现自己的感情。

话一出口,我为自己的勇敢高兴。但是纳特表现得很冷漠。我认为,一切外力都阻挡不了我们。

父母不同意?没关系!被抓进监狱?我会救你出来!

——唯独他的冷漠,会把我深深打败。

"意义何在?我们的生活完全不同,没有共同点。唯一的共同点现在也没了。你应该为常春藤做准备,而我——"他哼了一下,听上去不像是在开玩笑,"不管做什么,都和你不一样。"

我多想抱住他,吻住他,让他不要再说下去了。但是他的脸上明明白白写着拒绝,就像他的灵魂已经跑了好远好远,在等身体赶上去。

就好像他让我过来,只是出于一种责任、一种义务。我受不了了。

"你说真的?"

他很快地点点头,一点希望,一点点希望都不留给我。

"是的,祝好,布朗温。再次感谢。"他站起来,似乎要送我出门。可现在的我,不需要装模作样的礼貌。

"不麻烦了。"我说完,低下头从他身边走过去。我走出他家的门,走到我的车边,身子挺得直直的。

我告诉自己不能跑,手忙脚乱地在背包里摸索起来。我的手在抖,好不容易才找到了车钥匙。

我一路开着车,努力不眨眼,眼睛都干了。直到回到房间,我一下子崩溃了。梅芙轻轻敲着门,最后没等我回应就走了进来,她蹲到我身边,用手抚摸我的头发。我却已经抱着枕头哭成一团,就像抱着我"破碎"的心。这词不单单是一个比喻。

"很抱歉。"梅芙说。她知道我去哪儿了,我也不用解释发生了什么。

"他就是这样一个人。"她没有再说话,看着我哭光最后一份力气,最后坐直身子,擦了擦我的眼泪。我都忘了,原来用尽全力去哭,会这么累。

"对不起,这事我也帮不了你。"梅芙把手伸进自己的口袋,拿出她的手机,"但是我有点东西要给你看,说不定能让你开心一点。你在《米哈伊尔·帕瓦斯真相调查》说的那番话,在推特上引起了很大的反响。哦,别担心,都是正面的反响。"

"梅芙,我现在没时间关心这个。"我疲倦地回答。自从这件事情发生后,我就没有再上过推特了。把所有动态设为个人可见的时候,我都没有看任何评论。

"我知道,但你应该看看这条。"她把手机递给我,指了指一条

标记了我的推特,是耶鲁大学发的:

　　人非圣贤,孰能无过? @布朗温·罗哈斯 我们期待收到你的入学申请。

三个月后
布朗温
1月16日,星期五,18:50

我现在和埃文·内曼交往了。一切来得不知不觉。一开始我们在一些大团体活动,然后是一些小团体。又过了几个星期,在由美子家和大家一起看完《黄金单身汉》①(我们都不喜欢这节目),他提出开车送我回家。

在回去的路上,他突然靠过来,吻了我。

——感觉,还不错。

他接吻的技术很好。我发现每次和他接吻的时候,自己都能保持冷静,客观分析他在技术上的表现,而没有感到一点心动或者吸引力。我回吻他的时候,脸不红心不跳,手脚也不会颤抖。

吻本身没有毛病,他也是那种优秀的男孩子,这就是我一直想要的高中恋爱。

---

①黄金单身汉(The Bachelor),美国一档著名的相亲真人秀,以一个成功男士与多位女性出游约会为主要内容,节目最后该男士会选择一位女士作为交往对象。

进展和我过去设想的一样,我们是一对安稳的情侣。能在春假①舞会上有固定的舞伴,可是件不错的事。但是我规划的毕业后的生活里完全没有考虑他。我们高中毕业就会分手,这样最好。

我最后还是申请了耶鲁大学,但是犹豫了很久。下个月,我要和所有人一起见证我的成功,或者是失败。尽管我不会再把成败当作人生的全部了。周末我一直在以利那里实习,想万一留在本地工作,加入"无证无罪"组织也并非没有可能。

一切都充满了不确定,但是我在做准备。我常常会想到西蒙,媒体把他的行为称作"怨天尤人式犯罪"——他总觉得这个世界是欠他的,他没有得到自己想要的,所有人都应该为此付出代价。

这种想法我简直无法理解,除了那次我鬼迷心窍,选择了作弊。我再也不想做这样的人了。

我唯一一次见到纳特是在学校。他在学校出现的频率多了,我猜他想好好学习了,不过不太能确定,因为我们已经很久没有说过话了。真的很久了。

他之前说"回归各自的生活"不是开玩笑的。

有时候我会看他,正巧他也总是在看我。但也许只是我一厢情愿的错觉吧。

我还是会时常想起他,真烦。我还以为和埃文在一起,就能彻底忘记纳特了,但是却适得其反。

所以我总想不起来埃文,除非我们真的待在一起,所以有时候我忘了自己是他女朋友。就比如说,今天晚上。

---

①春假(spring break),除了正常的寒暑假之外,美国高中每年都在春季学期中间安排春假,时间一般是一周,也有个别学校安排两周的假期,基本在三月份。

我在圣地亚哥交响乐团有一场钢琴独奏,是高校音乐演出系列活动之一。我从高一的时候就开始申请演出,但是从没有得到过邀请。上周,我终于做到了。有可能算是西蒙事件的影响,但我更愿意相信,是我递交的"卡农变奏曲"演奏视频起了作用。从去年秋天开始,我进步了很多。

"你紧张吗?"下楼时,梅芙这样问我。为了我的演出,她特地穿上了复古的深紫色天鹅绒长裙,头发盘着,缀满小小的宝石发夹。最近她要出演学校戏剧社排练的《亚瑟王》①,扮演的是桂妮维亚,她有点太入戏了。不过这打扮倒是挺适合她的。

我的话衣着就比较保守,低圆领针织裙,腰部饰有灰黑色的细纹和波点,膝盖以上做了加宽处理。

"有点紧张。"我回答,但是她没在认真听。她的手指在手机屏幕上飞快打着什么,可能是要和扮演兰斯洛特的男生再约一次"周末排练"。尽管她狡辩说两人只是朋友。

我也拿出自己的手机,趁着最后几分钟给凯特、由美子、阿蒂和库伯发消息。

由美子:要等埃文一起过来吗?

这时候我才想起,我没有邀请他。

不过没事,又没什么可惜的。这次演出的消息报纸上都有,如果他看到了,他肯定会主动说要来的。

我们现在在科普利交响音乐厅,舞台在一排排观众面前。轮到我了,我走上偌大的舞台,钢琴就在舞台的中央。除了偶尔的咳嗽声,整个观众席没有一点声音,可以清晰地听到我的鞋跟在光亮的地板上

---

① 亚瑟王(King Arthur),古不列颠最具有传奇色彩的君主,圆桌骑士的首领,围绕着他有许多的民间神话,而下文提到的桂妮维亚是亚瑟王的王后。

发出"嗒嗒"声。

我收了收裙子,坐到了黑檀木座椅上。我从来没有在这么多人面前表演过,但是我却没有想的那么紧张。

我放好手指,等待后台的指令。当我开始弹奏的时候,我就知道,这会是我有史以来最好的一次。每一个音都弹准了,不仅如此,我还出色地完成了渐强和渐弱的变化,我把过去几个月的感情汇入指间,我感到每一个音符都像是我的心跳。我知道观众也同样被感染了。

一曲完毕,大厅里响起了雷鸣般的掌声。我站起来,鞠了一躬,享受着大家的喝彩,直到舞台导演示意我下场,我才从舞台侧边离开。在后台我收到了爸妈送的鲜花。

在欣赏剩下的演出时,我一直紧紧握着花束。

结束后,我和朋友在门厅碰了面。凯特和由美子又献给我一束稍小一点的花,我把两束花一起拿着。阿蒂脸红红地笑着,穿着田径队训练服,下面是一条黑裙子,这裙子也太不像运动员了。她现在的发型是波波头,和她姐的看上去一模一样,除了颜色略有不同。她决定趁头发变回黄色之前再全染成紫的,感觉很适合她。

"太棒了!"她兴高采烈地说着,一把抱着我,"他们说应该让你开个专场的。"

比较意外的是,我看到以利和阿舍顿一起出现在后面。阿舍顿说过会来,但是我没想到以利能抽空过来。他很忙,这点我比谁都清楚。他们现在正式在一起了,不知道以利是怎么陪阿舍顿做这做那的。看他总是一脸傻笑地跟着阿舍顿,我怀疑刚才的演奏他一点也没听进去。

"弹得不错,布朗温。"他说。

"我给你拍了视频。"库伯晃了晃手机,"我稍微剪辑一下就给你。"

阿蒂不停地探着脖子,在热闹的门厅里望来望去。我还以为她有了新的对象呢。

"在看谁呢?"我问。

"什么?没有没有。"她轻轻摆摆手,"就是随便看看,这音乐厅真气派。"

阿蒂是演技最差的人,我顺着她的目光看,却没见着什么神秘人物,她看上去也一点都不失望。

大家聊得差不多了,半个小时后,我和梅芙、爸妈一起走出了音乐厅。我爸爸看了看夜空的星星说道:"车子停得有点远。如果你们不想多走路的话,在这里等我,我去开过来。"

"好的。"我妈说着亲了亲他的脸。我握紧手中的花,看着身边一个个打扮光鲜的人,他们有说有笑,纷纷走去了人行道上。一辆辆同样光鲜的车经过眼前,我一辆辆数着,虽然知道我爸不可能这么快过来。

一辆雷克萨斯,一辆路虎,一辆捷豹。

一辆摩托。

车灯暗了下来,车上的人摘下了头盔,我的心猛跳着。纳特从车上爬了下来,经过一对老夫妇身边,朝我走来,眼睛一直看着我。

我喘不过气了。

梅芙拉了拉妈妈的胳膊,说:"我们应该离停车场近点,这样爸爸才容易找到我们。"

我的眼睛看着纳特,完全没有注意到妈妈深深地叹气。她带着梅芙走开了,现在我一个人站在人行道上,看着纳特一步步走向我。

"嗨。"他看着我说,看上去像没睡醒,还带着黑眼圈。突然一阵愤怒涌上我的心头,我不想见到他。他的眼睛,他的嘴巴,他脸上的任何地方。

过去三个月我因为这张脸伤透了心。一天晚上，我下定决心，再也不会这样下去了。现在他又毁了我的决心。

但是我不会表现出来的。

"你好，纳特。"我没想到自己这么冷静、从容。可他不知道我的心多么痛苦，"最近怎么样？"

"还行。"他把手插在口袋里。看上去有点尴尬，这对他来说可不常见。

"我爸爸又去戒酒了，他们说情况还不错。他还要再试一次。"

"很好，祝他成功。"我听上去言不由衷，但是心里就是这样想的。在这里越多待一秒，我就越难克制自己。

"你妈妈呢？"

"很好。在工作，她彻底从俄勒冈搬回来住了，所以，这次应该会待很久。她也是这样打算的。"他用手捋捋头发，对我笑了一下，浅浅的一笑。以前他每次亲我前，都会这样笑。

"我看了你的表演。我上次说错了，还记得我第一次在你家听你弹钢琴吗？我觉得今天晚上才是我听过最动听的曲子。"

我加大了手上的力度，结果戳到了玫瑰花枝上的刺。

"为什么？"我问他。

"什么为什么？"

"为什么会过来？我的意思是——"我环顾了一下四周，"你不喜欢这种场合，对吧？"

"是啊，"纳特承认，"但对你来说是个重要的日子。我想来看看。"

"为什么？"我又问。我还想问下去，可是嗓子哑了，眼睛又酸又胀。我努力呼吸，用手戳着玫瑰刺，希望疼痛能转移我的注意力。好吧，完全没有用。我又哭了，讨厌自己的不争气。

接下来几秒钟我强撑着,纳特还在靠近。我不知道朝哪儿看了,因为我的眼里都是他。

"布朗温。"纳特伸手挠了挠后脑勺,咽了口唾沫。我发现他和我一样紧张。

"我是个傻瓜。被关进去后,整个人都不清醒了。我以为没有我,你的生活会更好。所以我想……我提了分手。对不起。"

我低头看着他的鞋子,这是最安全的地方。我不知道自己该怎么回答他。

"我……我从来没有真正爱过一个人,你知道吗?我这么说不是想让你内疚。我只是想解释,我没有……没有……我不知道是怎么回事。你不能假装我们之间没有发生过,就这样不要我了。"纳特的两只脚来回承担着身体的重量,这下我才发觉自己已经盯着地上很久了。

"我和阿蒂讲了实话,因为——"他笑了一下,"因为她可没打算放过我。我问她,如果我来找你,你还会生气吗,她说没关系的。怎么说,我还是欠你一个解释。她这次又说对了。"

阿蒂,又多管闲事了。怪不得刚才她在大厅里眼睛探来探去的。

我清了清嗓子,试图让声音清楚一点,但是没什么用。

我继续含糊地说:"纳特,你不仅是我的男朋友,也是我的好朋友。可能只是我自己觉得吧。但是你不能这样突然不理我,就好像我们什么也不是。"

我咬着牙,防止自己再哭。

"我知道,我……天哪,我还是解释不了,布朗温。遇到你,是我这辈子最幸运的事,可我真的很害怕。我害怕自己耽误你,或者你改变了我。所以那天在我家我说了那种话。但是我错了。"他用力吸了口气,声音低了,"你是独一无二的。我们小时候认识时,我就知道了。我……我不懂珍惜。我们总算在一起了，可是我不懂珍惜。"

他在等我的回答，我该说些什么。但是我还是说不出话。

"对不起。"他说着，又换了一只脚支撑着身体。"我不该过来……这样突然出现，平白无故地。我不是要故意毁了你的大好日子的。"

人行道上，人差不多走光了，周围空气变凉了。我爸很快就来接我了。

我最后抬起头，尽量表现得不在意。

"你真的伤到我了，纳特。你不能就这样，骑车走人。"我的手胡乱地挥舞着，"假装一切都没事，不要这样。"我说。

"我明白。"纳特看着我的眼睛，"但是我希望，我是说，就像你说的，我们还是朋友对吧？我想问你，虽然有点傻，不过，你知道克雷顿街的波特影院吧，经常放一些旧电影的。最近要放《分歧者》第二部了，我在想，你想不想一起去看呢？如果有空的话。"

一阵沉默。

我的脑子里在打架，但是我知道一件事——如果我说"不想"，只是为了面子和自尊心，而不是因为真的不想。

"作为朋友。"我说。

"朋友路人都行，随你。呃，我是说，当然是朋友。"

"可你第一部都不喜欢。"

"是啊，"纳特故意装作后悔的样子，但是马上笑了出来，"但是我喜欢你，我很想你。"

一见我皱起眉头，他立刻补充道："作为朋友，对。"

我们对视了几秒钟，最后还是他开了口。

"好吧。说实话，我不想只做朋友。但是我知道你现在还不能接受。所以我们还是看看烂电影，一起出去玩吧。只要你愿意的话。"

我的脸在发烫，嘴角上扬了。我的表情啊，彻底出卖了我。纳特看到了,一下子高兴起来。但是我没有说话,他以为我要拒绝他,开始挠脖子,低着脑袋。

"好,你考虑一下,行吧?"他低声恳求着。

我深深吸了口气。被分手的感觉只是心碎。但是要完全放开自己,再次面对伤痛,才需要勇气。我坦白过一次,坦白自己对他的感觉。还有那次我把他从监狱救出来。

我现在打算给他最后一次机会。

"如果你承认《分歧者2》是电影界的奇迹,你迫不及待要看了,我可以同意陪你去看。"

他瞬间抬起头,朝我微笑,就好像太阳出来了。

"《分歧者2》是电影界的奇迹,我等不及要去看了。"他说。

幸福感完全占据了我,一点一点,到我的心怎么也装不下去了。我能搞定,我可不会随随便便放过这家伙。在"朋友"走向下一阶段前,纳特得把《分歧者》系列全看完。

"这么快,"我说,"我还以为你不愿意呢。"

"我已经浪费了太多宝贵的时间。"

我微微点头:"有觉悟。到时候我给你打电话。"

纳特的笑容僵了一下。

"我们还没正式交换过手机号吧?"他说。

"你的一次性手机还在吗?"我问。我的一直放在衣柜里,我还经常充电。以防万一。

他脸又亮了,他说:"还在。"

轻柔的车喇叭声叫个不停。爸爸的宝马车就停在我们后面,妈妈摇下了一点车窗,朝我们张望着。如果只能用一个词形容她的表情,那应该是"无可奈何"。

"我的车来接我了。"我和纳特说。

他把手伸向我，很快握了一下我的手，然后放开。

对天发誓，我的手上真的闪过了火花。

"谢谢你给我机会。我等你的电话，好吗？我会一直等你的，等你准备好了。"他说。

"好。"我经过他的身边，走向宝马车，感觉他在回头看我。我最后还是笑了，一笑就再也收不住了。

不过没事，当我望向后座车窗，看到玻璃上他的倒影时，发现他的笑容也和我的一样收不住呢。

布朗温

3月7日，星期四，18:50

我的房间好像遭到了风暴袭击，而且是只会卷跑衣服的风暴，因为其他的东西都还好好地放在原位。

梅芙把头伸进在我的衣柜里，声音听上去有点模糊。

"没剩下什么了，哦，等等，你觉得这件怎么样？"

说着，她拽出一个衣架，眯起眼仔细打量。

"好吧，不怎么样。和我想的不太一样。"她抬起头看向我问道，"这是什么？"

我靠过去，一脚踩到了地上的发夹，疼得退缩了几步。

"这是去年万圣节的服装，我在由美子的派对上穿的，角色扮演。"

我妹妹扯了扯衣服黑色的面料，脸上画着大大的问号。

"什么角色？"她问。

"一个朝圣的香客。"

"我一定是患选择性健忘了。"她低声说，把它随手扔到一堆衣服上，"难以置信，你竟然在万圣节派对上穿成香客。好吧，至少还算正式。没有衣服可以挑了,但现在你有一个不算是约会的约会。呃,幸好不算是约会,对吧?"

她靠近到我床边,最后选出一团蓝色的衣物,展开递给我。

"穿这件船领的,你这样穿,就是等于给他一个暗示:我很可爱,不过可没有精心打扮,因为你还不是我男朋友。我有男朋友,即便只是名义上的,不知为什么我们还没有分手。但是我两个小时不回他的短信,忙着纠结到底穿什么衣服和你去看电影。"

我接过衣服吐槽道:"这暗示的信息量可真大。"

梅芙耸耸肩:"可以说,这是一件信息量巨大的衬衣。"

她坐到床边,看着我试穿今晚的最后一件衣服。必须是最后一件,因为我要迟到了。

"看上去怎么样?"我边问边用梳子随便整了整头发,然后在地上找我的平底鞋。

"好极了。"

"如果不好,你会说出来吗?"

"不会。"她坏笑了一下。

波特影院是最近几年新开的,实际上经营方式却很老派。顾客不算多,换句话说,不像贝维优商业街那么热闹、没有隐私。影院本身是一栋普通的矮建筑,离阿蒂姐姐的公寓不远。外面看上去一点也不像是影院,除了门口能看到一块小黑板,用彩色的字列出今天放映的电影,就像咖啡店的菜单一样:

分歧者 2:绝地反击 7:00 PM
公主新娘 7:15 PM

售票窗口挤着一堆人，但没有我认识的脸孔。我推开门，爆米花的香气扑面而来，我的嗓子开始发干。我在大厅外停住了脚步，在人群中搜索着他，却怎么也找不到，我的肚子也跟着紧张起来。

我看了眼手表，发现自己迟到了十分钟，难道他比我还晚？这可不是个好兆头。如果他今天没有出现怎么办？我应该马上回家和梅芙看《吸血鬼猎人巴菲》。尽管我们现在追的这一季中，巴菲一直在做蠢事，我都郁闷得想弃剧了。

"嗨，布朗温。"纳特从人群中出现了，手上拿着红白条纹的纸盒，里面装着爆米花。他穿着一件黑T恤衫，我一眼就看出了，这绝不是精心挑选了两个小时的成果。他的黑头发也乱乱的，刘海垂到了额前。他对着我笑了一下，我回笑了一下，心里松了口气，心情还有点美丽。

自从上个月的音乐会后，这还是我们第一次在校外见面，要一下子接受纳特新的转变不太容易。他没有穿以前的那件皮夹克，手臂感觉也比以前粗了点，可能是周末在建筑公司工作的缘故。天哪，我才回过神来，发现自己一直盯着他的手臂看。我的脸颊瞬间滚烫，抬起头和他对视着。

"嗨，纳特。"

纳特低头看了看爆米花，像是要确认它是否还在手上。

"你喜欢爆米花吗？"他问。

"当然，爆米花和电影，天造地设的一对。"我交叉双手，然后又放开，无论怎样都不自在，就感觉任凭双手闲着很奇怪。

"我们去买票？"

"我已经买好了。"纳特说。

我伸手在包里找钱包，他凑过来，用腾出来的那只手按住了我的手。

我觉得自己的脸更红了。

淡定，布朗温。表现得自然些。

"我请客，好吗？你看，《分歧者2》可是电影界的奇迹，你愿意陪我看，已经算给我面子了。"

我张嘴要辩解，但是灯光闪了起来，提醒着我们电影就要开场了。我决定心安理得地接受他的好意。

——毕竟他害我过去的三个月这么难过。

位置在后排，但是我们一坐下，椅子发出的声音还是很引人注意。是不是因为情况比我想的还尴尬？还是因为不再是男女朋友关系，周围的目光会让我分心？我想不出个所以然来。这么久没见他，我都快忘了他的睫毛原来这么长。

影厅里的观众席只坐了一半，我们前面后面都没有坐人。纳特把爆米花桶放到我们之间扶手的杯架里，然后把脑袋侧过来，正好灯灭了，银幕上亮了。

"你看上去真好看。"他声音很小，呼吸就在我的耳边，热热的。我的脊柱开始发麻，肌肉都有些僵硬了。我以为他要吻我。

别想了，不可能。

我提醒自己。我们本可以打上几周的电话来做铺垫，就像从前那样。

"谢谢。"我侧向另一边的扶手，眼睛注视着屏幕，说，"来得正好呢，电影才开始。"

我一声不吭地看着电影，直到一个角色出现时，我觉得有必要说明一下，纳特很有可能忘了这个角色是谁，所以我轻声说道："这个是反派头目。"

"我记得。她想要除掉，呃，"他闭上眼睛，集中注意回忆着角色名，但好像没成功，所以最后只好归为一个词，"除掉每个人。"

我对他挑了一下眉,做了个"请继续"的手势。

"因为门派斗争[①]。"

他嘴巴都快被词给绕住了,我有点生气,但是更想笑,结果笑声太大,引得后排有人发出"嘘"声。

我放低脑袋,降低声音说:"天哪,看看你的样子。电影这才开始呢,我就感受到你身体的每个细胞都在抗议。"

纳特直直地望着前方银幕,侧脸看上去很坚定。

"不,我很喜欢这电影。"他悄悄地说,"这电影很不错,谢谢你的提议。"

"实际上,是你先提出要看的。"我推了推他的肩膀,"灵魂备受煎熬是吧?我可以看到它破碎成灰,洒落一地,就像这爆米花粒。"

"嘘,"纳特认真地说,"你还看不了了。"

"你觉得你属于哪个门派,纳特?"我才不理他呢,"无畏派吗?我觉得你胆子很大。"

他轻轻晃了一下身子,我被逗笑了,又不敢笑出声,只好拼命忍住。这种感觉,我很怀念。而正是这种怀念,搞得我最近一直很纠结。

我们经历了那么多,我们还有那么多的不确定,所以我不知道,这种单纯的快乐会不会还在。但是现在看来,我的疑问并没有那么重要,可以晚点再去找答案。想到这里,我用手抓了一把爆米花,分给了他一点。

他吃了几颗,调整了一下坐姿,在座椅上半躺着。

"虽然我很喜欢这电影,但是不得不说,要是出现几个丧尸就更

[①] 在《分歧者》的原著小说和电影里,未来社会将人类分为五个不同的门派(faction):友好、诚实、博学、无私、无畏,故事中主人公兼具多种门派特性,因此被称为"分歧者",冒险故事也由此展开。

完美了。"

"接着往下看,还不知道会发生什么呢。"

他转过头,捕捉到了我的眼睛。是的,我们都笑了。

"既然你这么说,布朗温,我听你的。"

库伯

3月21日，星期四，16:40

太阳当头照，我的肩膀和脖子后都被晒得烫烫的。这段时间我们迎来了少有的热天，感觉就像在七月一样，但是对季前赛来说并不常见。

路易斯迅速打了个手势，我点头，弯曲着手指，感受到了棒球表面的缝线。我绷紧肌肉，弓起身子，把球狠狠地投了出去。对方的击球手威尔·亨德里克今年一直是我们的劲敌，不过这次他出手晚了，就好像慢了半拍一样，和球失之交臂。而球稳稳地落入路易斯的手套里。练习赛结束后，全场观众响起的喝彩和掌声，比以往还要热烈。

这将是我为贝维优高中打的最后一个赛季。十年前，一个高中投球手创下的纪录在全国至今无人超越，成绩是连续十三场完封[1]，ERA[2]低至2.017，后来他进了职业队。我现在想打破他的纪录。

听完鲁法洛教练一番鼓舞人心的话，我和路易斯从休息处拿了包，穿过球场内野，向看台走去。

等我们走近，我一眼认出了人群中的梅芙，她这学期开始和大家一起正常上体育课。在越过栏杆的时候，她先挥了挥手。路易斯看着梅芙朝我们看过来，把球帽帽檐拉到后面。

---

[1] 完封（shutout），棒球术语，是指球队在比赛中，从第一局到结束，一队的投手都没有让对方得分。
[2] ERA，又称投手责任失分率（earned run average），可计算投手每九局比赛失分的情况，数值越低，表示每场比赛投手失分越少。

"我现在才发现,原来梅芙这么性感。"他说。

"路易斯,不是吧。"我心中有一种不祥的预感。

路易斯耸耸肩,装作无辜地问:"怎么了,她没有男朋友,对吧?"

我摇摇头说:"对我来说,你很讲义气。但说起妹子,你可是个渣男。只要一个月,你这老司机厌烦了,就会开始想办法甩了她,你别辣手摧花了。"

"我学乖了。"路易斯只顾着看梅芙,"被吉丽甩了以后,我就学乖了。现在我明白自己过去有多混蛋。"

我哼了一声,路易斯撞了一下我的胳膊,力气真大,我差点没站稳。

"我可是认真的,别揭我老底,哥们。"

"我还是不同意。"

"库伯,你可不能替她做决定,如果这里有个女权主义者,你早就被 diss 了。"

该死,我还是头一次见他这么正经。我还在人群中搜索着,直到听到那个熟悉的声音——金属相互碰撞的声音,很有节奏。

是奶奶拄着的拐杖发出的声音,她紧紧挽着克里斯的胳膊,克里斯扶她走下了看台的最后几阶。克里斯一看到我,就露出了微笑。我感觉周围的一切立刻被点亮了,变得明朗了。

"表现得真棒,库伯。"奶奶表扬道,她今天特地戴上了新买的墨镜,是为了看我比赛专程买的,墨镜大得遮住了半张脸,"没话说,真的棒。嗨,路易斯,你也很不错。我待会儿带这俩小子去格伦餐馆,你来吗?"

"谢谢你的好意,克莱太太。但是我今晚有约,等下次吧。回见,库伯。回见,克里斯。"

他轻轻打了我和克里斯一拳,然后不紧不慢地走去停车场,训练背包在肩上晃动着。

我竟然要和奶奶还有克里斯一起吃饭，而且还要装作没什么大不了的。真令人震惊，也让人高兴。我是说，没错，有时候人们会对你做很混蛋的事情，每一天你都像活在水深火热之中。但也有些时候，会让你觉得，哎，这不过是生活的一部分而已，活着真好。

我感到很幸运，因为从去年秋天到现在，我反反复复地想，如果西蒙能早点明白这些就好了，如果他还有机会选择就好了。

我有时候会在镇上碰到他爸妈，很长一段时间里，他们都选择无视我。我知道自己没有资格说些什么，但是保持沉默感觉更糟。所以最后我给他们寄了一张卡片，上面说：我很抱歉，你们失去了儿子。我对西蒙做了不好的事，请原谅。

寄出卡片之后，我有一次在贝维优商业街碰到了凯尔纳太太，她终于和我点头打招呼了，虽然只是一瞬间，而且她很快就移开了眼睛。但我觉得自己是对的，希望如此。

克里斯负责开车带我们去格伦餐馆，他帮奶奶坐上副驾驶座，我则坐到后座上。去餐馆的路上，奶奶问起了克里斯学校里的事。我自顾自地刷着手机，阿蒂给我发了一堆消息。

阿蒂：你明天晚上过来吗？阿舍顿说不准喝酒。也许我们可以偷偷喝点，除非你要开车过来。当然了，她很怕我们会弄脏新沙发。早知道我们就不应该选白色的沙发。

阿蒂：我觉得简娜不会来了，她自觉没脸面对纳特。我是说，她差点害纳特坐牢，对吧。

阿蒂：我从没想过，举办个派对这么复杂。

我笑了，给她回消息：我和克里斯会过来。放轻松，一切都会好的。然后我把手机放回了口袋。克里斯正好把车停在了餐馆前面的残疾人专用位。奶奶从钱包里拿出一个标牌,系在了汽车的后视镜上。

"正好。"她说着满意地点点头,摘下墨镜放进盒子,换上了平时的老花镜。

"早鸟特餐的优惠时间刚开始五分钟。"她倚着克里斯,走进了餐馆。

我给爸爸发了短信,邀请他过来吃饭。但是他没有回。他从来都没有回过我。他还是不想和克里斯待在一起让人误会。可你知道吗?损失的是他,不是我们。

餐馆的服务员认识奶奶,奶奶几乎每星期光顾一次,坐在固定的位置,今天又多了我们两个。我和克里斯坐好,奶奶却站在桌边。

"小伙子们,想好点什么了吗?"她兴致勃勃地打开菜单。

"奶奶,何必多问呢,你每次都点那几个。奶酪汉堡,五分熟,什么也不加。还有一份招牌沙拉。但是你从来不怎么动沙拉,因为你忙着偷吃我的薯条。"

"我喜欢老一套。"奶奶同意,"但是也许今天应该尝尝鲜。谁知道呢,改变是好事,库伯。总有一天会真相大白。"

她透过眼镜片,看着我说:"有时候,改变是慢慢的,但总是会来的。最后人们会接受这种改变,相信事实。"

我的手机在口袋里振动了一下,我差点没察觉到。如果是阿蒂在扯派对的事情,我不回复的话她怕是会发个不停。

不是阿蒂发的。看到爸爸的名字时,我眨了眨眼,确定自己没有眼花,才敢打开消息。

爸爸:对不起我今天来不了。也许下次,好吧?

我的胸口涌起一股暖流,我望向奶奶。她的眼睛紧紧地盯着菜单,但是嘴角露出满意的笑容。

这就是我的奶奶,不仅能摆平一切问题,而且从不会说错任何事。

阿蒂

3月22日，星期五，16:00

我喜欢和我姐住在一起，但有时候我真想杀了她。

比如，我们在讨论派对的时候，也可能谈到了别的。我同意了她定的规矩，她也了解我的朋友，他们又不是什么混混痞子，除非你把纳特算进去，但是姐姐应该知道纳特"改邪归正"了。所以我搞不懂，为什么她现在还站在这里，一脸犹豫地咬着嘴唇，看着自己的行李箱，好像随时准备把箱子推回卧室。

"我还是不去了吧。我应该留下来，确保一切都正常。"

"姐，拜托！什么时候开始我又变成需要照顾的小宝贝了？我下个月就成年了，你忘了？"我顺着她的眼神，注意到了客厅里的白沙发，靠着客厅墙壁，洁白如新。我就知道当初不应该挑白色的。虽然白色的很漂亮，但是哪天我不小心拿甜辣酱搞脏了，我姐姐会当场崩溃的。

"我用塑料纸罩住沙发，好吗？"我说。

"说真的，我可以找别的时间去拉古那①。"她还在咬嘴唇，这时我才想到，也许她担心的不是沙发。

"你不想去吗？"我摇摇头，试图看着她的眼睛，"以利对你不好吗？"

"好，他什么都好。"

我交叉着手臂，等她继续说。我越不说话，她就越能说。

---

① 拉古那（Laguna），加州南部的一个旅游城市，有美丽的沙滩风光。下文提到的拉古那沙滩也有一档同名的相亲节目。

"就是,嗯。我在想啊,就这样整个周末出门在外,两个人待在一起,是不是太快了点?我们才交往了两个月,我还没正式离婚呢。"

"所以呢?"我没搞懂里面的逻辑,"说得好像你们平时周末不约会一样。只不过是换个城市腻歪,区别何在?"

"可是这样,这样的话就太像情侣了。"阿舍顿扯扯脖子上的绿宝石项链,是她上个月二十五岁生日时我送她的。

"我一直在想我和查理,在想我们之间变得多么快,我就是害怕再次失去自我,你明白吗?"

我当然明白。每次有男生约我出去玩,我也有这样的感觉,所以我一直拒绝他们。总有一天,我会点头同意,但不是现在。我现在每次想起杰克,都好想狠揍他一拳,不仅因为过去他对我的操控,还有我自己的无作为。

"姐,以利和查理不一样。"

"我知道。"阿舍顿叹了口气,双手叉腰。

"实际上,如果你现在给他电话,告诉他真实想法,他也不会有查理那样的反应。你失约一次,以利会表示理解。你知道他的性格。"我笑得很开心,"然后呢,然后你就和我一起开派对,晚上只能和一群高中小屁孩玩。"

她睁大眼睛说:"知道吗,你说得没错,我现在好多了。"

一个小时后,阿舍顿和以利踏上了去往拉古那沙滩的浪漫之行。我则要去超市买东西准备派对。对了,还要买短袜子。最近我加入了校田径队,更需要穿短袜。可能家里的洗衣机把我一半的短袜都吞掉了。

我走去零食货架的时候,手机突然振动了,我拿出手机,当看到我律师的名字时,我的心沉了一下。我的律师没毛病,但是我不喜欢,因为只有关于杰克的审讯有新进展时，他才会来消息。我做好心理准备，但是这次消息的内容还比较常规，起诉啊、审判延期之类的。但庭审日期还是没定下来，可能我甚至都不用上庭了，只要杰克选择直接认罪。反之，我就要去。

我不敢去想，也不愿意去想，自己还能不能直视他的眼睛，装作什么事也没有，就好像是自己完全没有被打倒，不管他做了多少过分的事，那天在树林，还是在交往的三年期间。

管他呢。今天晚上不想这事，我有派对要搞呢。

我望着眼前的零食架，零食从地上一直摆到了天花板上，简直是罪恶。我来这里打算买什么来着？我推着购物车，里面还只有六双袜子和一包纸杯。我需要薯片，可能吧。大家应该都喜欢。

"薯片，薯片，薯片，薯片。"我一边自言自语，一边从架子上取下三大包薯片。

"除了薯片，开派对还要什么呢？"

"法式脆饼，派对上大家都喜欢吃。"

听到有人在接我的话，我好奇地转过头去，只见吉丽就站在不远处，用手指摆弄着一副超大的耳环。我心里还在琢磨买哪种，等回过神来，她已经走到了我跟前。

她变了，学会往脸上涂阴影了，看上去比以前更好看了。我忍住拉扯头发的冲动——现在我已经是紫色的波波头了，拉扯起来不太顺手。发根已经慢慢露出金黄色。

"哦，嗨。"我说着，把大包薯片抱在胸前，就好像是拿着盾牌。不知道为什么我会下意识去防备她。比起其他人，吉丽在过去几个月对我并不刻薄。但是，我在准备开派对，没有邀请她还被她撞见，还是蛮尴尬的。

"还好碰上了，我本来打算给你发消息呢。"

西蒙事件过后，我和吉丽就不怎么见面了。我们有很多课是一起上的，当时我和布朗温、梅芙坐在一起吃午餐，放学后我一般都有田径训练。倒也不是说我们还在生彼此的气，但是想想当时，杰克把我甩了，她马上就不理我了，所以我们谁也没有主动提出和好。有时候我想过提出和好，但是我更希望她是主动的一方。

"为什么？"我想都没想地问。

"库伯建议我来参加派对，我觉得很好，但是，你们应该不想邀请我吧？不，我是说你。所以我想，还是不要自讨没趣。"

"我当然希望你来。"我耸耸肩，把薯片扔进购物车里。库伯现在算是吉丽的朋友了，所以他问过我，能不能邀请吉丽过来，我同意了。我想在我的公寓里，我们还可以礼貌地点头问好，就像在学校里那样。

"你干吗这么想？"

她深吸了口气："因为在杰克的事上，我表现得像个烂人。"

她回答得如此直接，我都有点吓到了。她说得有一点道理，但是我没想到她会亲口承认。

"好吧。"我可以继续问为什么，但是我们都知道问题的答案。是我有错在先，所以大家才会帮杰克。他很生气，所以大家都会排挤我。现在很难想象，但是，当时如果换成我，也不见得会比吉丽高尚多少。

"我以前不知道……不知道杰克这么变态。"吉丽说，我冲她眨眨眼。

"我不知道你前任害过人"这种说法，似乎并不能为伤害你的闺蜜开脱。不该，我们也不会为这种事记仇一辈子。

"还有西蒙。"她低下头，来回拖着一边的脚，她今天穿的是罗马凉鞋，很好看的一双鞋子。如果我们还算闺蜜的话，说不定哪天我还会借来穿穿。

"因为我也参与其中,对你很不好,我觉得很烦。"她低声说,"说真的,对不起。"

过去几个月,我一直和别人道歉,也一直有人和我道歉,因此我养成了一种能力,可以看出对方是不是真心道歉。我觉得吉丽是真的想道歉,尽管是在这种采购零食、偶然撞见的情况下,我还是感受到了她的诚意。

"这话分量很重。"我回答。

"所以我今晚真的可以过去吗?如果你不愿意,也没关系。我明白,如果你只是想邀请那几个……"

她没说完,我就摇摇头打断了她。

"没有,你来吧,只要别带凡妮莎过来就好。"

她的神情一下子放松了,几乎要笑出来。

"不会的,那其他人可以吗?"

我犹豫了,也许下次可以叫上欧利维亚。虽然她真的超级八卦,可她人确实不坏。但是阿舍顿对今晚的人数做出了严格规定,所以我从架子上取下一包饼干,递给吉丽。

"就你一个,带上法式脆饼。"

纳特

3月22日，星期五，20:00

洛佩兹警官把手伸向斯坦，斯坦正在厨房餐桌上爬着，让人感觉它今天特别有活力。突然斯坦不爬了，而是张大了嘴巴。

"它这是在干什么呢？"洛佩兹警官好奇地问。

"它以为你要喂它。"我回答，"都怪我妈。每次斯坦一动，她就给它喂东西吃。"

洛佩兹警官伸出手指，对着斯坦摆了摆。

"对不起，要讨好我比较难。不要只顾着往前，试着慢慢爬。"

斯坦又多爬了几步，眨眨眼，放弃了，就和往常一样。

"不行，下次我希望看到你的进步。"

我挑起眉问："下次？你还不知道吗，下次你要来，可没人付钱给你了，哈哈。"

洛佩兹警官已经不再是我的缓刑监督员了。我离开少管所之后，以利帮我洗白了档案记录，到现在依旧保持着清清白白。我妈妈还住在家里，依旧爱干净，有按时服药。她在健康保险公司上班。因为当初离家出走的时候，她和我爸没有正式离婚，所以现在她出钱帮他去戒酒中心，已经是他第二次接受戒酒治疗了，这次说不定会成功。也有失败的可能，但是在家里看不到他，总归是件好事。虽然开始有点不适应，因为沙发上一下子空了出来。但是慢慢地感觉好多了，屋子里不再整天臭烘烘的，能让人好好呼吸了。

"但我还会常来看你，纳特，"洛佩兹警官说，"我要把你当作成功的例子，讲给别人听。"

我哼了声："哈哈，你这成功的标准未免太低了。"

她身子向前,双手在桌子上交叉着,一动不动地看着我。我不喜欢这种感觉,这样我也不好移开眼睛了。

"不要小瞧自己。看看过去的几个月,你改变了这么多。我看到了,虽然你总是喜欢否定自己。你的学习成绩提高了,你不再卖违禁品了,你修复了和你妈妈的关系,你正在为伤害过的人做好事呢。这,就是一种成功。"她退了回去,"也许以后我们可以再看看你的目标清单。"

老天,不要了吧。

"那张鬼东西啊,我一开始会写,就是为了让你别再烦我。"

她笑了,好像并不介意。

"我知道。但是我觉得,你现在可以写一张新的。你需要信心,相信自己配得上好的东西,还有优秀的人。"说到这里,她脸上的笑更夸张了,"说起这个,你和布朗温怎么样了?"

"很好,我们经常出去玩。"我没有在最后加上"作为朋友"的说辞,但是洛佩兹警官应该可以看得出来,我很想再进一步。

不是说做朋友不好。和布朗温一起,是我一天中最开心的时候,哪怕只是一起看看网飞的电影,或者去超市买法式脆饼。但是,如果说我不想和她交往,那一定是在说谎。有时,我觉得她也想和我交往。也许只是我的自欺欺人,我亲手毁了我们的关系,回去谈何容易。

有点难受,但是总比见不到她好。

"她今天晚上也去阿蒂的派对吗?"

"是的,和她男朋友一起。"

"哦,好吧,"洛佩兹警官拿起斯坦,放到胳膊肘里,"就像我和这小家伙说的,生活就像马拉松,你不能只顾着冲刺,有些事得慢慢来。"

阿蒂在公寓门口和我打招呼，今天她一袭白裙，头上戴着一个皇冠一样的发饰，手上佩戴着一串闪闪发亮的粉色手链。

"皇冠不错。"我说完，她在原地转了半圈。

"谢谢，这是我三年级参加圣地亚哥小美女比赛的奖品。唯一一次，我输了选美比赛，不过还有安慰奖品。"她做了个鬼脸，伸手调整了一下，"不过没以前合适了。"

"没有，我觉得很适合你。"

"要喝啤酒吗？"

"我觉得可以。"我的眼睛越过她，她马上笑了。

"她还没有来呢。"

"谁？"

阿蒂翻了个白眼说："哦，好吧，我理解错了。如果没有在等谁的话，就到处看看吧。我去拿些冰块。"说完她走去厨房，一边走一边调整着自己的皇冠。

"如果有过滤的，也请拿过来。"我在她背后喊着。她对我挥了挥手。

我站在门厅，东看西看。阿蒂的派对当然不是"查德·波斯纳"风格，首先，虽然大家也会喝酒，但不会那么疯狂地猛灌，而是比较随意。我不喜欢波斯纳那种，但也不喜欢这种。我更喜欢在家看着日本恐怖片，吃着拉面。但是我欣赏得来的人不多，阿蒂·普兰蒂斯能算一个，所以她请我来，我就来了。

一阵敲门声响起，我跑去开门，就看到三个人走了进来：布朗温、梅芙还有埃文·内曼。好极了，真让我给赶上了。至少还有梅芙，不算太尴尬。

"嗨。"我说，布朗温紧张地笑了笑，内曼瞪着眼。

"我去拿点喝的。"内曼说着走开了。

"我也去。"梅芙也自觉地跟着走开了,但是还是边走边回头地偷看我们。路易斯·桑托斯直接叫梅芙的名字,真是奇怪。不过更奇怪的是,布朗温的双手搅来搅去,好像很难受的样子。

"哦,天哪,"她开口说,"真是尴尬。"

"怎么了?你和埃文吵架了?"我试图让自己的语气听上去不那么幸灾乐祸,而是单纯地表示出关心。我现在的身份是一个能提供关心的朋友。

"分手了。"她回答,我拼命忍住不笑。

"我下午提的。他坚持送我们过来,因为我的沃尔沃还在店里修。我说我们搭其他人的车就好,但是他不听我的。然后我同意了,因为我觉得很对不住他。人生中最尴尬的十分钟。"

这时我们都看到埃文在客厅角落里猛灌了一罐啤酒,好像在借酒消愁。

"我想,他应该不会很难受吧。"

我本来可以反驳她,幸好她没问。

"为什么分手?"

她耸耸肩,眼睛还是看着埃文。

"他更适合做朋友。"她转向我,皱着眉头,"别笑了,不是因为你。"

又有人敲门。布朗温走过去开门。

"嗨,库伯。"说着她往后退,这样库伯好进门。

"嗨,克里斯,呃,吉丽。"

"你们好。"库伯看看我,又看看布朗温,然后对着客厅里的人挥手,"你们怎么不进屋。"

"我需要新鲜空气。"我说着,和库伯擦身而过,走去门口,门还开着。我走进通往电梯的走廊,然后转头看向布朗温,"你来吗?"

布朗温在一秒的犹豫后还是出来了，到了走廊上，她关上了身后的门。阿蒂的公寓里灯暗暗的，但是走廊上倒是很亮，我这才能好好地看布朗温。

她灰色的大眼睛在镜片后面，弯弯的头发披散到肩上。好美，她看上去真美。她今天穿的那条短裙，是我喜欢的几件之一，我脑子里一股热血涌起来，我双手环抱着，以免自己一不小心扑上去。

"你还好吗？"我问，"我是说，埃文的事，还有其他的事。"

"我很好。"她的眼睛看着我，小心翼翼地，然后移向走廊的墙。

"好吧，其实和你有关。这对埃文不公平，我不能和他交往，脑子里想的却是你。"

我正要笑出来时，她举起一只手说："但是我不相信你。"

我去，果然还是这样。

"我理解，但是我不是以前的我了。"

"不是吗？"她一脸怀疑地看看我。

天，我不知道要怎么解释，但是洛佩兹警官在我家厨房里说的话是真的。

"我试着让自己变好，所以我……你懂的。"我看着她的眼睛，希望自己能说完。

她点点头，等我继续。豁出去了，说吧。

"才能配得上你。"我接着说完了那句话。

布朗温的眼神变得温柔起来。

"你一直都配得上。"她说。

"哦，好吧，我以前觉得不是。"

她的睫毛眨了眨，然后说："我们分手的时候，你说：'在正常生活里，我们不属于彼此'。"

这句傻冒、无聊的话，是我说的，过去的三个月我都恨不得当着她的面吃掉这几个字。如果时间能倒流，让我回到那个时候，我一定让自己闭上该死的嘴。我真的会这样做。

"是对是错，又怎么样？我只知道，生命中最好的事，就是和你在一起。"

她的嘴唇隐约露出一抹笑容，我继续说："你只想做朋友，也没有关系。但是要说真的，我还是很爱你，很爱你。"

布朗温靠近了，低下头，指尖轻轻拂过我T恤衫的口袋。我的脉搏在狂跳。

"你确定？"她问，"也许你只是怀念过去而已。"

"怀念过去？不，我不怀念。"

"真的？"

"真的，我喜欢活在当下。"

"我不喜欢只活在当下。"布朗温说。是那种很认真的语气。

我的脸红了，我咽了口口水说："如果我们复合了，只有慢慢来。"

"对，"我好不容易控制住自己，"慢慢来挺好的。"

"你同意的话。"她小声说着，嘴唇在我的嘴唇上蹭着，轻柔而又有力。

门一下子开了，阿蒂探出头来，我们迅速分开了。

她笑了，转向身后说："你自己来看啊！"她喊道，"我猜对了。"

"嗨，阿蒂。"布朗温这才意识到自己还攥着我的T恤衫，赶紧放开手，还贴心地把下边的衣角拉平了，就好像在确认衣服上有没有线头。

"猜对了什么？"

"我和库伯打赌，你们两个是不是正在交往。"阿蒂扬起头，手插在身后，"所以你们这算是复合了？嗯，很好。"

布朗温清了清嗓子："我们打算慢慢来。"

"嗯——"阿蒂点点头,"看出来了。"

"生活就像马拉松,不能只顾着冲刺,有些事得慢慢来。"我告诉她。

阿蒂哼哼着,转身从门边走开了。

布朗温嘴角扬起笑意,问我:"这话是谁告诉你的?"

"一个朋友。"我说着,拉起了她的手,跟着阿蒂往屋里走去。

致谢

在一个想法变成一本书的路上,很多人给予了我帮助。我永远对他们表示感谢。首先,我要感谢罗斯玛丽·斯提莫拉和艾莉森·雷治科,没有你们就没有这本书。谢谢你们给了我这次机会,你们为本书提供了很棒的建议,感谢你们一直以来的支持。

还有克里斯塔·马里诺,你是一个了不起的编辑,对故事和人物有深刻的理解,你的反馈和指导充满真知灼见,使得成书的效果超出我的预想。同时感谢兰登书屋及德拉科特出版社的团队,身为你们的一名作者,我感到很荣幸。

作者总是需要相互交流才能成长。感谢艾林·哈恩,第一位给我意见的同行,谢谢你给出诚实的评价,不停地给我鼓励,你是我的良师,也是我的益友。还要感谢詹·富尔默、梅雷迪斯·艾尔兰、拉娜·康德克、凯瑟琳·泽恩、爱梅琳达·贝鲁比和安·玛乔丽,感谢你们抽空阅读,提出宝贵的建议,你们每个人都让这部作品增光添彩。

谢谢你们,艾米·卡佩利、亚历克斯·韦伯、巴斯蒂安·施洛艾克还有凯瑟琳·内恩,你们把《谁在说谎》带给了全世界的读者。

谢谢我的姐姐,琳恩,曾经我坐在你家厨房桌前,这样宣布说:"我打算写本书。"从我开始写,每一个字你都读了。你无条件地相信我,即使一开始我说这话就像做梦一样。谢谢你们,路易斯·费恩安多、加布里埃拉、卡罗丽娜还有埃里克,谢谢你们的爱和支持,忍受我每次家庭聚会都捧着电脑工作。谢谢你们,杰和爱珀,你们是我写兄弟姐妹部分的灵感原型,还有朱莉,总是负责催我的写作进度。

深深感谢我的父母,他们培养了我对阅读的热爱,教会了我写作的种种技巧和知识。还有我二年级的老师,卡伦,你是第一个发现我有讲故事天赋的人。真希望我能当面谢谢你。

还有所有的爱,给我善良、机灵又可爱的儿子杰克。我一直以你为骄傲。

最后,我要从心底里谢谢你,我的读者。在阅读这部作品时,如果你能够享受到阅读的快乐,我就太高兴了。

(完)

出 品 人	朱家君		执行总编	罗晓琴
总 经 理	常蟇尘		设计总监	李 婕
总 编 辑	熊 嵩		产品经理	吴 琼
			运营总监	蒋 雷
执行策划	蒋 惊		流程校对	颜 燕　吴 琼
装帧设计	赵一麟　汪芝灵		宣传营销	蒋 惊

总出品　漫娱文化

图书在版编目(CIP)数据

谁在说谎 / (美) 卡伦·M.麦克马纳斯
(Karen M. McManus) 原著；许言 译.—武汉：长江出版社，
2019.2
书名原文：One of us is lying
ISBN 978-7-5492-6319-6

Ⅰ.①谁… Ⅱ.①卡… ②许… Ⅲ.①长篇小说-美国-现代
Ⅳ.①I712.45
中国版本图书馆CIP数据核字(2019)第035175号

ONE OF US IS LYING, Copyright©2017 by Karen M. McManus,
Published by arrangement with Stimola Literary Studio,
Inc and INTERCONTINENTAL LITERARY AGENCY
LTD. Through Big Apple Agency, Inc.
图字：17-2018-247 号

谁在说谎 / (美)卡伦·M.麦克马纳斯（Karen M.McManus）著

出　版	长江出版社			
	（武汉市解放大道1863号　邮政编码：430010）			
市场发行	长江出版社发行部			
网　址	http://www.cjpress.com.cn			
责任编辑	张艳艳　李剑月			
特约编辑	吴琼	开　本	889mm×630mm　特规1／32
装帧设计	赵一麟　汪芝灵	印　张	11.5
印　刷	深圳市福圣印刷有限公司	字　数	330千字
版　次	2019年2月第1版	书　号	ISBN 978-7-5492-6319-6
印　次	2019年3月第1次印刷	定　价	42.00元

版权所有，翻版必究。如有质量问题，请联系本社退换。
电话：027-82926557(总编室)　027-82926806(市场营销部)